嘘つきみーくんと壊れたまーちゃん

絆の支柱は欲望

4

入《いる》間《ま》人《ひと》間《ま》

イラスト†左

10 一章『きせいちゅうの殺人』

86 二章『ナイフに死す』

168 三章、日没『冷たい死体の時は止まる』

230 三章、暗中『殺意の拡散する夜』

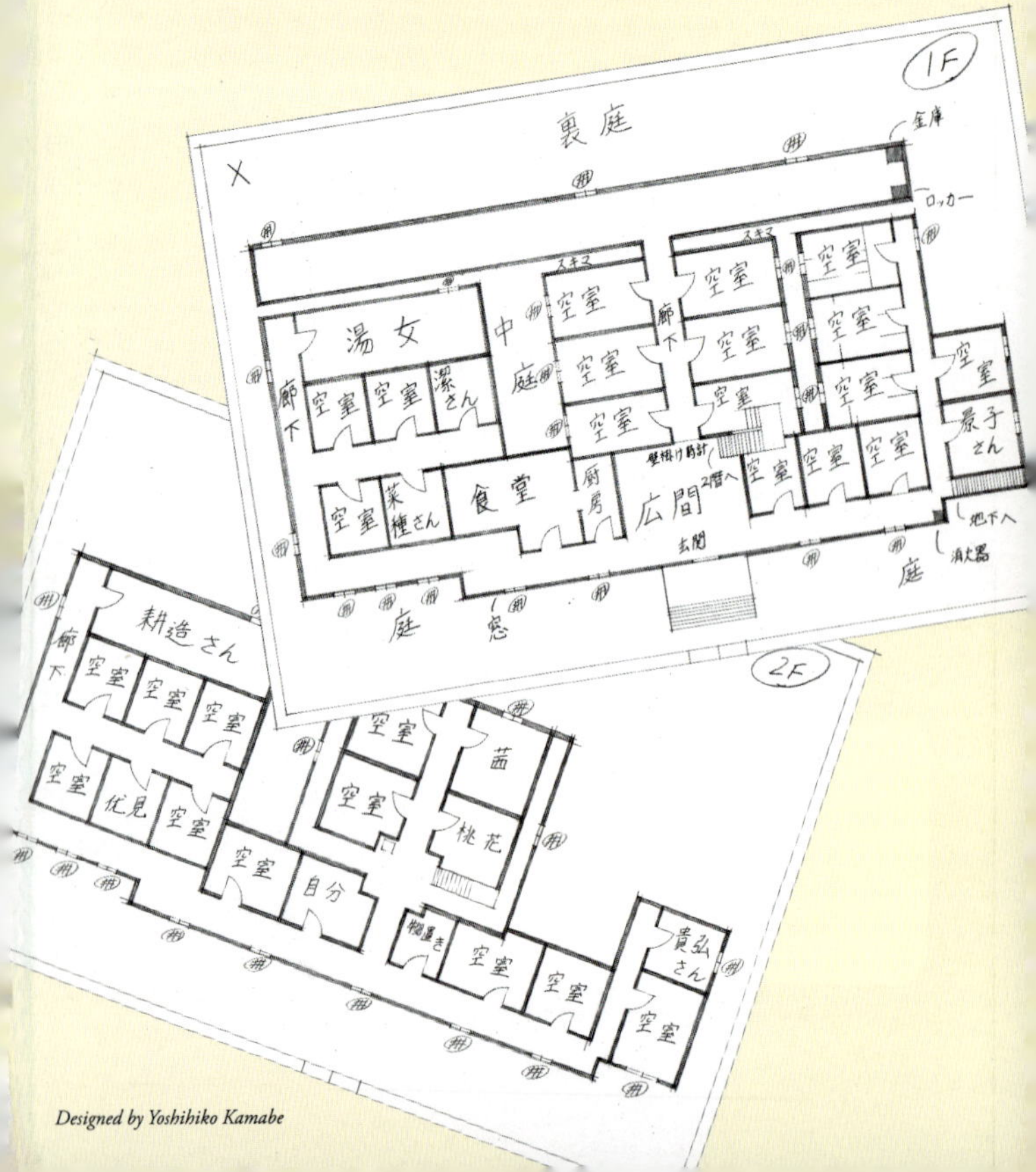

Designed by Yoshihiko Kamabe

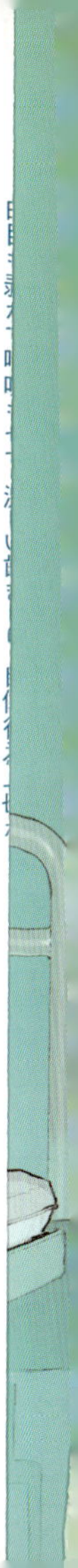

「みーくんは、これ、これ」僕の頬に、両手を添えてきた。

「違う」僕を否定し「思い出せない」みーくんを否定し「違う」否定と「思い出せない」否定だけが「違う」

ただ、記憶の裂け目に苛まれるだけの、安直に最悪な後遺症だった。

マユが手の平全体でペンを掴み直し、白紙に一本の線を引く。引き終え、そこで手が止まる。

「みーくんは、この後……このあとこのあとこのあとこのあとに、」

何を足せば、みーくんになる?

「……まーちゃん」

呼んで、肩を抱いて、抱擁する。

今度は抵抗されなかった。

今度は歓喜も芽生えなかった。

……そうして、マユは呆気なく自我を見失った。

こんな、些細な引っかかりで何もかも破綻していく。

成長なんて、余地のないものがするはずもない。

ついでに、ぼくもみーくんを失った。こっちは、自業自得だ。

大江家・母
大《おお》江《え》景《けい》子《こ》
大江家・父
大《おお》江《え》耕《こう》造《ぞう》
アマチュア無線部・部長
伏《ふし》見《み》柚《ゆ》々《ゆ》

マユを直す。治せないけど、直してみせる。
僕はまだ、まーちゃんを騙し足りないから。

嘘つきみーくんと壊れたまーちゃん 4

絆の支柱は欲望

一章『きせいちゅうの殺人』

何処が好きかと聞かれると、実は困る。
いつから好きなの？　と根掘り聞かれても結構困る。
どれぐらい好きなの？　と順列を求められても凄く困る。
昼寝の夢に見るぐらい好きなの？　と具体的に聞かれると恥ずかしい。
じゃあ好きじゃないの？　と聞かれると否定はとても易しい。
一生懸命歌った音楽の成績が△ばかりだった時から嫌いだった、自分の声。
だから、私はこの声を認めてくれる人を、簡単に好きになった。
……困った。

謎《なぞ》は何一つないが、問題は山積みである。

その問題を消化する為《ため》に、僕は冒険《ぼうけん》中だった。

二度と来るものかと誓《ちか》いは特に立てていないけど、取り立てて用事がなかったので足を運ばなかった過去の道を進む。小学校への通学路だった畑道は相変わらず舗装《ほそう》など無縁《むえん》で、緑色が視界の端《はし》を彩《いろど》る。ただ、電柱の数が増えているのは確かだった。

「近代化の波が押し寄せてますな」

畑の作物が全《すべ》て電柱になる日も遠い未来ではない。嘘《うそ》だけど。

電柱とすれ違《ちが》う度《たび》、手の平でその胴体《どうたい》を叩《たた》いて歓迎《かんげい》する。返事はない。あったら感電しそうなので、無言の対応に努める彼らの度量に感服した。嘘か真《まこと》か、どうでもいい。

「……昔も思ってたけど、遠いな」

流石《さすが》、集団登校の班分けで何処《どこ》にも該当《がいとう》せず、仕方なく最寄《もよ》りのグループにねじ込まれた場所だけある。集合場所に到着《とうちゃく》するまでに子供の足で十五分はかかっていたからな。

早朝に家を出ても、保育所まで母親の車という送迎がある妹に通学途中《とちゅう》で追い抜《ぬ》かれるのが日常茶飯事《さはんじ》だった。もっとも当時は感情の躍動《やくどう》が薄《うす》かったから、文句一つ出なかったけれど。

今は心の螺子《ねじ》が緩《ゆる》すぎて安定感が皆無《かいむ》なのだから、何とも両極端《きょくたん》だ。振《ふ》り返ってみると、僕に与《あた》えられた物心とは最初から歪《いびつ》であったように思える。いや、人の精神が元から角のない丸形であるはずがない。歪《ゆが》んでいたそれを整えるのが、精神の成長だから。ようするに僕は、形成に失敗したことを材料の所為《せい》にしたがってるだけか。

かなりどうでもいいけど。

僕のことは、今は意味を成さない。

そんなことよりも、だ。

汝《なんじ》の隣人《りんじん》が非常に遠い、人気のない土地に建つ一軒《けん》の田舎屋敷《いなかやしき》。忌《い》まわしさも懐古《かいこ》も持ち合わせてない、僕の実家を訪《おとず》れようとしていることの方に、着目だ。目的を達成するべく、けれど動機は曖昧《あいまい》で。価値があるかも、あやふやなままで。

それでも足は自然と、僕の身体《からだ》と精神を引っ張っていく。

「あら……？」

一瞬《いっしゅん》、意識が右に三十センチほど離脱《りだつ》した。お陰《かげ》で肉体は昏倒《こんとう》しかけた。

「ああ……そうだ」

二日ほど眠《ねむ》っていないことに気付く。

ついでに何も摂取《せっしゅ》していないことにも。

足がまたよろつき、何とか踏《ふ》み留《とど》まる。
歯を食いしばり、肌《はだ》に乾《かわ》いたうねりを与《あた》える上空の光を見上げる。
太陽が目に痛い。霞《かす》む。眩《くら》む。
「……残念。僕の冒険《ぼうけん》はここで終わってしまった」
嘘《うそ》だけど。
四月一日、本日も晴天なり。
最近の僕の人生は、最低以上といったところだ。

僕がみーくんを解雇《かいこ》されたのは、春休みに入って二日目の、三月三十日だった。
相変わらず僕の作った料理は『んー、みーくんのお料理は人間味がいまいちですなー』と酷《こく》評《ひょう》されて、マユが両腕《うで》を安静にするという建前を得て『みーくん、お着替《きが》えさせてー』『ねーえー、抱《だ》っこ抱っこ、お姫《ひめ》様抱っこしてー。んゆ、いどー？　いみ？　えーとね、じゃあ部屋の中をこう、ぐるぐるしましょーね』『学校？　だーめー！　まーちゃん独《ひと》りぼっちにするなんてみーくんの風上《かざかみ》にも置けません！　んや？　まーちゃんも学校？　……にゃー』なんて、振《ふ》り返ってみると、あれ意外と普段《ふだん》通りだなぁとか相違《そうい》点に悩《なや》む、身体《からだ》のあらゆる皺《しわ》が消え失《う》せそうな毎日の続きの延長線上にあったその日は、少しだけ厄介《やっかい》を内に秘《ひ》めていた。

別段の兆候《ちょうこう》はなかった。ただ普段通りにマユと買い物へ出かけて、スーパーで油揚《あぶらあ》げ買ったり活《い》きのいい大根を買ったりピッチピチのヨーグルトを三つほど買い込んで、表通りで販売《はんばい》していた黄色の花をマユが眺《なが》めていたので『お花欲しいの?』『みーくんがくれるなら、嬉《うれ》しい』というわけで私財で購入《こうにゅう》してプレゼントしてからマンションに帰り、

「みーくん」

「んー?」

「呼んでみただけー」

「んむ」

「みーくんのほっぺはむーにむにー」

「こりやこりや」

などと、何気ないやり取りをソファに寝《ね》転んでしているだけだった。マユは僕の妹に負わされた傷が治りきる前に退院し、マンションの別室へ移り住んでいた。にもうと襲来《しゅうらい》で鍵《かぎ》とチエーンを破壊《はかい》されたので、修繕《しゅうぜん》費を支払《はら》いつつの退去である。階は一つ上となったけど、部屋の内装は大差ない。家具や私物は全《すべ》て移し替《か》え、変化したのは調理器具や洗剤《せんざい》の類《たぐい》が整理整頓《せいとん》されたことぐらいだ。これも、後一ヶ月すれば元《もと》の木阿弥《もくあみ》になりそうだが。

とにもかくにも、僕らは変わらずバカップル。今日も明日《あした》も明後日《あさって》も。

……の、予定だったんだけどなぁ。

互《たが》いの頬《ほお》を摑《つか》んでこねくり回していた平和な時間に、空気の読めない子がぺかぺかと光り出したのが事の発端《ほったん》だった。

つけっぱなしで、さして注目していなかったテレビにふとマユの目線が奪《うば》われる。何をと負けん気を発揮《はっき》し、マユの興味を取り返そうと躍起《やっき》になる僕は四階に移る途中《とちゅう》で放棄《ほうき》してきたので、右に倣《なら》えしてテレビ番組を眺《なが》めた。映っていたのは、子供向けの教育番組だった。子供向けと銘打《めいう》つのは暗にマユ向けとかそういうことを言いたいのではない決して、などと何処《どこ》の誰《だれ》に弁明しているのかも定まらないまま、番組は進行していく。

どうも、耳からボクサーパンツが流出しそうな尖《とが》った男性と、顔面が冷戦状態の女性による絵画を取り扱《あつか》った内容らしい。巨匠《きょしょう》タクヤ・ヒカザキの風景画や天才の名をほしいままにしたユージ・シラカバの人物画を懇切丁寧《こんせつていねい》に紹介《しょうかい》している。嘘《うそ》だけど。

司会しているのは毎日クロワッサンとシナモンティーだけ摂取《せっしゅ》してそうな色黒爽《さわ》やかなおにいさんと、『戦争？　中学の教科書で習いましたー』と軽い感じで答えそうなおねえさん。

その二人が、神経にノコギリを入れるような奇々怪々《ききかいかい》に明るいBGMと共に紹介しているのはひかざきたくやくん（ろくさい）の描《えが》いた近所の河原、それにしらかばゆうじくん（同じくろくさい）が家族の仲良く手を繋《つな》いで歩く姿を、画用紙一杯《いっぱい》幸せ一杯に表現した絵だ。それを、胡散臭《うさんくさ》いほど褒《ほ》めちぎっておにいさんおねえさんはプロのお仕事に徹《てっ》している。どうも、少し表現が過剰《かじょう》だったかな。ただ、おねえさんの面構《つらがま》えが鎌倉幕府《かまくらばくふ》を開いた偉《えら》い人みたいであるのだけは確かだ。趣味《しゅみ》（むしろ移動手段として）は乗馬とか似合いそう。

マユはそんな番組に無言で見入っている。僕の頬から手が外れ、ゆるゆると床《ゆか》へ下りる。人の出演している放送内容に、まーちゃんが食いつく理由。

僕はそれに対して大体想像がついたけど一応、「楽しぃ？」と質問してみる。僕は違《ちが》う意味で面白《おもしろ》がってるけど、まーちゃんは素直《すなお》な子だからなぁ。色々かつ複雑かつ難儀《なんぎ》な意味で。

「んーん」と微妙《びみょう》な否定を上《うわ》の空《そら》にしつつ、マユの目線の固定は外れない。先程《さきほど》から瞬《まばた》きも忘れているようなので、目の乾《かわ》きが懸念《けねん》される。不肖《ふしょう》僕が、眼球の表面を舐《な》めてもいいのだけどテレビ観賞の邪魔《じゃま》になるかと自重した。嘘だけど。

「懐《なつ》かしぃなー」とマユが思い出に準備体操なく飛び込み始める。僕もそれに付き合うべく、

「あー、確かにね」と嘘の先手を放った。マユがテレビを見放し、僕の目玉を覗《のぞ》き込む。

「みーくんも覚えてる？」

「うん、お絵描《か》きした日のことだね」と連想ゲームの感覚で嘘八百を述べた。

そして、大正解。

「そーそー。幼稚《ようち》園《えん》の遠足でお芋掘《いもほ》りに行って、それと一緒《いっしょ》にお絵描きしたよね」

「だねぇ」僕は保育所に通ってたけど。

マユがごろごろと、僕の上を転がって悶《もだ》える。僕はクッションの役目を全《まっと》うしながら、この

話題が引き延ばしされて薄《うす》っぺらい知識が露呈《ろてい》し、まーちゃんが不機嫌《ふきげん》にならないといいなぁ、とかうすらとぼけた心配をしていた。

マユの転がりが一旦《いったん》中断し、僕を見据《す》える。顔は今ひとつ笑っていない。

「みーくんは何の絵描《か》いたっけ？」

「うん？」芋《いも》の断面図をつぶさに……じゃ駄目《だめ》か。僕じゃなくてみーくんの性格を考慮《こうりよ》しないと。うーん……まーちゃんを描いたぜ。いやそれなら、マユが覚えてるかな。芋掘《ほ》りおねえさんをモデルに裸婦画《らふが》を一丁。今の僕が首を絞《し》められそうだ。

「ごめん、昔のことだから少し忘れちゃった」

あまり無言が続いて迷いを悟《さと》られるのも得策じゃないので、ここは正直さを演出した。マユも記憶《きおく》から抜《ぬ》け落ちているようだし、そこまで非難はされないだろう。

「んー……わたしの描いたやつも覚えてないの？」

マユが怪訝《けげん》を含《ふく》ませながら、第二の質問を与《あた》えてくる。どうも、僕の記憶力を試《ため》されていたらしい。参ったな、選択《せんたく》問題じゃないと正解は不可能に等しいのに。

「……うん。僕はまーちゃんとの今を生きるだけで精一杯《せいいっぱい》なのですよ。だからつい、ね」

あながち嘘《うそ》でもない言い分で、被害《ひがい》の拡大《かくだい》を防ごうと試みることにした。マユは唇《くちびる》を曲げて、自身にとって不満足な言い訳を吟味《ぎんみ》していたが、やがてついと僕から視線を外し、テレビの情報を再度取り込み、それからにへっと笑《え》みが零《こぼ》れる。

「わたしもお絵描きしよーっと」

マユが意気揚々《ようよう》に宣言する。僕のことは不問としてくれたのだろうか。デデ或《あ》いはチャラチャラチャラといった効果音が似合う素足《すあし》の走りで部屋を駆《か》け回り、変色して表紙も歪《ゆが》んだスケッチブック、それに黒と赤の水性ペンを準備する。ちなみに、小指の白い糸で絶賛繋《つな》がり中の僕も同伴《どうはん》していた。

机の前へ滑《すべ》り込み、未使用のスケッチブックを広げるマユ。

「さー、何描こー」

黒ペンのキャップを外し、高々と拳《こぶし》を掲《かか》げて遊戯《ゆうぎ》を開始する。マユが笑顔に伴《ともな》い線となった両目で僕を見やり、創作対象への意見を求めてくる。ふむ。ここは保育所の先生に倣《なら》おう。

「まーちゃんの好きなものを描くといいんじゃないかな」

なんて助言すれば、マユの反応は確定済みだった。にんまりと小気味良い笑顔のマユ。

「まーちゃんの好きなものは、もちみーくんなのです！」だよねー。

「みーくんの好きなものはー？」にこーっと強制。

「あたりきあんどしゃりきでまーちゃんだよー」と言わされる。

ここで『ゆーちゃんだよー』などと一文字間違《まちが》えたら、生と死の字まで入れ替《か》わることになる。しかし僕は何の因果か言い間違えなかったので、マユの機嫌を損ねずむしろ回復に至る。

「じゃーみーくんはまーちゃんを描いて、まーちゃんはみーくんを描こうね」

「そうしようー」見学じゃなくて、僕も強制参加だったのか。

僕は残った赤ペンを取る。取り外したスケッチブックの中身を一枚頂戴《まいちょうだい》し、頬杖《ほおづえ》を突《つ》きながら、右手はそこで宙ぶらりん。自慢《じまん》じゃないが、美術の成績は1になったことがない。が、5というハイスコアを弾《はじ》き出したこともない。そして凡庸《ぼんよう》な3も、僕とは無縁《むえん》だった。

授業内容に絵を描《か》くことが多く取り入れられている時は2で、工作系が主役の際は4を得る。それが僕の、中学時代からの常だった。粘土《ねんど》細工や針金細工は好評を得たのだが、絵画の部門に関しては美術教師に『教育者にあるまじき発言だが、こりゃ駄目《だめ》だ。何にもない』と無色透明《とうめい》に駄目だしされる惨状《さんじょう》だった。一度、完成した絵を叔母《おば》にも見せてみたが、『上手《うま》いとか下手の問題から脱線《だっせん》して暴走してる』そうだ。その後、要《い》らぬ心配をさせてしまった。

図工の成績は悪くなかったのだが。相手と互《たが》いの似顔絵を描くという授業内容で、苛《いじ》められていて余った同級生の女の子と組むことになって薄気味《うすきみ》悪がられただけで、それ以外は特に問題なかったはず。

「あ、そういえばね、ねばねー、今度ねー」

「ん？　今度？」

なんて、ほのぼのしていたのも二秒後までだった。

朗《ほが》らかに会話しながら、マユがペン先を白紙に付着させた、その時から。

それが、醜悪《しゅうあく》な物事の節目。

マユの活力が巻かれなくなり、僕が些末《さまつ》なことに巻き込まれる、物語の契機《けいき》。

御園《みその》マユは、自然に崩《くず》れ出した。

「……みーくん、の、みーくん？」

その第一声が、引き金と呼び水を兼任《けんにん》していたことを後に知る。

「ん、まーちゃん？」

「みーくんを、描く。みーくんを？　みーくん」

マユの眼球に困惑《こんわく》が噴《ふ》き出始めたのを、僕は止めるのが数歩遅《おそ》かった。

「みーくん、顔？　みーくんは、顔……顔って、どんな。みーくん、知ってる、どれ、だれ、どの」表情が陰《かげ》る。目の焦点《しょうてん》を失う。「マユ？　ちょっと」肩《かた》を揺《ゆ》すった手が、はね除《の》けられる。「邪魔《じゃま》しないで！　わたしはみーくんが、を、だから、みぃくんは……だれ」

指先から、黒ペンが滑《すべ》り落ちる。床《ゆか》に乾《かわ》いた音を立てて落下し、小さな黒点を生む。ことり、と重心を失って床に伏《ふ》す細身のペンを一部始終観劇してようやく、マユに目線を戻《もど》す。

こめかみを手で押さえ苦悩《くのう》、なんて力を必要とすることはせずに、机に突《つ》っ伏していた。腕《うで》はだらりと垂《た》れ下がり、周囲に赤ペンキを垂らせば、死体と認識《にんしき》しないのは無理だろう。

「マユ、どうした？　マユ？」

僕はマユの肩と机の間に指をねじ込み、身体《からだ》を持ち上げる。暗闇《くらやみ》の中でしか生じない発作《ほっさ》が、日中にも侵食《しんしょく》し出したのかと身構えたが、どうにも症状《しょうじょう》が異なる。マユは叫《さけ》ばない。

白目も剝《む》かず嘔吐《おうと》もせず、激しい歯軋《はぎし》り、自傷行為《こうい》、一切《いっさい》なし。

「みーくんは、これ、これ」僕の頰《ほお》に、両手を添《そ》えてきた。

伸《の》び気味の爪《つめ》が僕の頰に突《つ》き刺《さ》さり、ああ、後で切らないとなんて、空気にそぐわない心配を触《ふ》れる痛みの捌《は》け口《ぐち》にして動転を嚙《か》み殺す。

「違《ちが》う」僕を否定し「思い出せない」みーくんを否定し「違う」否定と「思い出せない」否定だけが「違う」

ただ、記《き》憶《おく》の裂《さ》け目《め》に苛《さい》まれるだけの、安直に最悪な後遺症《しょう》だった。

マユのトラウマの塊《かたまり》が別方面で少し氷解し、流出し。

そしてその毒がほんの僅《わず》かでも致《ち》死《し》量に至ることを、僕は日々の中で失念していた。

自分という愚《ぐ》者《しゃ》を基準にした、愚《おろ》かな思考の所《せ》為《い》で。

マユが手の平全体でペンを摑《つか》み直し、白紙に一本の線を引く。引き終え、そこで手が止まる。

「みーくんは、この後……このあとこのあとこのあとこのあとに、」

何を足せば、みーくんになる？

「……まーちゃん」

呼んで、肩《かた》を抱《だ》いて、抱擁《ほうよう》する。

今度は抵抗《ていこう》されなかった。

今度は歓喜《かんき》も芽生えなかった。

……そうして、マユは呆気《あっけ》なく自我を見失った。

こんな、些細《ささい》な引っかかりで何もかも破綻《はたん》していく。

成長なんて、余地のないものがするはずもない。

ついでに、ぼくもみーくんを失った。こっちは、自業自得《じごうじとく》だ。


三月三十一日。

マユは病院のベッドの上で身体《からだ》を起こし、下半身にだけかかった毛布を虚《うつ》ろな瞳《ひとみ》で見下ろしている。前髪《まえがみ》が額にかかり、顔色の悪さを強調して。

マユは、泣くという行為に一切の関連を保たないまま、涙《なみだ》を流していた。

スケッチブックが破壊《はかい》され、中身の白紙がベッドの上に重なり、散乱している。

不謹慎《ふきんしん》にも、その構図自体が一枚の絵画のようだった。

「ありゃま、どったの。昨日からこうなってるわけ？」

僕の隣《となり》で佇《たたず》み、マユをしかめ面《つら》で観察する坂下恋日《さかしたこいび》先生が尋《たず》ねてくる。頷《うなず》く。

「食事とかは？」「自発的に食べないので無理矢理詰《つ》め込みました」「そう」

先生がベッドに近づき、マユの眼前で手を振《ふ》った。反応はない。それから次に、マユの肩を揺《ゆ》さぶる。揺れるだけだった。「なんてざまだい」と先生が呟《つぶや》き、それから少し付け足す。

「この子、重症《じゅうしょう》だ。アタシが触《ふ》れても無反応だもの」

先生がマユの肩《かた》に手を置きながら、そう呟く。確かに普段《ふだん》なら手を振《ふ》り払《はら》うか平手打ちを返すか、それぐらいの反応はある。昔、僕の親父《おやじ》が加減を間違《まちが》えて壊《こわ》した時みたいに、無反応だ。

「何でこうなったの？」

「マユが、みーくんの似顔絵を描《か》こうとして……記《き》憶《おく》や現状との接続に失敗したみたいで」

みーくんを思い出させるのは、現実と向き合わせること。

それをさせてはいけないこと、十二分に理解した気になっていたから、失敗したわけだ。

「迂闊《うかつ》だぞ」と僕を窘《たしな》めつつ、先生がマユから一歩離《はな》れる。それから、白衣のポケットに手を突《つ》っ込む。

先生は今日、見慣れた白衣の格好だった。しかし別に、職場復帰したわけじゃない。今も尚《なお》絶好調にカレンダーと傘《かさ》、ついでに履物《はきもの》が不要な生活を満喫《まんきつ》中だ。

では何故《なぜ》白衣を着用してきたのか質問したら、「これしか余所《よそ》行きの服が手近になかったから」と説明された。普段、どんな格好で過ごしているんだろうと少し思いを巡《めぐ》らせた。

「で、アタシを呼びつけた理由は？　治《ち》療《りょう》は、無理だよ」

アタシは無《む》免《めん》許《きょ》医《い》じゃないから、天才的な腕《うで》は持ってないの。先生はそう、面白《おもしろ》がらずに冗《じょう》談《だん》を付け足す。

「でもこのままだと、御園《みその》は衰弱死《すいじゃくし》でもしかねないわね。この子、自分から変化を求めて動く性格じゃないから」

「分かってます。マユの世話をお願いしたいんです」

「ん、君がしてあげないの？」

「僕は、マユを直す為《ため》に動かないと、動きたい……って、何か、そんな感じでして」

僕ぐらいしか、腰《こし》が軽々しくないだろうし。

「御園を治す。……そう」と先生が少し目を落とす。それから、「出来るの？　方法は何かあったりする？」と懐疑《かいぎ》を捻出《ねんしゅつ》してくる。

「マユの家とかに出かけて何か、マユの目を引く方法でも探してみるつもりです」

「ふうん。それで御園が暗中模索《あんちゅうもさく》してるみーくんを忘れさせようというわけか」

「ええ、まぁ」

先生は顎《あご》に手をやり、「うん」と大仰《おおぎょう》に頷《うなず》く。

「随分《ずいぶん》と後ろ向きなドラクエごっこね」

何だか最近、すっかり漫画《まんが》の人からゲームの人になってしまったな。

「心当たりを回ってみるつもりなので、多分、暫《しばら》く帰れないと思いますから」

「ん、分かった。病院の連中にも話はしておくよ」と先生が承諾《しょうだく》する。

顔、見せるなって伝達されたはずだけど。

それは時効なのか、緊急事態《きんきゅう》につき適用を一時中断しているのか。

どちらにしても、この人には恩義しかないんだよな。僕としては本当に珍《めずら》しいことに。

「すいません、引き籠《こ》もってる最中にお呼び出ししてしまって」

「いやいや」と先生は手を軽く挙げ、僕の礼にフランクな態度を取る。

「定期的に、こっちから携帯《けいたい》で連絡《れんらく》しますから」

「はいよ」

それから、病室に残る先生と別れて、廊下《ろうか》と扉《とびら》の境目を踏《ふ》みしめたあたりで。

僅《わず》かな音が糸を紡《つむ》ぎ、僕の首に巻きつく。そして、振《ふ》り向かされた。

マユが無表情に、咳《せ》き込んでいた。

涙《なみだ》が鼻か口に入り、処理を自発で行えなかった所為《せい》で噎《む》せたらしい。先生がハンカチで拭《ふ》き取り、これ以上は流水が入り込まないよう、対策としてマユを寝《ね》かしつける。

マユは天井《てんじょう》を、瞬《まばた》きまで著《いちじる》しく減少させて何も邪魔《じゃま》なく、芽生えなく見つめていた。

「…………………」

廊下へ出る。敢《あ》えて何も言わなかったし、心中であがった感情の産声《うぶごえ》も黙殺《もくさつ》した。

窓から覗《のぞ》ける鉄塔《てっとう》と、以前より少しだけ人家に変化した箇所《かしょ》もある畑の群れ。

右手に広がるのは、今も変わらずテレビと紫煙《しえん》の溜《た》まり場《ば》であるロビー。何人かの患者《かんじゃ》が煙草《たばこ》と野菜ジュース片手に談笑している。

「……さん、か」
口の中で転がったのは、自身の耳まで届かないほどの、不確かな声だった。
ここで知り合った女性が、僕の脳に些細《ささい》な傷を与《あた》えてきたことはまだ覚えていた。
あの時ぼくは少年だった。今の僕は、何に値《あたい》するのか。
いや、と首を横に振り、雑念を振り払《はら》う。
自己肯定《こうてい》も自分探しも、必要ない。
マユを元に戻《もど》す為《ため》に、病院を退出して歩き出した。
……元に？
僕の言う元は、何を意味する？
「そりゃあ貴方《あなた》、ねぇ」
まーちゃんでしょ、大事な。
「……うーん、あっはははっははあはあああはははは！」
信号待ちをしている間に。
僕は、自分の思い上がりを面白《おもしろ》がってしまった。
こんなに愉快《ゆかい》な事柄《ことがら》が他《ほか》にあったら、僕の日々に頬《ほお》の筋肉は堪《た》えないね。
嘘《うそ》だけど。全部、余すところなく、痛快無比に。
マユを直す。治せないけど、直してみせる。

僕はまだ、まーちゃんを騙《だま》し足りないから。


と、いうわけだった。回想お終《しま》い。はい、フルカラーに戻《もど》して。

「調整」と瞼《まぶた》の上から指で眼球を圧迫《あっぱく》し、色彩《しきさい》感覚を取り戻《もど》す。一頻《ひとしき》りすり潰《つぶ》してから、目を開くとそこには桃源郷《とうげんきょう》から極楽《ごくらく》と幸福、それに開放感を取り除《のぞ》いた景色《けしき》が広がっていた。どうやら、僕の視界は正常に復帰したようだ。その順調さに足取りも軽くなる。嘘《うそ》だけど。

昨日は、マユの実家があった場所と菅原《すがわら》の家に足を運んできた。結果は散々たるものだったけど。マユ家はとうに滅《ほろ》んでアパートが建立《こんりゅう》されていて、菅原の母親に出会って身分を名乗ったら怒鳴《どな》られてあっさりと追い返された。なんか、唾《つば》と一緒《いっしょ》に飛んできた台詞《せりふ》では誘拐《ゆうかい》事件は僕の所為《せい》ということにされていた。それと、息子《むすこ》が人殺しなのも近所から白い目で見られるのも全《すべ》て僕が因果関係にあるらしい。日本人とは思えない自己主張を壮絶《そうぜつ》に繰《く》り広げられると反《はん》撃《げき》の意欲さえ言葉の奔流《ほんりゅう》に飲み込まれ、僕はすごすごと引き下がるしかなかった。嘘だけど。

まあ、実際のところ、唯一《ゆいいつ》の武器であるハッタリを使用する暇《ひま》もないほどに拒絶《きょぜつ》された。

だから今日は、僕の実家の出番だった。ひょっとすると、誘拐された時に菅原やマユが持っていた鞄《かばん》や服といった何かが残っている可能性がある。そういった金銭的価値と無縁《むえん》の品々をマユの眼前にちらつかせれば『あー、これみーくんのランドセルだー』とか何とか、意識の標的を変更《へんこう》出来るかも、と縋《すが》るものが藁《わら》か幻《まぼろし》か区別のつかないまま、道を踏《ふ》み外しているのです。

こぢんまりとした耳鼻科の前を通過し、粘《ねば》ついた緑色の溢《あふ》れる川と交差した橋の上で、一度歩みを止める。別に渡《わた》るべからずと御触書《おふれがき》があったわけではない。見下ろした川では太陽光が反射し、時折、焦《こ》げ茶《ちゃ》色の魚の背中が水面に浮かび上がる。老人に連れられた孫娘《まごむすめ》が「おさかなだー」と目を戯《たわむ》れさせるのに適した、牧歌的な風景につい僕も、口笛を吹《ふ》いて郷愁《きょうしゅう》に駆《か》られる。地元にいるという事実はさておき。

しかし、僕はやけに落ち込んでないな。マユの危機であるのに、まーちゃんと裏腹に。あー後、ついでにみーくんの存続も危《あや》うい。

視界その他含《ふく》めやたらに明瞭《めいりょう》なのは、脳味噌《のうみそ》の近所のスイッチが二つ三つ程度、普段《ふだん》の領域を逸脱《いつだつ》して入ってる所為だろう。的確な処置だ。ただこれ、反動が凄《すご》いんだよな。逆に無理矢理戻されて、平衡《へいこう》感覚と死生観を崩壊《ほうかい》する事態にまで発展したこともあるし。けどまぁ、今は非常事態だ。これぐらいは大目に見て貰《もら》おう。

後のことはその時の僕に任せましょう。

と、安楽的に締《し》めてみた。

「危機感が欠如《けつじょ》しているのは親譲《ゆず》りです、と」

休憩《きゅうけい》の格好を崩《くず》し、またお天道《てんとう》様の下を進み出した。

十歩で橋を渡《わた》りきり、車が横断しているのを目撃《もくげき》したことがない道路を越《こ》えて歩き続ける。

十年ほど前は畑だらけだったが、今ではすっかり埋《う》め立てられて、売り家ばかりが建っている。

二度ほど右折し、やがて塀《へい》の代わりに、木々を四角く刈《か》り込んで囲われた、毒々しい青色の屋根とアンテナが目立つ一軒《けん》家の前を通りがかる。転校、引っ越し、株で破産等していなければ昔通り、僕が向かっている目的地の隣《となり》（三百メートルは離《はな》れているが、障害物も設置されていないので便宜《べんぎ》上、そう表現して見栄《みえ》を張った）に位置する、伏見《ふしみ》の家だ。

一応、過去の僕からすればご近所だが庭の芝生《しばふ》は青くない。というか、別に生い茂《しげ》ってない。微妙《びみょう》に荒廃《こうはい》して、手入れの行き届いてない地面が広がっている。ゴルフボールや犬のジョンなど勿論《もちろん》生息していない。ミミズと蜥蜴《とかげ》の楽園であろうことが予測される。

家の表の門戸はしっかりと戸締《とじ》まりされている。やはり春休みだから、だから……関連づけて何か理由を探したが、咄嗟《とっさ》に思い当たらない。うぅん、春期休暇《きゅうか》なのでいちごタルトを求めてとかどうだ。別に何でもいいけど。

伏見とは、家の前を通りがかっただけでちょいと挨拶《あいさつ》に伺《うかが》い、甘ったるいお茶菓子《ちゃがし》を馳走《ちそう》になる間柄《あいだがら》でもないので特にこれ以上、反応をする必要はなかった。

「……おや？」

ふと二階を見上げると、右の部屋の窓に張りつき、怪談《かいだん》の幽霊《ゆうれい》みたいになっている伏見柚々《ゆゆ》と目が合った。……何してるんだあいつ。窓に映る自分とキスか？　何と大胆《だいたん》な。

ジーッと見つめ合っていたら、伏見が汗々《あせあせ》と慌《あわ》てふためきながら、僕に向かって手帳を窓に張りつける。見えるか、と突《つ》っ込みを入れたいところだが果たして彼女の鼓膜《こまく》まで飛距離《ひきょり》が出せるだろうか。仕方なく、手を振《ふ》ることで代用した。出来てないけど。

伏見が窓際《まどぎわ》から離《はな》れ、翻《ひるがえ》る。そして僕の視認《しにん》出来る範囲《はんい》から姿を消した。僕も負けじと木々の囲いを突破《とっぱ》し、不法侵入《しんにゅう》を経てもう一度伏見を視界に収めるほどの遊び心はない。

少し待っていると、伏見が玄関の扉《とびら》に半身をぶつけながら、ゴム草履《ぞうり》で外に現れた。そしてペッタペッタとこちらへ駆《か》けてくる。彼女は長距離走の授業では、同性の目も引くほどの見事な走りを披露《ひろう》する。まぁ、注目されるのは鍛《きた》え抜《ぬ》かれた下半身ではなく締《し》まりがあるんだかないんだかの上半身だけど。順位は大概《たいがい》、下の中だ。ちなみにマユは不戦勝だ。サボリとも言う。

僕の下《もと》へ辿《たど》り着くと、伏見はヘタれた。膝《ひざ》に手を突《つ》き、肩《かた》で息をする。けれど、顔は僕を見上げていた。

「おはよ、部長」

軽く挨拶すると、伏見がポケットに丸めてねじ込んでいた手帳を取り出し、パラパラと捲《めく》り出す。『おはよう』を探しているのだろう、と事の成り行きを見守る。そういえば、今日は制服姿じゃないな。春休みだから当然ではあるけど、そういった格好の伏見と遭遇《そうぐう》したり交流してみたりするのはこれが初めてだった。

『おはようです』と微妙《びみょう》に丁寧《ていねい》な挨拶《あいさつ》を指し示す伏見《ふしみ》。一応、僕は年上だからかな。その割に普段《ふだん》の会話では丁寧語など一つも飛び出さないけど。

伏見が消しゴムを構え、正の字を僅《わず》かに損《そこ》なわせる。消しかすを手で払《はら》ってから、僕を見た。

「お前何、用事？」と上擦《うわず》り、掠《かす》れの一層酷《いっそうひど》くなった肉声で尋《たず》ねてくる。

「ん、いや伏見には特にないけど」……何故《なぜ》目に見えて落胆《らくたん》するんだ、部長さんは。

「あー、何というか、伏見はさっき、窓を利用してどんな高等遊戯《ゆうぎ》に励《はげ》んでたんだ？」

このまま立ち去ると、副部長としての権限に制限をかけられそうだったので社交辞令的な会話を持ちかけることにした。嘘《うそ》だけど。

僕の問いに対し、「暇潰《ひまつぶ》し」と咄嗟《とっさ》に口走ってから、慌《あわ》てて手帳を検索《けんさく》する伏見。溜《た》めておいた言葉を使わないのは、伏見にとってかなり許されざる行為《こうい》らしい。一頻《ひとしき》り確かめ終え、今回はなかったようなので、「暇潰し暇潰し」と新たに書き込んでから話を進めてきた。

『家族が』『海外旅行』『行っちゃった』「から」その後は表情と身体《からだ》でしょんぼりする。

いやいや、伏見。君もその名字から察するに、伏見家の一員だろう。

もしや伏見の出生や家族関係に秘密があり、亀裂《きれつ》と確執《かくしつ》が、

『昼寝《ひるね》』「してたら」『家に』『置いて』『いかれた』

「……………………」消しゴムで使用回数を消し消し伏見さん。

お前は旅行好きのライオンとでも同棲《どうせい》してるのか？

そこまで手帳会話した後、両手を上部に広げ、全身を縦に躍動《やくどう》させた。当然、その豊胸も上下する。というか、そこが最も躍動感に溢《あふ》れている。

「…………………………？」

前々から思っていたが、こいつは自身の身体に備わっているものを自覚していない気がする。天然の色気とはタチが悪い。将来は四、五人の男を常備して街を闊歩《かっぽ》する無自覚女王となるだろう。嘘かどうかは、判定が困難かも知れない。

そんな伏見の将来はさておき、現状はまだ飛び跳《は》ねている。ひょっとして、エクスクラメイションマークを表現しているのかな。そりゃまあ、単品で言葉の尻《しり》にくっつけるのは不可能だろうけど、言い溜《だ》めせずに手帳に書き込んでおけばいいのに。

「律儀《りちぎ》な奴《やつ》」

僕の呟《つぶや》きで我に返り、自身の子供じみた行いを省《かえり》みたのか伏見が小さく纏《まと》まって、頬《ほお》を薄紅《うすべに》色に染める。悪くない意味で小学生っぽさが抜《ぬ》けきってないよな、こいつ。発育は度外視して、そんな評価を下してみる。

『なに』『なに』『なに』『どこ』『どこ』『どこ』『行く』

恥《はじ》と外聞をごまかそうと、言葉を乱発する伏見。下手な鉄砲《てっぽう》より効果は期待出来そうもないけど。

「ちょっと、僕、の家に用事があるのだ」

「お前の？」伏見《ふしみ》が目を丸くしながら、首を左側《がわ》へ向ける。

「そう、そっちの方角にあるお家《うち》」

そう言いながら、ふと、僕の家が今どうなっているか、疑問視した。

事件以来、一度も足は運んでいない。歩く度《たび》に軋《きし》む、侵入《しんにゅう》者発見用の床《ゆか》は健在だろうか。今は腐《くさ》って抜《ぬ》け落ち、侵入者への落とし穴として機能していそうな気もする。僕の服やランドセルは、入院中に叔母《おば》が回収してきたそうだしな。

叔父《おじ》と叔母は話を振《ふ》ってこなかったし、僕も興味がなかったので何一つ顛末《てんまつ》を知っていない。

伏見が首を戻《もど》し、ページをペラペラと捲《めく》る。パラパラ漫画《まんが》がページの端《はし》にあったりはしない。

『お前の』『家』「今、住んでいる人がいる」

「なぬ？」

『大江《おおえ》』「さん、っていう人が」『家』『改築』「して」『住んでる』

「ほう、ビッグ……」江を英単語に訳しなさい、さあ早く。「さんね」諦《あきら》めた。まさかEではあるまい。

それにしても、あんな建物を買い取って住むとは。物好きか、世間知らずのどちらに該当《がいとう》するのやら、大江さん一家は。

人が住んでいたとは、予想外だ。探し物なんて泥棒紛《どろぼうまが》いの行いが実行出来るかな。そもそもそんな探すほどの物品が宝箱として用意されているかも、これでは怪《あや》しい。けれど僕の身分を明かせば、多少は便宜《べんぎ》を図ってくれるかも知れない。野次馬《やじうま》根性に根掘《ねほ》り葉掘《はほ》り尋《たず》ねられそうだけど、そこは根無し草として意地を見せねば。

嘘《うそ》だけど。ペンペン草も頭から生えてないぜ。

「取《と》り敢《あ》えず、行ってみるよ。それじゃ、また新学期にでも。ありがとうな」

片手を軽く挙げ、情報屋さんに礼を述べて別れた。すたすたと、元が枕詞《まくらことば》につくこととなった実家を目指し、移動を再開する。……四歩目あたりで、その計画に支障が出た。

足音がすたすたすたすたになっている。

僕が四足歩行に開眼していない以上、後ろの正面にその秘密があると見た。

立ち止まらずに振り向く。月歩きしながら、僕は原因と向き合う。

伏見がいつの間にかパーティーに加わっていた。何か言い忘れたことでもあるのかな。街の外どころか、日がな一日自宅の部屋に籠《こ》もっていても夜が訪《おとず》れるのは周知の事実だし、武器は天下の往来で装備するとポリスマンが襲《おそ》ってくることも重々承知なのだが。

伏見がポケットから手帳を取り出す。ついでに、消しゴムも構える。

『私』『余暇《よか》』『ありすぎ』『レッツゴー』そして消し消し。

「ついてくる気か？」首が縦に揺《ゆ》れる。

「何で……。他《ほか》にもっと有意義な時間の廃棄《はいき》方法はあるだろ」

カップ麺《めん》をフリスビー代わりにして犬と主人を兼任《けんにん》して家中走り回るとか。嘘だけど。

「何と、なく」

それじゃ、駄目《だめ》？　と伏見《ふしみ》が目をつぶらにして視覚に訴《うった》えてくる。僕は何故《なぜ》か額に手を突《つ》きながら、ごまかしの効いた目線の逸《そ》らし方を実行したくなり、けれど嘆息《たんそく》だけに落ち着く。

……女の子と連れ立って、その件をマユが見咎《とが》める。それならいいさ。

そうだな、その状態へ回復するという決意表明にでもしてみるか。

「一応言っておくけど、行楽違《こうらくちが》うぞ」

ぱふぱふの一つも使えないようでは、この先の旅は厳しいものとなるだろう。嘘《うそ》だけど。

一度でも使えば、別の人生を切り開いてしまうに違いない。

伏見が、僕の邪《よこしま》な妄想《もうそう》を露《つゆ》と感知せずに、屈託《くったく》なく笑う。罪悪感を攻《せ》める、良い攻撃《こうげき》だ。

「ううん、行楽。お前と出かければ、そうなる」

……なんか、結構際《きわ》どいことを宣言したような。まるで、バッティングセンターで空振《からぶ》りするのでも貴方《あなた》がいればデートですと笑って許してくださったNさんの言い分というか。

「人間ピクニックかよ、僕は」と呆《あき》れたふりをしつつ、「ま、いいけど」

『うぃ』

ということで、伏見柚々《ゆゆ》が仲間になった。

今まで、二年間は何の間柄《あいだがら》だったんだろう、とか道中で暇潰《ひまつぶ》しに悩《なや》んでみた。

僕の家は元々、無駄《むだ》に広かった。

誰《だれ》の趣味《しゅみ》だか知らないが、次男の僕が生まれて、天然の感情制御《せいぎょ》装置が備わった頃《ころ》には既《すで》に旅館の大きさまで成長しきっていた。駅前のビジネスホテルより敷地《しきち》はあったが、時折、家長が連れてくる飲み仲間を含《ふく》めても、利用人数は十人が関の山だった。

そしてその家を増改築したのだから、大江《おおえ》家も当然広大である。

「……けどなぁ」

門をくぐったあと、仰々《ぎょうぎょう》しい鉄製の玄関《げんかん》前から、目前の建造物を見上げる。

「随分《ずいぶん》と変わったな……外見、整形手術しすぎ」これじゃあ大江家じゃなくて大塚《おおつか》家だ。

その呟《つぶや》きに、伏見は微《かす》かな反応を視覚で示しながらも、言葉と手帳による返事はない。

僕の家は、跡形《あとかた》ぐらいしか残っていなかった。中がどうなっているか保留としても、外見は。

和風建築の型に、無理矢理洋風で装飾《そうしょく》し、制作したオブジェ。上空から見下ろせば、さぞかし台形であろうことが想像に難《かた》くない。

植木鉢《うえきばち》から本マグロが顔を飛び出させているぐらいに芸術すぎる。

「伏見はさ、この家の人とご近所付き合いとかしてるの？」

醤油《しょうゆ》借りたり、取れすぎた柿《かき》を袋《ふくろ》詰め百円で売りに来てみたり。

伏見は首と髪《かみ》を横へぶんぶん振《ふ》り、希薄《きはく》な関係を肯定《こうてい》する。

周囲も、中の家が覗《のぞ》けないほどの塀《へい》で囲まれている。掃除機《そうじ》で硝子《ガラス》の破片とか吸い取りたくなる、見事な洋館だ。伏見《ふしみ》の道具は手帳だから、重要な文章がメモしておけるな。

『ちょいちょい』と効果音を見せつつ、伏見が服の袖《そで》を引く。そして、伏見が指差す方を反抗《はんこう》期せずに見ると、窓と思《おぼ》しき空間に、縦横の鉄格子《てつごうし》が嵌《はま》っていた。「……要塞《ようさい》か、ここは」

ここに僕の家があった頃《ころ》は、窓の二、三枚がかち割れたままになっているほど気安さを演出してたのになぁ。引き籠《こ》もりを助長する作りなのは時代の流れかな、と憂《うれ》うわけがない。

鉄格子が十字に交差する僅《わず》かな隙間《すきま》から、今にもにゅっと銃身《じゅうしん》がはみ出して狙《ねら》われそうだ。まぁ、方角からすれば先に伏見が狙撃《そげき》されるから慌《あわ》てることもないと、緩《ゆる》やかに首を巡《めぐ》らせて呼《よ》び鈴《りん》を探した。いやぁ、嘘《うそ》っていうか冗談《じょうだん》の部類ですよ。

「……ない、みたいだな」伏見と顔を見合わせ、頷《うなず》かれる。電子系に指で押すチャイムも、紐《ひも》を引っ張って鈴《すず》をガラガラと鳴らす仕組みも見当たらない。あれは軒先《のきさき》で初詣《はつもうで》ごっこするのに便利なのになぁ、と悔《く》やんでみる。嘘は無視して、勝手に入ってみるか。

金属製で、僕の背より高々と建築されている玄関《げんかん》の扉《とびら》の、持ち手を掴《つか》む。ぐ、と力を込めて引け、ない。重すぎる。膝《ひざ》と指先に力を込めて、本腰《ほんごし》を入れて引く。そこでようやく仰々《ぎょうぎょう》しいというか、錆《さ》びついたドアノブを捻《ひね》ったような粉っぽい感触《かんしょく》と音に演出されて扉が開く。扉は側面も分厚《ぶあつ》い。豆腐《とうふ》というほどもないけど、アメリカンなビーフステーキぐらいの厚さを誇《こ》示《じ》している。それに、鍵穴《かぎあな》が見当たらないのに、鍵の仕組みはあるようだ。電子ロックか設計ミス、どちらかだろう。

大江《おおえ》家に入ると、温度が人間の空気を読んだ。四月の暖《あたた》かいと暑いの中間層から、暖かいと肌寒《はだざむ》いのブレンドにまで落ち着く。扉を閉じて、派手《はで》な音を呼び鈴代わりに立ててみた。

「うす」『暗い』

伏見が、まず雑感の一つを述べる。確かに、窓の見当たらない空間と、点《つ》けられていない電灯《でんとう》の下は、絞《しぼ》り滓《かす》が集《つど》って物体の周囲に広がったような、手応《てごた》えのある薄暗《うすぐら》さだった。買い直した携帯《けいたい》電話（料金はマユが支払《はら》うと言い張り、二人でお揃《そろ》いの型を購入《こうにゅう》した）を取り出して時刻を確認《かくにん》すると、午後四時過ぎで、室内だけ冬季の日照時間を採用しているみたいだった。

天井《てんじょう》、随分《ずいぶん》と背丈《せたけ》が増強されたな。いや、材質も変更《へんこう》されているようだし、さては別人だな。

玄関には下駄《げた》箱が見当たらない。目前には日本家屋がぎゅう詰《づ》めすれば二軒《けん》は建ちそうな広間と、奥の壁《かべ》が視認出来ないほど長々と続いた通路。左右にも通路があり、足下《あしもと》は、青い絨毯《じゅうたん》が敷《し》き詰められている。手抜《てぬ》きで作った、ゲームの大富豪《ふごう》の屋敷《やしき》みたいだ。これでは下駄箱の出番もあるまい。昔は、僕が靴《くつ》をにもうとの分まで取り出して用意したものだけど。

「すいませーん」

家に押しかけて開口一番謝罪する、日本特有の風習で自己主張してみた。トラウマ原生地にいる僕ではあるけど、案外、平気に発音することも出来た。空の胃腸も、胃液がせり上がることはない。ただ、もし地下室が残っているなら、そこに対しては未知数だ。

僕に続いて伏見《ふしみ》も手帳で『こんにちは』を掲《かか》げる。礼儀《れいぎ》正しいのは美徳だけど、効果的じゃないにも程《ほど》があった。元より効率を度外視した言語の使い手だけど、徹底《てってい》してるよなぁと、柄《がら》にもなく関心を寄せてしまった。嘘《うそ》だけど、僕も普段《ふだん》から非効率的な脳味噌《のうみそ》の使い方をしている故《ゆえ》。

さて、僕の音声か伏見の手帳語、どちらかに応《こた》えて左の通路方面から、声が伸《の》びてきた。

「はぁい、ただいまぁぁぁぁぁあーあーあー」

喉《のど》の調子を整えるついでに返事された。絨毯《じゅうたん》に片《かた》っ端《ぱし》から飲み込まれている所為《せい》か、スリッパの足音は付属していない。ただそのエプロン姿に水色のスリッパを履《は》いて小走りしてくる姿からは、パタパタという効果音が空耳するのは確実だった。

その女性は、僕らの姿を確認《かくにん》してから減速し、水に濡《ぬ》れた手を拭《ふ》きながら停止する。

「えぇとー……どちら様でしょうかぁ?」

語尾や文字が間延びした喋《しゃべ》り方で、僕らの素性《すじょう》を尋《たず》ねてくる。ふっくらとした体つきながらも縦には小柄《こがら》で容姿もおっとりとして、全体的に角のない顔立ちをしている。若々しさをまだ残した母親といった印象だ。もう少し顔つきが尖《とが》っていれば、肝《きも》っ玉《たま》母さんと評されただろう。

「あっと、僕はですね、」「カップルさんですかぁ?」

「……いえ」

男女二人が現れたので、取《と》り敢《あ》えず連想出来るものを言ってみたという印象だった。

そのような身分以下の関係を確認してどうする。なんだここは、結婚相談所か。それとも我が街の隠《かく》れデートスポット気取りか。恋人未満だと入場割引券が適用されませんと言い出しかねないな、と憤慨《ふんがい》の極《きわ》みだった。伏見柚々《ゆゆ》の名誉《めいよ》の為《ため》に、全《すべ》て嘘《うそ》であることも付け加えておく。

「あらぁ、そうですかぁ……残念ですかぁ？」

女性は不憫《ふびん》そうに眉《まゆ》を寄せつつ、僕へ見当違《ちが》いの質問を積み重ねてくる。

こういう人、苦手なんだよな。これが天然じゃないなら、対処法は幾《いく》らでもあるけど。

仲間に頼《たよ》ろうにも、伏見はいつの間にかステータス異常にかかって混乱中のようだった。

「かぷかぷ」と譫言《うわごと》を呟《つぶや》きながら手帳に何か書き込んでいるので、戦力外通告の出番となる。

良い運動なのか汗《あせ》だくで、耳まで完熟《かんじゅく》し出していた。やはり、三人旅の方が効率良かったかな。

「……おや、お客様なんて何年ぶりでしょう」

僕の憂《うれ》いに応《こた》えるように、右側《がわ》の通路からもう一人、女性が登場してきた。助け船を漕《こ》いできたのか、難破船で漂流《ひょうりゅう》していたのかはさておき、場の流れを変える期待を背負った人だ。

エプロン女性の興味も、僕らのカップリングから新参者に向く。

「あ、奥様。……そうですねぇ、六年ぶりぐらいじゃないでしょうかぁ」

会釈《えしゃく》しつつ指折りするエプロンさん（仮名）。律儀《りちぎ》に、奥様と敬う女性の半ば独《ひと》り言《ごと》に答えている。……六年。少なくともそれだけ前から、この人達はここに住んでいたのか。

典雅《てんが》にして優美な足取りで僕らの下《もと》へ近寄る奥様。その外見は、エプロンさんが二つ三つ年を重ねたような年頃《としごろ》の女性といった様子。一日一回はガソリンスタンドで清掃《せいそう》されているように、身体《からだ》を構成するパーツが整えられている。美人というより、綺麗《きれい》に磨《みが》かれた人間という表現が当て嵌《は》まる、陶器《とうき》な女性だった。

僕が今まで出会ってきた人の中では、妹の母親に一番近い。

何処《どこ》か、達観しているというか、人を興味なさそうに観察する仕草がある。

「菜種《なたね》、この方達は何のご用なの？」

エプロンさんが菜種と呼ばれる。僕もその名前を採用することに異論はなく、これからは菜種さんと脳内で表記することに決定した。で、その菜種さんは「はて」と首を傾《かし》げる。

若はさておき奥様が額を指で押さえつつ、「減点二」と呟《つぶや》いてから、僕と伏見《ふしみ》に向き直る。

「ああ、名乗り遅《おく》れました。大江《おおえ》景子《けいこ》と申します。それで、あなた方は？」

数は少ないながら、キレの良い角をつけた喋《しゃべ》りで場を仕切る景子さん。僕と伏見に、名前の提示を程《ほど》良い硬《かた》さの言葉で求めてくる。人を引っ張る立場に立てそうな物腰《ものごし》だ。

伏見も落ち着きを取り戻《もど》したのか疲《つか》れ果てたのか、二《に》の腕《うで》を自分で揉《も》みながら僕を見上げている。先に名乗ればいいのに、と僕からすると思うわけだが、伏見は人前で滅多《めった》に口を開かない。家族の前ではどうか知らないが、少なくとも学友に対しては徹底《てってい》無口だ。だから手帳は親友なわけで、そこにもし自身の名前がストックされていなかったら、名乗りようがないわけだ。

こいつの手帳に僕の名前が書き込まれているのを以前見かけたので、代理で自己紹介《しょうかい》してくれるという気遣《きづか》いを期待したのは、微妙《びみょう》に内緒《ないしょ》だ。

「実はこの土地に以前、住んでいた者ですが」

名前を省いて、身元を明かした。これで少しは、興味をそそられるかも知れない、とそう算段しての過去利用、だったけど。

景子さんの時間は、停止してしまった。一瞬《いっしゅん》、僕らがビデオの世界の住人で、一時停止を押されたかと危惧《きぐ》したけど、自由自在に肩《かた》が回ったり伏見と顔を見合わせたりも出来たので、優越感《ゆうえつかん》に浸《ひた》りかけてしまった、というのは嘘《うそ》だった、惜《お》しい。

菜種さんが疑問符《ふ》をぽこぽこ排出《はいしゅつ》しながら、「奥様?」と顔を覗《のぞ》き込んでおろおろしている。

その景子さんが、再点火するのに数秒を要した。そして、火事となる。

「貴方《あなた》、が?　……!　!　!　!」引きつったりぐわっと目を見開いたり僕に顔面を限りなく接近させたり、百面相目指して初めの一歩を踏《ふ》み出したような景子さん。この土地は、脳味噌《のうみそ》が麻婆豆腐《マーボードウフ》な逸材《いつざい》を引き寄せる魔性《ましょうひ》を秘めているのだろうか。

そして大江奥様は短い舌なめずりの後に、目がきゅぴーんと光り輝《かがや》いたように、

「きゃあぁあぁあぁあぁあ!」きゃあぁあぁあぁあぁあ!　抱《だ》きつかれた!　正面から!　頬《ほお》ずり!　髪《かみ》ガシガシ!　頭皮ガリガリ!　息苦しい!　鳥肌《とりはだ》、生まれては即死《そくし》!

「この子が!　うきゃきゃきゃきゃきゃきゃ!」

「あばばばば」と蟹《かに》の改造人間にされる手術を受けているようだった。泡吹《あわふ》きすぎである。

「きたきたきたきたぁ！」

「だぎだぎだぎだぎだぎ」新種の虫の鳴き声にどうだろう、と事態から切り離《はな》された脳味噌《のうみそ》が本体の現状を考慮《こうりょ》せずに提案してくる。誰《だれ》が可決するか。しかし否定する余裕《よゆう》もない。

「これが！　あの！　あの……あら、どうしました？」と今にも頭部へ齧《かじ》りつきそうな勢いの景子《けいこ》さんがようやく減速し、僕の異変について尋《たず》ねる。

「……勘弁《かんべん》して下さい」

「あらこれは失礼……名残惜《なごりお》しいけれど、貴方《あなた》の希望を尊重してみますね」

素直《すなお》にリリースしてくれたので、尻餅《しりもち》をつき、息を荒《あら》げることを隠《かく》しも出来ないまま力尽《つ》きる。伏見《ふしみ》に救援《きゅうえん》を求めると、何故《なぜ》か頬《ほお》を膨《ふく》らまして、手も貸してくれなかった。

そんなに羨《うらや》ましかったのかな。

膝《ひざ》に手を突《つ》き、目線を落としてにこやかな、景子さん。

「私ね、あの事件と一家のファンなのよー！」

「そ、そいつぁどうも」まだ身体《からだ》の芯《しん》が揺《ゆ》さぶられながらも、何とかお返事する。

ここまで目を爛々《らんらん》にして無邪気《むじゃき》に宣言されると、腹も心の感銘《かんめい》を受けて立ちようがない。腹部としては、アルプスの山で意気地《いくじ》なしと罵《ののし》られるのだけが不安の種だ、嘘《うそ》だぎゃ。

よろめきながらも立ち上がり、景子さんの身長を追い抜《ぬ》く。それでも、一瞬《いっしゅん》で臨界点《りんかいてん》に達した苦手意識の払拭《ふっしょく》に効果を上げることは出来ない。奈月《なつき》さんより、ある意味で勝負し辛《づら》い。

「いつの日か会えたら、お話を伺《うかが》おうと夢見ていたの」

「はぁ……」叶《かな》った瞬間、言葉をかなぐり捨てて抱《だ》きついてきた人の口が何を言うか。

「だからここに越《こ》してきたのよー。やっと幸薄《さちうす》い私にも幸運が舞《ま》い込んできたわ、うふっふふ」

人生と金と時間を有効に無駄遣《むだづか》いしていることを自覚している人の笑顔《えがお》は目映《まばゆ》い。

「それで、そのような大物さんが今日は当家に如何様《いかよう》なご用事で？」

柔和《にゅうわ》な調子で、やっとスタートラインへ僕を案内する景子さん。

ようやく、菜種《なたね》さんとの無駄な交流と、景子さんによる鳥肌《とりはだ》の犠牲《ぎせい》を経て本題に入れた。

今回は、僕が道草食ったり新発売の嘘を売り込んだわけじゃないのだが。

「実は昔の我が家に探し物がありまして……改装されてるのは予想外だったんですけど」

「それは……申し訳ありません」

社交辞令ではなく、本当に罪悪感を抉《えぐ》られたように謝罪する景子さん。

間違《まちが》ってもいい人ではないけど、自分に誠実な性格ではありそうだ。

「家を取り壊《こわ》す時に、私物とかは処分してしまいましたか？」

「いえとんでもない！」握《にぎ》り拳《こぶし》つきで否定された。「全《すべ》て使わせて頂いてます！」

所有権で言いがかりをつけてみれば、素直《すなお》に料金を納めそうな景子さんの目の血走り。あの
事件の何処《どこ》にそこまで心惹《ひ》かれるものがあるのか、逆にこちらが関心を寄せたくなりそうだ。

「じゃあ、少しそれを調べさせて貰《もら》っても良いですか？　場合によっては、幾《いく》つか借りていく

ことになるかも知れません。あ、当然ながら許可の下りる範囲《はんい》に基づきますけど」

「勿論《もちろん》、ここを貴方《あなた》の家と思っておくつろぎ下さい」

まるで宿泊《しゅくはく》客にされたかのような物言いだった。正面の扉《とびら》から明るいうちに現れて、目の前で泥棒《どろぼう》を宣言する人に対して破格の扱《あつか》いといえる。嘘《うそ》っぽいけど。

それから付け足しとして、景子《けいこ》さんがはにかみながら、指を一本立てる。

「ただ、一つこちらからも要望がありまして」「はい？」

「今日は是非《ぜひ》、夕食を共に囲んで頂けませんか？　娘《むすめ》や息子《むすこ》、それと耕造《こうぞう》も歓迎《かんげい》するでしょうから」

「耕造……といいますと」「私のお婿《むこ》さんです」

少量の照れを含《ふく》んで、旦那《だんな》を紹介《しょうかい》する怪妻《かいさい》。お婿さんという日本語の似合わない顔ではある。

「あ、それと家の中は基本的に全《すべ》て自由にして頂いてもよろしいですが、娘や息子の部屋は、本人の許可が取れないようでしたら、すみませんがご遠慮《えんりょ》下さい」

「ええ、それは当然ですね。分かりました」チッ……冗談《じょうだん》だけど。

さて、ご家族の夕食会に招かれたわけだ。まず、伏見《ふしみ》を窺《うかが》う。林檎《りんご》病の頬《ほお》は萎《しぼ》み、目は泳いでいた。「伏見は、どうする？」

僕としては、探索《たんさく》の見返りを要求されている以上は大人しく従うことが確定だけど。伏見は特殊《とくしゅ》な人見知りだから、家に帰った方がいい気もする。ただこの子、料理作れるのかな。

その点、うちのまーちゃんは掃除《そうじ》、洗濯《せんたく》以外なら家事は万能である。

ああそういえば、マユの手料理をこれで三日間は胃に収めていない。まだマユ成分は数日保《も》つ程度には蓄《たくわ》えられているけど、楽観できる状況《じょうきょう》ではない。一層、気を引き締《し》めて事件解決に奔走《ほんそう》することに重度の誓《ちか》いを立てた。嘘じゃない部分も見受けられる。

けど、道理で腹が減っているわけだ。ここ二日で、何を摂取《せっしゅ》したか記憶《きおく》にない。……それもそうか、何も食べてないし。

伏見が相談をバサバサと、翼《つばさ》のはためきみたいな効果音つきで持ちかけてきた。

『帰って』「も」『ご飯』『ない』『困った』

「んー、家族いないからな……じゃ、食べていく？」

伏見は不承不承のように、何とか頷《うなず》いた。

「……ということなので、ご馳走《ちそう》になります」

その答えだけを待ち受けていたように、小気味良い対応と快活な笑顔《えがお》が返ってくる。

「では、腕《うで》を振《ふ》るわせて頂きます」

宣言通りに、景子さんは腕まくりのついでとして水平に振った。それから、放心したようにボケッとしている菜種《なたね》さんへ命令する。

「菜種、厨房《ちゅうぼう》を使うから手伝って頂戴《ちょうだい》」

「はえ？」と話題に置いてきぼりにされたことに、今気付き、そしてすぐに出番が回ってきたので困惑《こんわく》したような菜種《なたね》さんが、壁《かべ》にかかった大型の振り子《ふこ》時計から奥様へ目線を戻《もど》す。

「奥様が厨房《ちゅうぼう》にご用、というとつまみぐ」「ええ、得意料理を作るの」

そう宣言するや否《いな》や、菜種さんが出てきた通路の方へ小走りで駆《か》けていく景子《けいこ》さん。通路に消える寸前、振り返っての会釈《えしゃく》と、「私は探し物に立ち会えませんが、ウチは自由開放ですので、ごゆっくり」と気遣《きづか》いの一言も忘れない。

「材料、ありましたかねぇ……」

首を傾《かし》げたまま、ぱたぱたと菜種さんまで奥様を追っていなくなってしまった。

「……玄関《げんかん》に到着《とうちゃく》しただけで疲《つか》れた」

嵐とまではいかないけど、森で熊《くま》に迫《せま》られて、途中《とちゅう》で冬眠《とうみん》したお陰《かげ》で難を逃《のが》れたような疲弊《ひへい》感だ。

大江《おおえ》景子。あの人が、旦那《だんな》さんにおねだりしてこの土地に住むこととなったのか。

或《ある》いは、ペアルックの如《ごと》く趣味《しゅみ》の悪いご夫妻なのか。

どちらにしても、僕の人生では二度と遭遇《そうぐう》しそうもない性格の女性であることは間違《まちが》いない。

貴重な体験を漠然《ばくぜん》と過ごして無にしないよう、細心の注意を払《はら》って接することを心がけた。

嘘《うそ》だけど。

「自由開放ね……じゃ、行こうか」

まだ迷っているような伏見《ふしみ》を促《うなが》し、まずは右の通路へ入ってみることにした。

「あのぉ」

反対側へ歩いていったはずの菜種さんが、ぱたぱたと戻ってきた。内股《うちまた》気味に走ってきて、僕らの下《もと》へ到着してから肩《かた》の、服の寄りを直す。それから、相好《そうごう》を崩《くず》す。

「はい？」

「申し遅《おく》れましたけどぉ、坂《ばん》菜種と申します」

ぺこ、と腰を四十五度に曲げるお辞儀《じぎ》。

「……これはこれはご丁寧《ていねい》に」

伏見と共に、靄《もや》を抱《かか》えた苦味のある表情で頭を下げる。

やっぱり、こういう人は苦手だ。嘘が、通じ辛《づら》いからな。


右の通路に入るとすぐ、三つの部屋が左手に並んでいた。まるでホテルの作りである。

まずは左端《はし》の部屋をノックし、中身の有無《うむ》を確かめる。三秒待ち、もぬけの殻《から》であると判断してから扉《とびら》を開ける。中は、別天地ではなくかなり地続きだった。

『ホテル』「系」

室内へ入り、藍色《あいいろ》のカーペットを靴《くつ》で踏《ふ》みながら伏見が雑感を述べる。僕も同意は可能だったけど、ここは敢《あ》えて否定するという嘘を心中で呟《つぶや》くに留《とど》めた。我ながら、何言ってるか逐一《ちくいち》理解出来ない場面が散見されるのは、僕の人格が分裂《ぶんれつ》しているという暗示なのかな。

触《ふ》れれば指の色が吸い取られそうな白壁《しらかべ》に、わざと手をつけてみる。硬質《こうしつ》で冷淡《れいたん》な囲いを手の平で押し、離《はな》してみると僕の手は輪郭《りんかく》さえ失い……伏見《ふしみ》の悲鳴があがらないところから、そういう展開に至ってはいないようだ。手の平には、夏場、物陰《ものかげ》にあった金属類に触れた時の、儚《はかな》い冷気だけが付着していた。一度握《にぎ》りしめ、消え失せてから壁への興味を打ち切る。

室内は家具がほとんど見当たらない。空き部屋なのか、箪笥《たんす》や引き出し、机は省かれている。ただベッドは部屋の隅《すみ》に備えつけてあり、シーツも準備されていた。屋敷《やしき》で酔《よ》っ払《ぱら》ったら、いつ何処《どこ》ででも眠《ねむ》れるように配慮《はいりよ》されているのだろうか。少なくとも、僕の家だった頃《ころ》は布団《ふとん》が至る所に畳《たた》んで置かれて、時々利用されていた。

「昔は……」

「え？」と、伏見は急遽《きゆうきよ》な反応をしたので手帳を出す暇《ひま》もない。

「ん、何でもない」と答えて、入り口から部屋の中央へ移動する。

昔はこの部屋のあたりに兄と書庫があったはずだ、と身内にしか伝わらない話をするのを取《や》り止めただけなので、伏見はそこまで不思議そうな表情を僕に向けないでほしい。

中心に立ち、首と身体《からだ》のぐるぐるに励《はげ》む。それも十秒で、目新しいものの発見をし尽《つ》くしてしまう。使用されていないと思《おぼ》しき部屋だから、外から眺《なが》めたものと同じく、十字に鉄格子《てつごうし》の入った窓ぐらいしか見るものがない。それも、ここから脱出《だつしゆつ》するには身体の骨を外すより高難易度に、全身の骨を外へ排出《はいしゅつ》しないと駄目《だめ》だなぁとか、その程度の感想が芽生えるだけで興味は潰《つい》えてしまう。

『ねぇ』横から手と手帳と伏見が伸《の》びてきた。僕も負けじと「ぬぅうううあぁぁあぁぁあにぃぃいいいいすぁぁあぁぁぁあ」と台詞《せりふ》だけ間延びさせようとは別にしなかった。「ん？」

伏見の指し示す方には、部屋から続く通路があった。

別室に繋《つな》がっているのか、と二人でそちらへ入ってみる。その先には、トイレと風呂《ふろ》場が二手に分かれて待ち構えていた。右はトイレで左が風呂、前門は壁で後方は伏見。頼《たよ》りない四面《しめん》楚歌《そか》である、僕は危険に怯《おび》えられるのだろうか、と心配に陥《おちい》った。嘘《うそ》だけど。

僕が風呂場を、伏見がトイレを同時に開封《かいふう》する。洗面所のくっついた風呂場は屋敷《やしき》との調和を兼《か》ねて洋式で、掃除《そうじ》も行き届いている。バスタオルさえあれば、今から伏見と混浴出来そうだった。まぁ、思い切り嘘なんだけど。

振《ふ》り向くと、既《すで》にトイレの視察を終えた伏見が僕の横から風呂を覗《のぞ》き込んでいた。

「ひょっとして、各部屋にトイレとバスルームが設置されているのかな」

独《ひと》り言《ごと》の範疇《はんちゅう》で呟《つぶや》くと、「そうかも」と伏見の返事が弱々しく届いた。

僕が住んでいた頃、部屋にこんなものはなかった。ここまで設備が整えてあるところを見ると、本当に旅館として売り出す算段があったのかも知れない。場所選びを失敗している時点で商売が成り立っていないところに目を瞑《つぶ》れば、土地の有効活用になりそうだ、と無責任に賞賛した。

時間だけ潰《つぶ》し、部屋を後にする。

隣《となり》の部屋へ歩く傍《かたわ》ら、今気付いたことを伏見《ふしみ》に話す。

「ここって、扉《とびら》は牢屋《ろうや》みたいだよな」

「はてな」拡声《かくせい》器が小声で呟《つぶや》くような伏見のハスキーボイス。

「鍵《かぎ》、表からだけかけられるみたいだから」

『そうだった』「はてな」と、伏見が首を傾《かし》げる。注意力が不足しているな、良いことだ。何でもかんでも目聡《めざと》く指摘《してき》すればいいってものじゃない。正しいことばかり言っていると嫌《きら》われるのが世の常だ。まぁ、嘘《うそ》ばかりついてると世の一部とされて、信用されなくなるけど。

僕の報告の真偽《しんぎ》について扉に問おうと、伏見が隣の部屋へ小走りで駆《か》ける。

伏見がドアノブを凝視《ぎょうし》する。鍵穴を確認《かくにん》してから、開く。回り込み、内側《がわ》を確認。

「……ほんとだ」

納得《なっとく》し、朗《ほが》らかに微笑《ほほえ》む。

子供が、秘密の情報を共有する仲間に入れて貰《もら》った時のような、悪戯《いたずら》めいた歓喜《かんき》。

行楽《こうらく》じゃなくとも意外に楽しめているようなので、この企画は成功すると握《にぎ》り拳《こぶし》で確信した。

当たり前に、嘘だけど。

残り二つの部屋は、最初の部屋をコピペされた内容だったので特筆することなく捜索終了《そうさくしゅうりょう》となった。現在のところ、大まかに定めた目標内にある道具は発見されていない。

というわけで、探検隊は更《さら》に奥深くへ進むことを余儀《よぎ》なくされる。真《ま》っ直《す》ぐ進み、左折専用の曲がり角に差しかかる。右端には消火器が置いてある。まさか色々便利だからという理由で消火器を思い出の品へ祭り上げることは、さしもの僕でも無謀《むぼう》といえた。

それと、前方の扉《とびら》は……地下室に続いている。昔は、あった。今は知らない。奥歯の苦味に殺意を抱《いだ》きながら、木製の立て付けが悪いその扉を開放する。

多量の暗闇《くらやみ》と、少量の曲がりくねった階段が眼下に広がっていた。

既視《きし》感に、瞼《まぶた》の裏が痙攣《けいれん》する。

地下は、そのまま再利用しているみたいだな。

半ば麻痺《まひ》という言い表しにくい状態になっている僕を見かねて、伏見が心配してくる。

『どした』「はてな」

「いやまあ……ここは、後回し」

臭《くさ》くないけど蓋《ふた》をして、そっとしておくことにした。MPがマイナスに振れ切っている現在の僕がここへ、自分の意思で踏《ふ》み入るのは自殺に等しい。そのまま地下に引き籠《こ》もって野垂《のた》れ死ぬか、石壁《いしかべ》と頭を競い合わせて強制敗北する姿が、濃厚《のうこう》な色合いで脳裏に映った。

まだ生きることを継続《けいぞく》する為《ため》、左折する。今度は通路の右手に、部屋が二つ固まっていた。

その手前の部屋の扉《とびら》に、『景子《けいこ》』と毛筆で書かれたプレートがドアノブに紐《ひも》を引っかけてぶら下がっている。名前の読み方から推測《すいそく》するに、先程《さきほど》の奥様の私室らしい。

そしてこの位置には少し思い出がある。まぁ、元実家である以上はそんな場所ばかりだけど。

「ここなら許可は貰《もら》ったようなものだ」と何となく伏見《ふしみ》にも告げて共犯に仕立て上げる。伏見も無言だし、不法侵入《しんにゅう》と後で告発されたら二人で謝ればいい。赤信号みたいなものだ。

それでも、他人の私室へ踏《ふ》み込むことに一欠片《ひとかけら》の物怖《ものお》じを生みながら、ドアノブを捻《ひね》り、扉を開け放つ。

室内は、今度は新天地に近づいていた。調度品の質が跳《は》ね上がっている。

『おお』「おおー」

手帳に驚《おどろ》かせさせるだけでは飽《あ》きたらず、自前の口で追加注文するほど伏見が戦《おのの》く。きんぴかなシャンデリアにてかてかした硝子《ガラス》のテーブル、でかでかなダブルサイズのベッドにぴかぴかの絵画、通路の敷物《しきもの》より深々と艶々《つやつや》した絨毯《じゅうたん》。それに全身を逃《のが》すところなく映す鏡、は別に普通《ふつう》だけど、高級な品揃《しなぞろ》えだった。ただ、テレビや音楽機器といった機械類は見当たらない。

「……ん？」

奥に広がる大きめの窓には、他《ほか》と違《ちが》って横に鉄格子《てつごうし》が走っていない。縦にはちゃんと塡《は》め込まれているけど、本数が少し控《ひか》えめとなっている。これは景子《けいこ》さんの、家族の中で私だけは邪《よこしま》じゃないという意思の象徴《しょうちょう》かも知れないな。冗談《じょうだん》もほどほどにすると、窓の側《そば》にある棚《たな》に、植木鉢《うえきばち》が幾《いく》つか置かれ、紫《むらさき》の花が突《つ》き刺《さ》さっているから、日当たりを良くする為《ため》かも知れない。初めから、窓に余分な機能をつけるなよと大きなお世話を焼きつつ、捜索《そうさく》開始だ。

本棚に小学校時代の教科書でも挟《はさ》んでないか僕が確かめ、伏見がテーブルに指紋《しもん》をぺたぺたつける。僕がベッドの下を探索している間、伏見はシャンデリアに手をつけようと背伸《せの》びしたり、飛び跳《は》ねてみたりする。更《さら》に僕は、伏見がベッドのシーツを手の平で撫《な》でて滑《なめ》らかな感触《かんしょく》を楽しんでいたので頬《ほお》を摘《つま》んで引っ張った。何で貴方《あなた》はここにいますか？　と哲学かつ暴力的に両手が質問したがった為である。

「あびゃびゃびゃ」

悶《もだ》える伏見。手帳で人の腕《うで》を叩《たた》いて抗戦《こうせん》してくる。

「人をイライラさせるのが上手《うま》い連中の仲間入りさせるぞ。暇《ひま》なら手伝ってくれ」

『けど、何を探せばいいのやら』

言葉を繋《つな》ぐのではなく、一文で質問してきた。この状況《じょうきょう》以外、どういった場面で使用することを想定して溜《た》めてあったのだ。予知能力でも駆使《くし》してるのかこいつは。

などと、女子高生の生態について懐疑《かいぎ》的な考察を繰《く》り広げていたら、伏見の目線が僕を無視し出すようになる。後方にある物を捉《とら》えるように眼球が固定され、瞬《まばた》きも控《ひか》えるようになる。

振《ふ》り向くと、寝《ね》た針の大群に金の卵が載《の》っかっている絵が壁《かべ》にかけられていた。伏見はその絵画に注目していたようだ。

「ふひひな絵」頬《ほお》を摑《つか》まれたままなので、不思議な絵に対する感想まで不可思議となる。

「……ああ、あれは昔の家に飾《かざ》ってあったやつだよ」

食事を取る畳《たたみ》と障子《しょうじ》の和室に飾《かざ》られていた。親父《おやじ》が頭の螺子《ねじ》を悪魔《あくま》の鉄屑《てつくず》職人に売り飛ばすまではそういう趣味《しゅみ》もあったみたいで、他《ほか》にも幾《いく》つか収集品を見かけたことがある。

「ひょっと、ほひい」へほへほと空気を吐《は》き出しながら、ちょっと欲しいと宣《のたま》う伏見《ふしみ》。

「僕じゃなくて景子《けいこ》さんか、その旦那《だんな》さんに相談してみろよ」と言いつつ頬をこねくり回す。

景子さんは道楽者の匂《にお》いも漂《ただよ》わせていたから、伏見が値段を耳にして目玉を飛び出させれば見物料として譲《ゆず》ってくれる可能性もある。笑いを勝ち取れなかったら、骨折り損より深刻に赤字となるだろうけど。

「しかし、なるほど……」

絵画か。そういう線も、あるわけだ。

手がかりと手間が同時に増えて、目前は明暗の切り替《か》わりに忙《いそが》しいと嘆《なげ》くばかりです。


それから、残りの空き部屋、通路の行き止まり、広間へ戻《もど》って厨房《ちゅうぼう》の方へと一階を捜索《そうさく》。

しかし、金目《かねめ》の物もとい、めぼしいものが発見されなかったので、二階へ上がってみることにした。ちなみにキッチンでは、奥様が包丁で大雑把《おおざっぱ》に人参《にんじん》を切り捨て、その様子をおろおろと菜種《なたね》さんが見守っていた。もし長瀬透《ながせとおる》といざこざがなく十年後を迎《むか》えたらの仮想を見せつけられたようで、僕まで挙動不審《ふしん》になってしまうところだった。大嘘《おおうそ》すぎるな。

「あ、くつろげていますか？」と景子さんが振《ふ》り返り、包丁の切っ先より人参の切れ端《はし》を飛ばしながら客人の気分を推《お》し量ってくる。

「ええ、美肌《びはだ》になるぐらい潤《うるお》わせて貰《もら》ってます」

「では、骨がぐにゃぐにゃになるまでご休憩《きゅうけい》下さい」

なんて、いい加減に上《うわ》っ面《つら》なやり取りをし合った。

　それと菜種さんに「お食事の時間になったらお呼びいたしますのでぇ」と会釈《えしゃく》されてから、僕らは厨房の通行人を演じきって、こそ泥《どろ》に立ち戻《もど》る。

　二階には、広間の突《つ》き当たり、玄関《げんかん》と向かい合う通路付近にある階段を利用して上がった。階段の段差は運動部の年功序列ぐらい明確に差がつけられ、急だった。マユと一緒《いっしょ》だったら背負って上《のぼ》るところである。伏見が最後の段で足を踏《ふ》み外しかけたので、手とファイトを貸して無事に上りきった。

　二階に到着《とうちゃく》すると、階段を囲むように床《ゆか》が広がり、四手に通路が分かれていた。僕らはまず、右方面へ足を運んでみる。ホテルの作りを基調としているのか、通路には左右にそれぞれ部屋が二つ連続している。その一室、手前の扉《とびら》に直接『桃花《とうか》』と書き込まれている私室があった。名前の響《ひび》きから、娘《むすめ》かなと予想してみる。

表札を掲《かか》げながらも実は別の部屋に引っ越《こ》しが済んで無人であり、返事がないことを期待してノックした。

すると、それに呼応して足音が部屋の奥から扉《とびら》へ迷いなく直進してきた。

ドアノブが中途《ちゅうと》半端《はんぱ》に引っかかって金属の鈍《にぶ》い衝突《しょうとつ》音が鳴るほど、扉を開ける勢いも強い。

「誰《だれ》？」

訝《いぶか》しむ目つきで、僕らを凝視《ぎょうし》する女の子が顔を出す。年の頃《ころ》は十五、いやもう少し上か。人当たりの良さそうな、全体として顔の部品が曲線重視でありながら声調はきつめだ。

「僕らは、そうだね、景子《けいこ》さんの客だよ。少し屋敷《やしき》に用があって、部屋を見せて貰《もら》ってるんだ」

脚色《きゃくしょく》を交《まじ》えて、友好的を装《よそお》ってタメロに説明する。それと、目線を女の子ではなく別の人間へ外す。

扉と女の子の隙間《すきま》からもう一人、室内に姿が見えた。

携帯《けいたい》ゲーム機を握《にぎ》ったまま、大きな目で入り口を見つめている女の子。かなり痩《や》せ型で、綺《き》麗《れい》に折り畳《たた》んで箪笥《たんす》に収納できそうな身体《からだ》つきだった。

この二人は姉妹かな。だとすると、奥の女の子が妹の雰囲気《ふんいき》を纏《まと》っている。

「馬鹿《ばか》じゃないの。この家に客なんか来るはずないじゃない」

そう吐《は》き捨て、接続を断絶してきた。扉は再び壁《かべ》役となるけれど、それは封鎖《ふうさ》にも鎖国にも高い効果を誇《ほこ》ってはいない。一階の扉と同様、鍵《かぎ》はかからないので開閉の権利は外側《がわ》にもまだ認められている。が、しかし、僕は人の神経を逆撫《さかな》でする為《ため》だけに生きているわけじゃない。

『けんもほろろ』

伏見《ふしみ》が風圧で乱れた前髪《まえがみ》を直しながら、取られた態度を端的《たんてき》に表現する。馬鹿と簡単な罵倒《ばとう》ではご立腹しないのが伏見の美徳である、と心の通信簿《ぼ》の欄外《らんがい》に付け足してみた。僕が馬鹿呼ばわりされただけで、私は無関係と捉《とら》えているだけかも知れないけど。

それにしても、あの娘《むすめ》。見知らぬ人が客じゃないというなら、もう少し丁寧《ていねい》な対応を取った方が身の安全に繋《つな》がると教育するべきだと思う。世の中、他人にも犯人や罪人、盗人《ぬすっと》など種類はあるものだ。景子さんも、話ぐらいは人参《にんじん》の世話を焼く前につけておいてほしいものだ。

けれど、何で外側にだけ鍵が取りつけてあるのかな。息子《むすこ》や娘の引きこもり予防に、景子さんが知恵を絞《しぼ》った成果なのかも知れない。

隣の部屋も『茜《あかね》』と、使用中の表示があったので、通路を逆走し、階段付近へ出戻《でもど》りとなった。

「……ほー」

そこで思わず、立ち止まる。合図を出さなかったので、伏見が取り立てて高くない鼻を僕の背中にぶつける。けど、抗議《こうぎ》に答えるのは後回しだ。

反対側の通路に音を吸収されて、こちらへ歩いてきた浴衣《ゆかた》姿の女。

それはまるで、蟻《あり》の大群が足下《あしもと》で行進していて、その音が聞き取れないようだった。

そして、独特に異彩《いさい》な表情。

虫が人間をからかう為《ため》に笑顔《えがお》を真似《まね》しているような、異質物届けを求めたくなる微笑《ほほえ》み。

どうも、昆虫《こんちゅう》系の人間のような第一印象を受ける。僕と、同じく。

まあ、僕が蛾《が》だとするなら、相手は女という点を考慮《こうりょ》してコオロギか。

……なんて、例えだけ嘘《うそ》。

顔を突《つ》き合わせる。見た瞬間《しゅんかん》、湧《わ》く疑問。

二人同時に、瞬《まばた》き。二人同時に、唇《くちびる》の蠢《うごめ》き。

「「失礼だけど、お名前は？」」

「……被《かぶ》った」

伏見《ふしみ》に呟《つぶや》かれずとも、僕とその女は、「「ぐ」」だから何故《なぜ》同時に喉《のど》を詰《つ》まらせるのだ。

気を取り直して「「いや、そちら、から……」」尻《しり》すぼみな調子で、困惑《こんわく》の味が口内に広がる。

何だ、こいつ。どう小細工しても、出し抜《ぬ》ける気がしない。

恐《おそ》らく、相手もそう戦慄《せんりつ》し、膠着《こうちゃく》に陥《おちい》ってしまう。

ええい、こんな運命的じゃない遭遇《そうぐう》は真っ平ごめんだ。ここは早々に別れて、後でもう一度、
口裏合わせて演出を狙《ねら》ってやる。嘘《うそ》だけど。

互《たが》いに、目が意識を伴《ともな》って活動を再開する。嫌《いや》な予感をさせながら、

「「じゃあ」」……何で右手まで同時に挙げるんだよ。

「「……………………」」手を下ろし、女だけが反転する。

無言で袂《たもと》を分かつ、という選択肢《せんたくし》を取ってようやく、謎《なぞ》の女と別れることに成功した。

来た道を競歩で後戻《あともど》りしていく女に、相似を覚えながらも親近感はまるで湧かなかった。

「なに、あれ」

「さぁ。UMAかな」嘘だけど。その驚嘆《きょうたん》の台詞《せりふ》は僕が使いたいよ。

「知り合い？」

「いや……面識はないけど」

伏見の疑問に、完全には疑惑《ぎわく》を取り払《はら》わずに返答する。

まぁ、相互《そうご》関係のドッペルゲンガーみたいな存在だろう。とすれば、既知《きち》の間柄《あいだがら》でないことを尊ぶべきである。邂逅《かいこう》を果たしたが最後、余命は……なかったら困るのだが。たった今、息のあった対称劇まで演じてしまったぞ。

しかし、大江《おおえ》家。あの系統の人材がいるとは、一筋縄《ひとすじなわ》ではいかないというか、長居は無用というか触《さわ》らぬ神に祟《たた》りなしというか。

虫寄りの人間の難点は、自身だけでなく他者さえも、昆虫類として扱《あつか》うことにある。

そういう人間は目的を達成する為には何をしでかすか、

「……分かり易《やす》すぎるから、困るんだよな」

嘘をついてることさえ、一目瞭然《いちもくりょうぜん》な奴《やつ》もいるぐらいだしね。

大江《おおえ》家の夕食の時間が訪《おとず》れるまでに全《すべ》ての部屋を捜索《そうさく》しきることは不可能だった。そして結局、何も見つかっていない。

二階を半分程度見終えた時点で、顔の部位がほとんど気弱そうな作りで構成されている男性が、僕らを食堂へ道案内する役目として派遣《はけん》されてきた。「あぁ、こちらでしたか」と卑屈《ひくつ》そうに丁寧《ていねい》な態度を取る。

「坂潔《ばんきよし》です。大江家では庭師と、雑用全般を仰《おお》せつかっております。ぇぇでは、食事の準備が整いましたのでついてきて下さい」

へこへこと肩《かた》はそのままに、頭部だけを下げて挨拶《あいさつ》された。名字からして、兄妹《きょうだい》か親子でなければ菜種《なたね》さんとつがいの人だろう。体格は縦横に優《すぐ》れていて、恰幅《かっぷく》の良い菜種さんを肩に担《かつ》いで運搬《うんぱん》出来そうだ。

それにしても、こんな短時間でどんな料理を拵《こしら》えたのだろう。僕がこの屋敷《やしき》の門を潜《くぐ》ったのは四時過ぎで、今はまだ五時を短針が指し示してから、あまり間を置いていない。

「あ、そちらは伏見《ふしみ》のお嬢《じょう》さんでしたね、ええ確か」

潔さんが階段を慎重《しんちょう》に下りながら、記憶《きおく》の検査のついでといった口調で伏見の素性《すじょう》を言い当てる。伏見は「はてな」と言いかけて何故《なぜ》か中止し、目の挙動を狂《くる》わせるだけに留《とど》まる。

「旦那《だんな》様達がここに引っ越《こ》してきた際に、ええ、一度だけご挨拶《あいさつ》に伺《うかが》いました時、顔を覚えました」

卑猥《ひわい》と卑屈《ひくつ》の中間な、脂《あぶら》の乗った笑い顔で伏見を見つめる潔さん。人見知りの気がある柚々《ゆゆ》ちゃんは頼《たよ》りないお兄さんこと僕の背中に隠《かく》れてしまう。潔さんは、「はぁ、すいません」と意味や価値のない謝罪をして、前に向き直った。

一階に下りてからは広間を通って右折し、厨房《ちゅうぼう》と地続きの食堂へ、潔さんを先頭に入室する。食堂の円卓《えんたく》を囲む椅子《いす》の数は、十。そして埋《う》まっているのは四だった。不躾《ぶしつけ》な品定めの視線が、僕と伏見を直視してくる。遅刻《ちこく》寸前で教室に入った時のようで、どうも好きになれない注目の仕方だ。

向かい側《がわ》でにまにま、気味悪く愉快《ゆかい》に微笑《ほほえ》むのは景子《けいこ》さん。

それから浴衣《ゆかた》姿で僕と似た挙動をする女と、その隣《となり》に座るのは、大きな目の女の子。先程《さきほど》、『桃花《とうか》』の部屋でゲーム機を持っていた痩《や》せ型のおなごで、今は周囲に首を大きく振《ふ》り向かせて、落ち着きがないことを自然に紹介《しょうかい》している。

もう一人は、『桃花』の部屋にいて門前で僕らを追い返した女子が、配膳《はいぜん》係なのか、せかせかと食器を持って動き回っている。この三人か三姉妹かは、友好的でない面識があった。

もう一人の配膳している男性と、景子さんの横で椅子にふんぞり返っている男は初見だった。ふんぞりの方が恐《おそ》らく、大江耕造《こうぞう》さんだと思われる。年は四十代で、髪《かみ》の年齢《ねんれい》は六十歳《さい》といったところだ。

「あ、こちらにどうぞ、ええ」

潔《きよし》さんが雑な手つきで、入り口に程《ほど》近い椅子《いす》を二つ引く。伏見《ふしみ》が会釈《えしゃく》をして右に、僕が左に座り込む。座り心地《ごこち》のいい、これ一つでアパートの家賃一ヶ月分を支払《はら》えそうな椅子だ。

潔さんが円卓《えんたく》を回って、両隣《りょうどなり》の空いた席に腰《こし》かけて、これで七人。配膳《はいぜん》中の二人に加えて、厨房《ちゅうぼう》にいる菜種《なたね》さんが揃《そろ》って、十人。

……嫌《いや》な人数だな。

「本日は、貴方《あなた》のような大物を食卓にお迎《むか》え出来て、夢のようです」

景子《けいこ》さんが、余所《よそ》者への困惑《こんわく》や不快感を露《あら》わにしている住人の空気を換気《かんき》するように、明朗《めいろう》な調子で挨拶《あいさつ》する。

「こちらこそ、お招き頂いて恐縮《きょうしゅく》です」

「探し物は見つかりましたか？」

「いえ、これがなかなか見つけにくいものでして」

「あら、躾《しつけ》のなっていない探し物ですこと」

ほほほ、と半ば一方的に談笑して場を澱《よど》ませる景子さんと僕。

「そちらのお嬢《じょう》さんも、遠慮《えんりょ》なさらずにお腹を満たして下さいね」

僕の添《そ》え物であるかのように、淡泊《たんぱく》な微笑《ほほえ》みで伏見にも声をかける景子さん。伏見はペコリと、俯《うつむ》きがちだった頭部を更《さら》に垂《た》れ下げてその形ばかりの歓迎《かんげい》への返事とする。

景子さんは、伏見のことを過去に記録していなかったようだ。

「ああ、そうそう。私の家族を紹介《しょうかい》しますね。それとも、御自分から名乗られます？」

景子さんが、お隣の男性に尋《たず》ねを取る。男性は肩《かた》を竦《すく》めて、唇《くちびる》は開かない。紹介は景子さんに委任したようで、その意を汲《く》んで妻がにこりと笑む。天井《てんじょう》に向いた手の平を隣へ突《つ》き出し、

「こちらが、大江《おおえ》耕造《こうぞう》。私の旦那《だんな》様で、そして昨日から無職」

余裕《よゆう》ぶっていた耕造さんの目が剝《む》いた。気管支に気まずさを詰《つ》まらせたのか咳《せ》き込み、妻である景子さんを見やる。景子さんは物怖《ものお》じなく、その怒気《どき》を受け流す。

「貴方にはもっと相応《ふさわ》しいお仕事を用意してあげますから。面接も、頑張《がんば》りましょうね」

面目《めんぼく》を完全に潰《つぶ》す一言で、耕造さんを黙《だま》らせ、そして部外者の僕にも、力関係を端的《たんてき》に示す。

「は、は、は、は」

耕造さんは苛立《いらだ》ったような笑《え》みで声も荒《あら》かった。こちらを睨《にら》み、顔が様々な方向に歪曲《わいきょく》している。どうも僕らを歓待する気組みは「ごゆっくりどうぞ」ではなく「お早めにお帰り下さい」に集約されているようだ。

それは領域を荒らそうとする者に対しての牽制《けんせい》なのか、妻が浮気しかねないほどお熱を上げる若造に向けた嫉妬《しっと》心か。或《ある》いは全く別の理由に基づいてのことかも知れないけど、今の僕には漠然《ばくぜん》としていて、判別がつかなかった。一つ、嘘《うそ》だけど。

逆時計回りの潔さんは頭を下げるだけで簡略化し、次は箸《はし》を並べていた男性に、景子さんの

紹介《しょうかい》の手が伸《の》びる。

「大江貴弘《おおえたかひろ》。ウチの長男です」

名前を呼ばれ、僕に小さく会釈《えしゃく》する。ぎこちないわけではないけど、乾燥《かんそう》した振《ふ》る舞《ま》いだ。かさりかさりと、肌《はだ》が各々《おのおの》、擦《こす》れ合っているように。

「どうも。……失礼ですが、年齢《ねんれい》はお幾《いく》つですか？」

判別を視覚が放棄《ほうき》したので、口頭に頼《たよ》る。この貴弘さん、高校生か大学生、どちらに比重が大きくかけられているかの見極《きわ》めが困難《こんなん》な、微妙《びみょう》な顔立ちなのである。

「二十一ですが」

「あ、でしたら丁寧《ていねい》語でなくて結構です」僕も年上にしか使わないしな。

「……………」

貴弘さんの目玉が僕から、耕造《こうぞう》さんに移る。お伺《うかが》いを立てるように首を竦《すく》めて、父の言葉を待つ。

「ああ。相手がそう仰《おっしゃ》るなら、それに従っておきなさい」あ、耕造さんが初めて喋《しゃべ》った。風呂《ふろ》場で音程の外れた鼻歌を演奏《えんそう》することに適性がある、濁音《だくおん》の声調だ。

「はい」と無感情に返事をして首がぐるりと捻《ひね》られて僕を見下ろし、「分かった」と抑揚《よくよう》なく受諾《じゅだく》の意を示す。時計の、一時間ごとに音と共に踊《おど》る小さな人形を思い起こさせる動きだった。

景子《けいこ》さんに目線を送ると、丁寧《ていねい》に補足説明が飛んでくる。

「この子は両親の言うことをよく聞いてくれる子に育ちましたの」

景子さんがはにかみ、自分なりに息子自慢《むすこじまん》をしてくる。教育に失敗したとは微塵《みじん》も後悔《こうかい》していない、清々《すがすが》しい教育者の表情だった。

貴弘さんも若干《じゃっかん》、自慢気に頬《ほお》を緩《ゆる》めているし。ま、別に否定される性格ではないけど。物事は自分で判断することこそ正しいなんて、限ってないわけだし。

「例えば……貴弘、箸《はし》を投げなさい」

景子さんの命令は、音速で貴弘さんに伝わり、実行に移される。持っていた箸（僕に配られるやつ）を全力投球で、壁際《かべぎわ》へと放《ほう》り投げる。片方は沈《しず》み込んで絨毯《じゅうたん》へ投げ出され、もう片方は壁まで辿《たど》り着いて、軽音と共に跳《は》ね返った。

「貴弘、拾ってらっしゃい」

続く景子さんの『言いつけ』を、貴弘さんは判断を挟《はさ》まないで実行に移す。小走りで箸を回収し、切っ先に絨毯の繊維《せんい》をまとわりつかせたそれを、僕の前へ改めて並べる貴弘さん。そして、感想と事後処理を省いて次の仕事に取りかかる。

「躾《しつけ》が行き届いているでしょう？」飼《か》い犬と飼い主、両方を兼任《けんにん》した息子を自慢する景子さん。

「……そうですね」良し悪しは問わずとしても。

「学校ではなかなかこういった教育をして頂けませんので、親である私達が責任を持って育児に励《はげ》んだのですが……どうでしょうか？」

「どう」しようもない「けいさえ覚える家族の絆《きずな》ですね」

景子《けいこ》さんは僕の嘘《うそ》な方便に、自尊心を塗《まぶ》した一笑《いっしょう》を生む。

呆気《あっけ》に取られているのは伏見《ふしみ》だけで、大江《おおえ》家の他《ほか》の方々は、違和《いわ》感が滲《にじ》むほど無反応だった。

次に流れとして、配膳《はいぜん》の役目を終えて痩《や》せ女の子の隣《となり》に滑《すべ》り込む奴《やつ》に目がいく。視線と空気から、億劫《おっくう》そうに女の子は瞼《まぶた》を閉ざす。

「大江桃花《とうか》。今年で十六になる、ウチの末娘《すえむすめ》です」

そう説明されてから、桃花は頭部を簡素に掻《か》く。授業参観に化粧《けしょう》の濃《こ》い母親が訪《おとず》れた時のように、気恥《きは》ずかしさをごまかしているようだった。

その後、桃花の自前の口が開き、相互《そうご》理解に努める気はまるでない調子で僕を表現してきた。

「あんたはあれでしょ、母さんから話聞いたけど、なんかの犯罪者」

その語り口には侮蔑《ぶべつ》も拒絶《きょぜつ》もないので、『君、高校生?』と身分を質問されているような感覚だった。だから僕は「そうだけど」と淡泊《たんぱく》に反応して終了《しゅうりょう》だけど、伏見は自分のことと錯《さっ》覚《かく》したように憤慨《ふんがい》する。先程《さきほど》まで目立っていなかったから、その鬱憤《うっぷん》をついでに晴らしているのかもな、なんて他人事《ひとごと》として動向を見守る。

「何よ」と真っ向から伏見と睨《にら》み合う桃花。微妙《びみょう》に怯《ひる》む伏見。同年代が相手のはずなのに、まるで年下の少女が財布《さいふ》の中身を強引に貸し付けさせられているようだった。

「ていうか、そっちのあんたは誰《だれ》なの」

食卓《しょくたく》でのご挨拶《あいさつ》、三人目にしてようやく伏見が存在に触《ふ》れられる。桃花は乱暴な口調ながらも、実は親切さんなのかも知れない。

「……………………………………」

「……あんた、喋《しゃべ》れないの？」

手帳に名前を書き忘《わす》れた伏見では名乗れない。消していなければ異常繁殖《はんしょく》した『ゆゆゆ』の文字群が手帳に取り残されているだろうけど、切れ目のないあれでは自己紹介《しょうかい》に不便だな。

そして桃花は、それを誤解する。元の顔つきが柔軟《じゅうなん》な所為《せい》か、少し困った表情の方が似合うし、自然だった。

「あーその……悪かったわね」

バツが悪そうに、実は何もない非を謝罪する桃花。

伏見もただ無口な自分が一方的に謝られて居心地《ごこち》が悪いのか、しきりに僕を横目で頼《たよ》る。

「……伏見柚々《ゆゆ》、だよ。少し照れ屋さんなんだ」

隣家《りんか》の人間だよ、とは何故《なぜ》か情報を開示しなかった。既知《きち》の情報かも知れないけど。

「あ、そ……」と腑《ふ》に落ちない眉《まゆ》と目つきで、伏見を見つめる桃花。

こうして桃花と伏見の話が気まずさを生んで終了し、次に桃花の隣に座る痩せ型の女の子が挙手する。この子は、自己紹介に励《はげ》む気のようだ。

「ぼくは茜《あかね》。さっきのおねえちゃんとおにいちゃんでしょ、よろしくね」

一人称《いちにんしょう》にぼくを用いる女の子が、細身の体格を余すところなく駆使《くし》したように快活な声をあげる。色素の希薄《きはく》な前髪《まえがみ》を額《ひたい》で揃《そろ》えてあり、活発に揺《ゆ》れ動く眼球と合わさって子供らしさを演出している。ん、演出？　うーん、演出だな。本人が自覚しているわけではないだろうけど。

ただ多少気になるのは、おねえちゃんで僕を指差し、おにいちゃんで伏見《ふしみ》に指先が移ったところだ。近眼でなければ、あの目は節穴ということになる。おいたわしや。

ううむ、伏見と顔を見合わせても解決しそうにないし、ここは景子《けいこ》さんに頼《たよ》るか。

景子さんを二人でジロジロすると、あまり間を空けずに解説役として機能してくれた。

「その子は次女なのですが、色々なものを反対に覚えてしまっていて……親としてお恥《は》ずかしい限りです」

こちらは教育に問題があったと認め、赤面する。当の茜《あかね》は「なにがー？」と首を傾《かし》げている。

次女、つまりこれが末女である桃花《とうか》の姉なのか。ということは、少なく見積もって伏見や長瀬《ながせ》と同い年。……ううむ。どれだけ砂糖と蜂蜜《はちみつ》漬けな教育を施《ほどこ》せば、こんなのが成熟《せいじゆく》するのだろう。

しかし、逆。ということはつまり、僕が誠実、清楚《せいそ》、××くるしい美少女……嘘《うそ》だけどと告げる以前に、想像するだに目眩《めまい》と嘔吐《おうと》を招きそうになったけど、つまり男子にちやほやされる毎日を送るプチ留年女子高生で、伏見は胸が薄《うす》っぺらな男子高校生に……こっちは普通《ふつう》だな。

決して伏見の特徴《とくちよう》が胸部にしかないと、そう人権を卑《いや》しい方面に侵害《しんがい》したいわけではないので、まだ石は道端《みちばた》に置いて頂きたい。誰《だれ》に言い訳しているのやら。

或《ある》いは年齢《ねんれい》が逆で、僕は八十一歳《さい》のおねえちゃんすぎる奴《やつ》に見られているとかでも面白《おもしろ》い。うむ、興味が尽《つ》きない。時間が許すなら、あの子で色々と試《ため》してみよう。フィクションだけど。

「んー？　ぼくに笑いかけて……惚《ほ》れたの？」

「またまたご冗談《じょうだん》を」茜《あかね》は笑い話めいているけど、隣《となり》で睨《にら》む伏見はどうも本気の目つきだった。

何だこいつは、伏見にこそ「僕に惚れてるのかな」とからかってやりたくなる。

さて、最後。この屋敷《やしき》の十人目だ。

僕の顔を女に変えて髪を伸《の》ばし、服装をお祭り気分に統一したような虫系の奴が控《ひか》えていた。目が合って、そいつはティッシュの空箱みたいに使い道のない笑顔《えがお》を振《ふ》りまく。

「私は、大江湯女《ゆな》」不吉さを加速させる名前だな。「そして、貴方《あなた》は？」

何かの犯罪者だろ、と軽口で返したら自虐《じぎゃく》的だと思われるのも癪《しゃく》なので、少しは頭を捻《ひね》る。

「僕は……」まず、現在使用している名字だけ名乗っておいた。

爽《さわ》やかな好青年として印象づけようと声に装飾《そうしょく》を凝《こ》らしたが、瞼《まぶた》の裏側《がわ》に蛍光塗料《けいこうとりょう》を塗《ぬ》り込むのを失念していたので、容姿と噛《か》み合わずにちぐはぐな自己紹介《しょうかい》となってしまった。嘘だが。

「……どうするかな」と首を掻《か》く。

そんな僕への救いの主は、足取りまで間延びしていた。

「お待たせしましたぁ」

菜種《なたね》さんが厨房《ちゅうぼう》から慌《あわ》て気味に現れて、硝子《ガラス》の器に盛りつけられた刺身《さしみ》を各自の前へ置く。

そして貴弘《たかひろ》さんがトレイで運んで用意したのは、湯気が朦々《もうもう》と上がる熱々のクリームシチューだった。皿の縁《ふち》まで、満潮の海岸のように濃厚《のうこう》な液体が満ちている。俗称《ぞくしょう》、てんこ盛り。

「………………………………」沈黙《ちんもく》を評価とする僕。この短時間で、煮《に》込みきれたのか？

『わくわく』と手帳を振《ふ》りかざして海産物を見つめる伏見《ふしみ》。シチューは眼中にないのか見なかったことにしているのか、どちらかを選択《せんたく》したようだ。

そんな僕らの間に首を突《つ》っ込み、菜種《なたね》さんが小声で弁明する。

「奥様はこれとカレーしか作れないのでー……すみませんねぇ」

「いえ……」じゃあ刺身《さしみ》を明日に回せばいいのに、と愚痴《ぐち》れるほど、僕はこの家の主人をやっていないので曖昧《あいまい》に受諾《じゅだく》する。伏見は初めから気に留めていないようで、無反応を貫《つらぬ》く。

奥様の擁護《ようご》を終えた菜種さんは反時計回りに歩き、その奥様の下《もと》へ向かう。

「ちょっと失礼しますねぇ」と景子《けいこ》さんの両手を取り、目を凝《こ》らして眺《なが》め回した。

「意図が見えないけれど、私の手に用？」柔《やわ》らかい口調と細目で使用人の無礼を尋《たず》ねる。

「いえ、ナイフが一本足りませんので、奥様が握《にぎ》ったままなのではないかとぉ」

「菜種じゃあるまいし、そんなことあるはずないでしょう」

「それもそうですねぇ」

あっさり納得《なっとく》して引き下がってしまった。今度は時計回りで主人の背後を通らないようにして、潔《きよし》さんの隣《となり》の席まで移動し、食卓《しょくたく》を囲む十人目として腰《こし》かけた。

「では、頂きましょうか」

景子さんの合図で箸《はし》を取った人間が八人、スプーンを握《にぎ》ったのが僕を含めて二人だった。大《おお》江《え》家の皆《みな》さんは、正直な反応をなさるものだ。恐《おそ》らく、味の順位から導かれる結論なのだろう。

「頂きます」「いたぁだきます」「いただきます」「いったーきます」「頂きます」景子さんが合《がっ》掌《しょう》し、それに合わせたのは菜種さん、湯《ゆ》女《な》、茜《あかね》、貴弘さんだった。他《ほか》は無言で箸を伸《の》ばし出す。

僕は折角なので、赤くはないシチューをまずは一口、味見してみた。……ごふ。

「××君」

シチューに砂利《じゃり》が混じっているかと錯覚《さっかく》するほど、僕の中で心の砂が暴れた。気安くも、厳《おごそ》かにも卒業証書授与の際にも名前を呼ばないで頂きたいものだが。

「……はい、何か」

「探し物がまだ見つかってないのでしたら、今晩は是非《ぜひ》お泊《と》まり下さい。そして、明日にまた探せばよろしいかと」

食事の次は宿泊のご招待だった。周囲、取り分け耕造《こうぞう》さんと潔さんが景子さんの言動を暴挙と捉《とら》えて、険しい視線を来客に投擲《とうてき》してくる。

「そこまでは流石《さすが》に、厚かましいので」お泊まりセットも用意しておりませんし。嘘《うそ》だけど。

「いえ、お話を伺《うかが》うのはとても今日だけでは満足出来ないと踏《ふ》んでいますので」

景子さんが、自身の都合による誘《さそ》いであることを主張する。ついでに自作のシチューを啜《すす》る。

「事件のあらましではなく、中身を構成する貴方《あなた》の、その時に芽生えた想《おも》いを是非《ぜひ》享受《きょうじゅ》したいと、それが私の夢想するものでしたので。お付き合い願えませんか？」

掬《すく》い上げたスプーンの切っ先を傾《かたむ》け、シチューを零《こぼ》しながら景子《けいこ》さんが無垢《むく》に他人の傷を求めてくる。誰《だれ》がそんなことを人に語るものか。大体、当の本人も気持ちなんか全《すべ》て保存してるはずがない。心や感情は劣化《れっか》することが前提の、生ものだ。プラスチックには加工出来ない。

「……そう、ですね……」日和見《ひよりみ》しつつ、眠気《ねむけ》に翻弄《ほんろう》される意識と瞼《まぶた》を、舌を噛《か》んで叱咤《しった》する。

今晩、仮にこの申し出を断った場合はどうするか。

まず、叔父《おじ》と叔母《おば》の所へ帰るのは選択《せんたく》にない。お小言はもう少し、平静な状況《じょうきょう》下で受け流したい。マユのいないマンションに帰るのも、眼中にはなし。

第三の選択として伏見《ふしみ》の家に寝泊《ねと》まりするなど誰《だれ》も許すはずがなく。

そして、探索《たんさく》しきれていないのも確か。次にこの屋敷《やしき》を訪《おとず》れても、快く歓迎《かんげい》されるとは限らない。こうなると、選択肢《し》の狭《せば》まりによって息苦しくなっていく。

二日ぶりに食事を取っていると、張りつめていたものが解けていく。

操《あやつ》り人形の糸が細く、研《と》がれていくように。

既《すで》に抗《あらが》い難《がた》くなってきているのは確かだった。

眠気《ねむけ》やその他の感覚も復帰し出して、却《かえ》って行動に制限がかかる。

「……すみません、ご厚意に甘えさせて頂きます」

マユが心配というか、顔をそろそろ見ておきたいと思う。だけどこの屋敷で気になる点はまだあるし、何より手ぶらで戻《もど》っても僕の機能が停止している事実は覆《くつがえ》せない。

僕の受け入れに対し、景子さんが握《にぎ》り拳《こぶし》を肩《かた》の高さに創生して、歓喜《かんき》を表明する。

「いえ、こちらこそワガママのご提案を受け入れて頂いて、感謝の念が募《つの》るばかりです。そちらのお嬢《じょう》さんは、どうされます？」

言葉の締《し》めは疑問系を使用してはいたけど、その口調には『当然泊《と》まりですよね』と意思の操作を促《うなが》す高圧の態度が、表立って飾《かざ》りつけられていた。

食事に集中していた伏見に、僕と景子さんの視線が集《つど》う。醤油《しょうゆ》の小皿に鮃《ひらめ》を落としてから、与《あた》えられた選択に伏見の眉《まゆ》が寄る。僕に横目で決定権を預けようとしてくる。

「これは自分で決めるべきだよ、部長」

僕に言われて、醤油を水の代わりに啜《すす》りそうなほど熱中して思案に暮れ、結局、伏見は首を斜《なな》めに下ろした。本人としては保留の意を示したかった可能性もあるけど、景子さんは「良かった、決まりね」と即決《そっけつ》してお泊まり会の決定を喜び勇んでしまった。

「菜種《なたね》、食事が終わったらお二人を空き部屋に案内してあげて」

「あ、ひゃい」と口から舌の延長みたいに鮪《まぐろ》を垂《た》らして返事をする。僕とマユのように、主従関係は際立《きわだ》っていないようだ。仲のいい先輩《せんぱい》後輩といった二人である。

「それで、お味はどう？」

景子《けいこ》さんが固唾《かたず》と握《にぎ》り拳《こぶし》を同時に飲み込みそうな気負いで手料理の評価を求めてくる。最初に尋《たず》ねられなかった耕造《こうぞう》さんが仏頂面《ぶっちょうづら》になっているのは、果たして僕の所為《せい》だろうか。

……しかし、味の感想ねぇ。うーん、

『このシチューを作ったのは誰《だれ》だぁ！』ってところなんだけど、どう取り繕《つくろ》ったものか。

僕と景子さんばかりが喋《しゃべ》り倒《たお》した夕食会を終え、質問攻《ぜ》めに遭《あ》った静まらないお茶会を二時間以上こなして、その後にようやく宛《あて》がわれた部屋は、二階への階段を上《のぼ》って最寄《もよ》りに位置していた。左に曲がって二十秒かかっていない。欠伸《あくび》をしつつ案内されて、菜種《なたね》さんが扉《とびら》を開く。手を伸《の》ばし、電灯《でんとう》を点《つ》けた。既《すで》に九時過ぎなので、通路も電灯が全員、起床《きしょう》している。

「えぇとぉ、テーブル等はお入り用ですかぁ？」

他《ほか》の空き部屋と同様に、殺風景に漂白《ひょうはく》された部屋を覗《のぞ》き込みながら要望を尋《たず》ねてくる。「あ、いえ。大丈夫《だいじょうぶ》です」と途中《とちゅう》だった欠伸を噛《か》み殺し、気遣《きづか》い無用の意を告げる。

「そうですかぁ。何かありましたら、後で言われましても困りますので、ご容赦《ようしゃ》下さい」

丁寧《ていねい》な言い方でアフターケアの不備を仕様とすることを飲まされた。問題の一つや二つ、創意工夫でどうにかする旨《むね》を伝えて頼《たの》もしさを演出する、予定だったけど確定ではなかったので無期延期となった。もし机がないのに地震《じしん》訓練が突如《とつじょ》始まったら、どう参加すればいいか思いつかなかったので口を噤《つぐ》まざるを得なかったのだ。みんな纏《まと》めて嘘《うそ》だけど。

菜種さんが下げていた頭を定位置に復帰させ、朝でも風呂《ふろ》に入れるからと胸に抱《かか》えていたバスタオルを僕に渡《わた》してから、伏見《ふしみ》に身体《からだ》の向きを調整した。

「あ、ではそちらの……お名前はぁ」「伏見柚々《ゆゆ》ですよ」と僕が泥船《どろぶね》を出航させる。

伏見が一瞬《いっしゅん》、僕に流し目を送り、その後に菜種さんの指示を待つ。

「ではぁ、お部屋に案内しますので……」

ついてこい、と暗黙《あんもく》に命令を出して廊下《ろうか》を進んでいく。

伏見は、僕から離《はな》れる前に、予《あらかじ》め用意してあった手帳のページを開いた。

『おやすみ』「ん、おやすみ」

満足げに顎《あご》を引く。そして消しゴムを引っ張り出しながら、菜種さんの背中を追走していった。僕は伏見が一度振《ふ》り返るまでは見送り、その後に部屋へ入った。

部屋にはベッドしかなかった。なので、ベッドを有効活用した。

「さて、ベッドの下に……」手元にバスタオルぐらいしかなかったので、仕方なく隠《かく》してから寝《ね》転んだ。何が仕方ないのか、自分のことながら道行く人に問い詰《つ》めたいぐらい不明瞭《ふめいりょう》だけど。

寝苦しい、安物の寝台《しんだい》。床にごろ寝《ね》した方が体重に悩《なや》まされないのではと天秤《てんびん》が揺《ゆ》らぐ。

それでも、眠気《ねむけ》には襲《おそ》われる。シーツに成分が染み込ませてあったかのように、僕を侵食《しんしょく》する。そういえば、これで二日間は眠っていない。眠気はあったけれど、横になっても落ち着かず苦痛を感じるほどだったので、夜の街を歩き回ったりして時間の浪費《ろうひ》に尽力《じんりょく》していた。僕にしては危機感と焦燥《しょうそう》感を合わせ技《わざ》で抱《かか》えている状態で、その上に空腹も重なっていた所為《せい》か。空腹になると、五感が強まる。特に、嗅覚《きゅうかく》。人間個人の臭《にお》いが感じ取れるまでになる。だから、昔々。捻《ねじ》られた階段を下りてくる親父《おやじ》の臭いも嗅《か》ぎ取れるようになって、恐怖《きょうふ》を自分で製造しては背負い込んで、自滅《じめつ》しかけていたなぁ。

「…………………………」

そんな風に何かうだうだと思考している間に、身体《からだ》は就寝《しゅうしん》してしまったみたいだ。指と瞼《まぶた》、ついでに口も店じまいだった。二十四時間営業の偉大《いだい》さが分かるというものだ。明日は、この屋敷《やしき》の捜索《そうさく》にどんな形であれ見切りをつける。そう決めてから、このまま意識だけ取り残されても退屈《たいくつ》なので、追随《ついずい》して眠《ねむ》ることにする。早寝《はやね》大好きなまーちゃんの気分が、少し身に染みた一日の終わりだった。

翌朝の目覚ましは、鮮烈《せんれつ》だった。
耳をつんざく破裂《はれつ》音が、距離《きょり》を摑《つか》みかねる位置で鳴り響《ひび》いた。
クラッカーか、競技《きょうぎ》開始を告げる音……にしてはまだ、窓からの朝日が眩《まぶ》しすぎるので、寝《ね》惚《ぼ》けた頭を振《ふ》って起床《きしょう》する。寝癖《ねぐせ》のついた髪《かみ》を指で弄《いじ》りながら起き上がり、寝起き特有の頭痛に顔をしかめながら、まず何を考えればいいか考えてみた。もう一度、軽い破裂音。

「……あ、そういえば昨日、風呂《ふろ》に入ってないな」

ベッドの下へ手を入れ、秘蔵のバスタオルを取り出す。環境《かんきょう》に影響《えいきょう》されない性格なのか、色気は特に増加されていなかった。そこで関連してマユに思考が飛んだけれど、仮に僕が裸婦画《らふが》の写真集や映像を所持していたら、まーちゃんはどんな対応をするのか。焚《た》き火《び》のネタか、一刀両断か。あ、三度目が遠くで鳴った。……銃声《じゅうせい》？

それにしても、マユかぁ。実は既《すで》に、独《ひと》りでに治りましたとか報告されねぇかなぁ。

「ここ、昼ぐらいまでもう一回探してみて……それから先生に連絡《れんらく》しておくか」

一日限定で春休みの生活時間割を作成して、目を擦《こす》る。

しかし、どうして僕は新しいけど希望のない朝をこんなに早く迎《むか》えないといけなかったんだ。

疑問の原点に立ち返る。騒音《そうおん》の所為で目覚めを促《うなが》されたことまでは納得《なっとく》する。

けれど別に僕の寝言だったわけでもないし、出張《でば》る必要はまるでない気がした。

この家に関連する出来事だったらその内、騒《さわ》ぎが伝わってくるだろう。

そう楽観して、とにかく一風呂浴びることにした。朝風呂は、マユと再会した時以来だ。

風呂に浸《つ》かってから二十分ほど経過して、絹を引き裂《さ》くというより丸太を空手チョップで粉《ふん》砕《さい》したような悲鳴があがっても、僕は部屋で待機していた。浴場の扉《とびら》について多少の不満を覚えながら、濡《ぬ》れた髪《かみ》をタオルで拭《ふ》く。今のは菜種《なたね》さんが全力で雄叫《おたけ》びをあげたような金切《かなき》り声だったけれど、腰《こし》を上げる動機には成り得ない。

「銃声《じゅうせい》がして、悲鳴《ひめい》が響《ひび》いて……朝から映画村、春の陣《じん》な気分ですな」

たとえ大江《おおえ》家の平穏《へいおん》を揺《ゆ》るがす大事件だったとしても、僕に何の関係があるというのか。もしあるというなら、勝手に相手から迫《せま》ってくるだろう。その前には逃《に》げるとしよう。

やがて、十分《じっぷん》近くの間を置いてから、扉《とびら》は規則的な鳴き声をあげて、仮の主に来客を告げた。

……強気に言い放ってはみたけど、本当に事件が僕を訪問しに来たらどうするかな。

「どうぞ」と、相手を特に確かめないまま、招き入れる。訪《おとず》れた奴《やつ》も中の人間が誰《だれ》か探りを入れないまま、踏《ふ》み込んできた。それは予想外の人物だった。初めから別段に想像していないので、誰《だれ》が来ても僕は驚愕《きょうがく》出来たわけで大変にお得な心構えである。嘘《うそ》だけど。

昨日と別の浴衣《ゆかた》を着た大江湯女《ゆな》が僕の前まで躊躇《ためら》わずに突《つ》き進んできた。頭にはナイトキャップまで被《かぶ》って、空前絶後に似合わない。僕が『みーくんねー』とか言い出すようなレベルに致命的《ちめいてき》だ。いや、実際は似合っているのだが、まるで僕が被っているようで肯定《こうてい》し辛《づら》い。

「「おはよう」」……いや、これは被っていい。うん、仲良くご挨拶《あいさつ》だ。

げほげほ、咳《せき》ではなく噎《む》せ込んでから、湯女が殿方《とのがた》の部屋へ入室した目的を果たし始める。

「さっきの銃声《じゅうせい》のような音、貴方《あなた》も聞いた？」

さして気負いもなく、『さっきのテストどうだった？』と同格の尋《たず》ね具合だった。

「うん。あれは寝起《ねお》きの良くない目覚ましだな。その上、近所迷惑《めいわく》でもある」

でしょうね、と湯女が横目に逸《そ》らしながら独《ひと》り言《ごと》をぼやく。

「先程《さきほど》の菜種の悲鳴も？」

「やっぱり菜種さんだったのか。僕も日本語のヒヤリングには自信が持てそうだ」

試験の点数には影響《えいきょう》なさそうだけどな。現国は毎回、中間をうろついてるし。漢字の書き取り問題が削除《さくじょ》されたら、マユと一緒《いっしょ》に仲良く補習、あ、出来たわけか。僕もまだ思慮《しりょ》が浅いなあと負の方向に反省しつつ、話し相手の視線が訪れるのを待っている湯女を見上げた。

湯女は『おせーよ』という不満を隠《かく》しながらのっぺらぼうみたいに微笑《ほほえ》み、「そこまで分かっていても」と前置きした。それから何処《どこ》か揶揄《やゆ》するように、

「それでも貴方は湯船に浸《つ》かってビバノンノンに極楽《ごくらく》極楽で朝寝朝風呂《あさぶろ》な江戸っ子気取りに幽《ゆう》体離脱《たいりだつ》していたのね？」

「身体《からだ》は健康な男子高校生が風呂を覗《のぞ》く以外の用法で利用していたということにまず感心してほしいところなんだけど」と嘯《うそぶ》いてみる。

そうね、と淡泊《たんぱく》に肯定《こうてい》の皮を被った、流しの返事をする湯女。

呆《あき》れではなく、お眼鏡に適《かな》った人材を喜ぶような愉悦《ゆえつ》が表情を象《かたど》っていた。

「では、そんな貴方の腰《こし》とお尻《しり》を月面仕様に変えてみせましょうか」

「というか、初めてきみと意思を疎通《そつう》させている気がするよ」

今までは、ただのツーリングだったからな。

湯女《ゆな》は「ええ」と出涸《でが》らしのお茶より何も満たされない笑顔で、一拍《いっぱく》置きながら、

「お母様、大江景子《おおえけいこ》が庭で死んでいることを伝えに来たの。貴方《あなた》も見に来る？」


二階から早足で階段を下りて、一階の通路に出る。ここから左手に進めば広間と玄関《げんかん》の方面へ進むけれど、湯女の行く先は右折だった。僕も続く。左右に計六つある部屋を通り過ぎてから、正面の壁《かべ》に突《つ》き当たる。そして迷うことなく、枝分かれした通路を左へ曲がる湯女に従い、僕らは『死体』の見える窓に到着《とうちゃく》した。

「呼んできました」

耕造《こうぞう》さんに声をかけ、湯女も窓の付近の集団に紛《まぎ》れ込む。すると、僕を除《のぞ》いて勢揃《せいぞろ》いしていた面々から伝わってくる緊迫感《きんぱくかん》が、ナイトキャップで中和されてしまった。迷惑《めいわく》な奴《やつ》である。朝の挨拶《あいさつ》も省いて、伏見《ふしみ》が窓際《まどぎわ》から、僕の下《もと》へ駆《か》け寄ってくる。顔素材が随分《ずいぶん》と青色気味に変更《へんこう》されている。朝の挨拶も省いて、ぶんぶんと左右に首を振《ふ》ったり、僕の腕《うで》に縋《すが》ったりと、手帳を駆使《くし》する余裕《よゆう》も失っていた。

「見ない方が、よかった」と素直《すなお》に嘆《なげ》く伏見。

「……だろね」その下へ傾《かたむ》く頭を撫《な》でながら、周囲を観察する。

鉄格子《てつごうし》つきの窓の周囲には耕造さん、潔《きよし》さん、貴弘《たかひろ》さんに桃花《とうか》が四者一様の表情で群がっている。腰《こし》を抜《ぬ》かした菜種《なたね》さんは壁《かべ》際まで後退し、茜《あかね》は暇《ひま》そうに、教師の長話が早々に終わるのを待っている学生みたいな態度で集団から一歩引いていた。そして、湯女は細めた眼球で窓を睨《にら》む。

僕から離《はな》れない伏見を右手であやしつつ、窓に寄って、風景と、窓を見聞しておく。

窓は開け放たれて、換気《かんき》の態勢を整えていたけど果たして今、外の空気を取り入れることは得策なのだろうか。僕は大江家の人間ではないので、是非《ぜひ》の意見については保留した。

見える景色《けしき》の位置としては、裏庭か。窓の格子の一カ所には、溶《と》けたような削《けず》り跡《あと》。その先には、花も咲いてないのに一部が朱《しゅ》色で艶《つや》やかな草むらに俯《うつぶ》せで倒《たお》れ伏《ふ》している女性。

……ここからだと正直、完全に死亡しているか判別つかないな。

微風《びふう》に身を任せて、集団で一つの流れを形作っている雑草の群れ。

その根本に僅《わず》かながら存在を覗《のぞ》かせる、赤茶色の土。

それと内部を隠《かく》し通す為《ため》にあるような高々とした塀《へい》が、死体を日常に溶け込ませていた。

何故《なぜ》、皆《みな》は外に出てアレの生死をもっと間近で確かめようとしないのか、僕は湯女にここへ連れてこられたのか、ふとした疑問が頭上より舞《ま》い降りる。けど今は、単独行動や不用意な発言で場をかき乱す状況《じょうきょう》とはかけ離れている。疑念は、留保だ。

まぁ仮に、死体であるとして。

ここに九人揃《そろ》っている以上、残り一人が消去法で死者に選ばれることとなる。

つまり、湯女《ゆな》の報告通り、大江《おおえ》景子《けいこ》さんだ。

「……………………………………」

悪意にストーカーされていそうなあの子は、この場にいないはずなんだけど。

また、僕の目の前で人が死んでいた。

嘘《うそ》でしょ、と桃花《とうか》あたりが呟《つぶや》くのを聞いて、ふと、納得《なっとく》することがあった。

そういえば、エイプリルフールは昨日で終わっていたのだった。

この土地に移り住んで早八年。

遂に棚が私の元に生まれ、牡丹餅が現れたの。

今まで、棚の牡丹餅を好きなだけ口に出来る人生だった所為か、何とも新鮮な気分。

家庭を持っても落ち着かなかった私の情熱は、今ここに薪をくべられ燃えたぎっている。

というわけで、シチューの煮込みはどう？　菜種。

……ふむ、ジャガイモが石のようね。

いいの、年越しそばみたいなものと思いなさい。

今日はお祭りだから、家族総出のお祝いに無粋は禁物よ。

二章『ナイフに死す』

何の因果か、生粋の令嬢である女性を妻に迎えて紆余曲折。
行き着くところに今があり、家庭がある。
俺としては居心地の良質な家庭環境。
閉鎖的ではあるが、外敵も寄りつかない。
だが、妻の金で生活している現状を甘んじて受け入れるにはまだ早い。
思い描いていた、父親像の足下が崩れかけている今こそ奮起せねば。
……まずは何とか、父親の威厳が出る再就職先でも探すとするか。

自然と、僕らは食卓《しょくたく》を囲んでいた。

景子《けいこ》さんの死体（疑惑《ぎわく》つき）を発見してから一時間と経《た》っていない、朝日が通勤途中《とちゅう》の時間帯でも気温は既《すで》に生暖かい。それは有り難《がた》かったが、その意思を伝えるべき手頃《てごろ》な相手が室内にはいそうもない。夫である耕造《こうぞう》さんは口元と目を引き締《し》め、無言を貫《つらぬ》いている。その隣《となり》の貴弘《たかひろ》さんは腕《うで》を組み、目を閉じて、耕造さんと一席空けて腰《こし》かける潔《きよし》さんは全員の顔色を探って、居心地《ごこち》の悪い空間に眉根《まゆね》を寄せている。潔さんの左には、テーブルの木目を睨《にら》みつけて俯《うつむ》く桃《とう》花《か》。続く茜《あかね》は足をぶらぶらさせて退屈《たいくつ》そうにしている。時折、僕と目が合うと、にこっと歯並びの良さを明示するようにあどけない笑顔《えがお》を浮かべる。菜種《なたね》さんは今、キッチンで飲み物の用意をすると告げて空席となっている。

そして向かい側《がわ》に座る湯女《ゆな》と、隣席《りんせき》の伏見《ふしみ》は僕を見ていた。一方は出来損《そこ》ないに微笑《ほほえ》み、一方は怯《おび》えを隠《かく》さず。僕は左目で伏見を安心させ、右目で湯女と火花を散らすことに心を砕《くだ》いていた。

「…………………………」

嘘《うそ》だけど。試《ため》してはみたが視神経が引きつるので、大人しく交互《こうご》に見つめ合うことにした。

予想外の事態が発生して足止めを食っていることに、舌打ちが出そうになる。ただそれは、キッチンから硝子《ガラス》が落下した際の効果音に流される。八人の視線がキッチンに集《つど》うが、誰《だれ》も腰を上げない。そして、すぐに目線は各自、定位置に復帰する。

死体を発見しただけなら何も、家族会議のように円卓を囲む必要はない。日本には警察がいるし、ここは絶海の孤島《ことう》でも雪山のペンションでもない。

しかし、景子さんの死に乗じるように次々と用意された問題は、僕らに頭を突《つ》き合わせることを強要してきた、かも知れない。少なくとも、僕と湯女、茜、それに貴弘さん以外は危機感との直面に対する緊張《きんちょう》が、表舞台《ぶたい》で脚光《きゃっこう》を浴びていた。

食卓には時計の音ぐらいしか娯楽《ごらく》がないので、正直、僕も茜同様に退屈を持て余していた。だが、ここで伏見に庭でも出てバドミントンしようぜと持ちかけるのは得策ではない。茜も参加を表明し、三人という中途半端《ちゅうとはんぱ》な人数を改善すべく更《さら》なる勧誘《かんゆう》を強行し、場の空気から完全に酸素を奪《うば》い取ってしまうからだ。嘘しか言えないのか、僕は。さもありなん。

そもそもその庭、というか死体の側《そば》に行けなくて困ってるわけだし。

とにかく今はまだ、反感を大量購入《こうにゅう》する時期じゃない。

何せ暫《しばら》く、ここでの生活を続けなければいけないのだから。

厨房《ちゅうぼう》の扉《とびら》が開く。菜種さんが、煎餅《せんべい》と緑茶の足場になりそうな柿《かき》色の和風な盆《ぼん》にコップを載《の》せて戻《もど》ってきた。

「ごめんなさい。コップを一つ落として、しまいましたのでぇ、掃除《そうじ》に時間がかかって……」

「えー、ぼくのやつ？」と茜《あかね》が空気の中身を変化させるほどの、突《つ》き抜けた明るさで菜種《なたね》さんに確認《かくにん》する。菜種さんは一度、キッチンの中を振《ふ》り返ってから、

「えぇとぉ、確か桃花《とうか》お嬢《じょう》様のです。すみません」

そう言って、桃花に頭を下げる。桃花は無言で、顔も上げようとしない。

「んー、なら良し」

「良くないわよ……」と姉に対しては静かに反応したが、茜は取り合わなかった。

菜種さんがまず耕造《こうぞう》さんの前にコースターを敷《し》き、その上に水入り硝子《ガラス》のコップを置く。

菜種さんは硬《かた》い笑顔《えがお》で食卓《しょくたく》を一回りして、九人分のお冷やを並べていく。僕の前へ置く時、その手が僅《わず》かに震《ふる》えを帯びていることに気付いたが、会釈《えしゃく》だけ返した。

コップを手に取り、水を口に含《ふく》んで、舌で転がす。レモンも、力も成分に含《ふく》まれていない水道水だった。井戸《いど》水の方が美味《うま》いな、とそれぐらいしか誇《ほこ》れない田舎《いなか》者は、ここぞとばかりに優越《ゆうえつ》感を口端《こうたん》に宿らせた。まぁ、嘘《うそ》だけど。正直、大差ない。

コップをテーブルに戻《もど》して、ふと周囲を見ると水に口をつけたのは僕と茜だけだった。耕造さんや桃花は、僕と茜をやぶにらみするだけで、手は働こうとしない。どうもその視線から察するに、毒味役を買わずとも出た僕らの反応を窺《うかが》っているようだ。そして全く無警戒《けいかい》に口をつける僕を訝《いぶか》しむのか呆《あき》れているのか、決して良好な意味合いではない態度で観察している。潔《きよし》

さんは流石《さすが》に妻を疑うことはないが、雇《やと》い主《ぬし》である大江《おおえ》家の主人が妻の運んだ水に疑惑《ぎわく》を持っていることで、平和な気分ではいられないのだろう。目が忙《せわ》しなく、左右に反復運動をこなしている。

貴弘《たかひろ》さんは瞑想《めいそう》中のままで、湯女《ゆな》に至っては『ワタクシはアップルチーしか飲用しませんの』と言わんばかりに瓦解《がかい》した笑顔を保っている。こういう余裕《よゆう》を気取った登場人物は、第二の犠《ぎ》牲《せい》者となる確率が高い（気がする）。そこさえ潜《くぐ》り抜《ぬ》ければ最後まで生存する可能性は飛躍《ひやく》的に上昇《じょうしょう》するだろうから、別に頑張《がんば》らなくていいので声援《せいえん》はなしだ。恐《おそ》らく、向こうも僕に団《どん》栗《ぐり》が背比べの為《ため》にイタチごっこするが如《ごと》く不毛な、同様の第二印象を持ち合わせたはずだから。

いやはや、人工ドッペルゲンガーとの対面は、自前の心のあら探しに等しいな。

……ふと思ったが、ドッペルゲンガー自身も、自分と出会ったら死期が近いのだろうか。

伏見《ふしみ》は、水どころではないようだった。『いないいないばー』とかやったら即座《そくざ》に泣き出しそうな脆《もろ》さが表情に浮き出ている。やった本人も違《ちが》う意味で涙腺《るいせん》が崩壊《ほうかい》しそうだけど。

「あのぉ、私が全部、口をつけましょうか？」と、潔さんの隣《となり》に座り直し、場の空気を呼んだ菜種さんが提案する。「いや、いい」と耕造さんが手で制し、一拍置《いっぱく》いてからコップを手に取る。コップを傾《かたむ》け、半分ほど喉《のど》へ流し、それから引きつった笑顔が生まれる。

「気を悪くしないでくれ」と耕造さんが菜種さんに断りを入れる。

「今ここに座っている人間の誰《だれ》かが、殺人犯である可能性は極《きわ》めて高い。神経質になることも無理からぬことだと思う」

数人の視線が、耕造《こうぞう》さんに集《つど》う。僕は、耳と脳だけ反応させるに留《とど》めた。特に口は自重。

「そんな、人殺しなんて、ええ、この中に、ええ……」

潔《きよし》さんが頓狂《とんきょう》な声をどもらせながら、否定の願望を露《あら》わにする。

先程《さきほど》から家族間で、毒に思いを馳《は》せるのはそういった理由に基づいていた。

しかし今の耕造さんの物言いはまるで、自身は神経質という小心の枠《わく》から外れているようだったな。重い内容を軽々しく口にすることで、さも余裕《よゆう》があるように振《ふ》る舞《ま》っているのが透《す》けて見えるようでは、逆効果な気もするけど。彼はこの場で発言が優先される権利、その他の人物の態度や立場を仕切る権利、最後には頼《たよ》られる権利、統括《とうかつ》して主導権を握《にぎ》りたがっているのが見て取れる。

家の主人なら堂々としていれば、自然とその地位を獲得《かくとく》しそうだが、それなりの思惑《おもわく》が渦巻《うず》いているのだろう。

だがそれなら、発言には気を遣《つか》わないといけない。

当たり前のことを改めて、厳《おごそ》かに言い直そうとするのは頭の回転が鈍《にぶ》っている証明だ。

聡明《そうめい》な発言を考えつく為《ため》の時間稼《かせ》ぎに過ぎない。

……当たり前か。何故《なぜ》その当たり前を取ったのか、過程は不明だな。

あの鉄格子《てつごうし》の跡《あと》に、他《ほか》の意味を持たせたかったのかも、まだ憶測《おくそく》から逃《のが》れていない。

「さて、そろそろ本題に入りたい。いいだろうか？」

耕造さんが仕切り屋を開店する。ん、僕らは話し合いを行う為に雁首揃《がんくびそろ》えていたのか。

朝食を待っている人間もいたと思うのだが。茜《あかね》に、それともう一人。そちらの方が、よっぽど健全な食卓《しょくたく》の使い方じゃないか。冗談《じょうだん》だけど。

「どれが本題なの？」と桃花《とうか》が心底嫌《いや》そうに、父親に突《つ》っかかる。

「勿論《もちろん》、景子《けいこ》が死んだ、いや殺されたということだ」

耕造さんが故意に言い直し、他殺を強調する。桃花はそれ以上口を挟《はさ》まず、膝元《ひざもと》に俯《うつむ》く。

「それと、俺達が今後、この家でどう生活していくかもだ」

トントンと、机を中指の第一関節で叩《たた》く。ふむ、僕からすればここはお屋敷《やしき》だが、耕造さんにしてみれば我が家なわけだ。意識の差が簡単に比較《ひかく》出来て、少し面白《おもしろ》い。

耕造さんが語り出す前に、目についた不謹慎《ふきんしん》へ喝《かつ》を入れる。

「貴弘《たかひろ》。お前はさっきから居眠《いねむ》りでもしているのか？」

父親に言及《げんきゅう》され、息子《むすこ》は目を見開く。焦点《しょうてん》の飛んでいそうな眼球がさらけ出される。

「母さんに黙禱《もくとう》を捧《ささ》げていました」

貴弘さんは機械的に、正論を返す。相手に反撃《はんげき》の余地を与《あた》えない、遊びのない一言だった。

耕造さんは決まりが悪そうに口を曲げる。への字を描《えが》き、もう少しの精進でやの字ぐらいなら形作れそうな歪曲《わいきょく》についつい注目してしまう。

「……君、何か言いたそうだな」

目の合った僕をダシに、恥逸《はじそ》らしを仕かけてきた。ここで僕が寡黙《かもく》な青年となれば、耕造《こうぞう》さんの面目《めんぼく》は過去に追いやられて誰《だれ》も気に留めなくなる。仕切り直しが有利に可能だ。

よし、だったら耕造さんが避《さ》けている点に触《ふ》れてみるか。性悪《しょうわる》な自分に正直でいこう。

「先程《さきほど》、銃声《じゅうせい》があったので凶器《きょうき》は拳銃《けんじゅう》の可能性も考慮《こうりょ》しなければいけませんが、この家にそういった類《たぐい》のものを所持している人はいるのですか？」

まさか、乾電池《かんでんち》、湿電池に続く第三弾《だん》、滑《かっ》電池なんてどうかなぁと思索《しさく》していたことを馬鹿《ばか》正直に話すわけにもいかない。その場凌《しの》ぎの質問に、耕造さんの眼球が瞼《まぶた》越《ご》しにも反応したのを見逃《のが》さない。

が、追及《ついきゅう》する暇《ひま》もなく横槍《よこやり》が投擲《とうてき》されてきた。

「なんかさ、白々しい」

そう突《つ》っかかるのは、まるでそれが役目のようになりつつある大江《おおえ》桃花《とうか》だった。

「白々しい？」その発言が何を意味するか理解しながら、容疑者らしくオウム返しを実行する。

「だってさ、どう考えても怪《あや》しいのはあんたとそっちの女じゃん。あんた達が来たら急に家族が死にましたって、疑わない方がどうかしてるよ」

眉間《みけん》に皺《しわ》寄せながらも、今回が最も筋の通る突っかかりだった。

昨夜、この屋敷《やしき》にいた十人の内、身内は六人、使用人二人、部外者二名。

部外者を疑惑《ぎわく》の目で捉《とら》えない方が、逆に疑わしいぐらいだ。が、それも出来すぎ「けど、それも出来すぎてる気がするのは私だけかしら」

僕のマイナーチェンジ（相手からすれば逆だろうけど）が、助け船で攻《せ》め込んできた。桃花が険しくなりきれない瞳《ひとみ》で湯女《ゆな》を睨《にら》み、静かなる姉妹喧嘩《きょうだいげんか》でも始まりかねない。間に挟《はさ》まれている茜《あかね》は、舌で水の表面を舐《な》めようとコップに試合を申し込んでいた。こちらもつい、無邪《むじゃ》気《き》なのか犯人なのか、どっちかだなと微笑《ほほえ》ましい感想で見守ってしまう。嘘《うそ》だけど。

「この二人が来たのは何かの原因かも知れないけど、それ以上に価値と意味があるようにはあまり思えないの」

「じゃあ、アタシ達の誰かが母さん殺したって言いたいの？」

「懇意《こんい》であるからこそ、生まれる動機があるかも知れない。家族の絆《きずな》は否定の材料に苦しいわね、足下《あしもと》がお留守になりそう」

くすくす、と声に出して無理矢理に笑う湯女。湯女というより魔女《まじょ》が相応《ふさわ》しい。まるで、家族の絆なんてものを推理《すいり》に考慮《こうりょ》する必要がないと、僕に見せびらかすように目元を歪《ゆが》める。

どうもこの二人の姉妹仲は、紙ヤスリの削《けず》り合いが表現技法に適する程度のようだ。互《たが》いに舌戦は水かけ論へ陥《おちい》る前に見切りをつけ、顔を逸らすことで労力の浪費《ろうひ》を抑《おさ》える。

飛行機のエンジン音が過ぎ去った後のように、静まり返る食堂。

僕は、発言者としてこの場を一歩は進行させないと駄目《だめ》なんだろうな。

「それで、拳銃《けんじゅう》的なものはあるんですか?」と本題に回帰してみる。

「ああ……」そこで口ごもりつつ、「俺が趣味《しゅみ》で買った拳銃が、金庫に仕舞《しま》ってある」

耕造《こうぞう》さんが肯定《こうてい》し、同時に、自分の口からは言い出さなかった理由も露呈《ろてい》させる。一気に容疑者候補になりかねない事情で、銃刀法違反《いはん》は無視されているようだ。だけど、湯女《ゆな》が言った出来すぎの観点からしてみれば、これまた、胡散臭《うさんくさ》さに保護される。

それに、他《ほか》の大江《おおえ》家の住人が目立った反応を表立たせないあたり、拳銃の個人所持は周知の事実みたいだな。

「では、拳銃が金庫にあるか確かめて、それから全員の身体《からだ》と屋敷《やしき》を検査すれば犯人は特定出来る、かも知れないですね」

最後は予防線を張って不確定を混ぜておいた。空き部屋にただ放置されていたら判別は無理だし、誰《だれ》かの自室にあったとしても、その誰か以外が細工として放《ほう》り込んだという線もある。そして何より、隠《かく》すなら徹底《てってい》して見つからないように尽力《じんりょく》するだろう、と言いながら気付いた。

後、屋敷内にいる人間以外の第三者が拳銃を使用して殺害した……或《ある》いは、金庫から窃盗《せっとう》して、景子《けいこ》さんを撃《う》った……は無理があるか。鉄格子《てつごうし》の削《けず》れた跡《あと》や、内側の壁《かべ》にない弾痕《だんこん》が、内部から発射したことを示している。……そもそも、景子さんが拳銃で撃たれたかどうかも、まだ確定していないか。

耕造さんが『俺がそれを今言おうとしたんだ』と暗に目で訴《うった》え、非難してくる。自分の妻が殺害されたという自覚が、まだ発芽していないのだろうか。

……それもあり得るな、あの死体では。あれは少し、遠すぎる。

耕造さんが僕への独行な糾弾《きゅうだん》を不満げに取り下げ、纏《まと》め役を演じる。

「後で、みんなで拳銃は確かめるとして、とにかく、景子は、殺されてしまった……。そして、もう一つの問題は、玄関《げんかん》だ」

こちらの方が失われた人命に対してより、言い方に重々しさが含《ふく》まれていた。

それも当然で、こちらは現在進行形に身を危険に蝕《むしば》むのだから、耕造さんも他人事《ひとごと》ではない。

そう、更《さら》なる問題として、玄関が封鎖《ふうさ》されていた。

扉《とびら》に電子ロックがかけられ、スイッチは破壊《はかい》、持ち手も省かれて、外出禁止となっている。

だから窓から景子さんを眺《なが》める必要があったわけ、と死体を見た後に湯女から説明を受けた。

そして、その堅牢《けんろう》さと状況《じょうきょう》の絶望を、実際の現場で朝方に確信してきたわけである。

早い話が、閉じ込められたという現状を確認《かくにん》する為《ため》に。

草むらに奔放《ほんぽう》に寝《ね》そべる景子さんを一通り眺めて、放心する時間が終了《しゅうりょう》して。

それから、僕が呼び出されて警察にお呼びがかからない理由を知らされた。

この屋敷の電話線はご丁寧《ていねい》に千切られて、携帯《けいたい》電話は、誰も所有していないという有様。湯女や桃花《とうか》、茜《あかね》の女子高生なお年頃《としごろ》の連中は全員、学校に通わずお屋敷《やしき》に引き籠《こ》もってお姫《ひめ》様生活をこなしていて、他《ほか》の人も特に外部の連中から電波を受信する必要のない暮らしを送ってきたそうだ。よってほんの一瞬《いっしゅん》、来客の僕らに期待と注目が集まったけれど、そのどちらにも応《こた》えられず、信用は地の底で二度寝《ね》。伏見《ふしみ》は着の身着のままで暇潰《ひまつぶ》しに興じただけなので、持ち物は手帳、シャープペンに消しゴムの三種の神器のみ。

そして僕の持っていた携帯《けいたい》電話を部屋に戻《もど》って確認《かくにん》したところ、芳香剤《ほうこうざい》を真似《まね》してトイレに浸《ひた》っていた。使用する前に拾い上げられて幸運だった、と頭部を輪切りにされそうな意見は勿論《もちろん》ながら慎《つつし》んだ。誰《だれ》かが寝込《ねこ》みに部屋へ侵入《しんにゅう》したという事実、されたという間抜《まぬ》けさが他者にとっての、僕の価値を根こそぎ奪《うば》っていった。井《い》の中の蛙《かわず》が外の地面に飛び出て干《ひ》からびる機会を逃《のが》したなぁ。ありきたりに嘘《うそ》だけど。

落ち込む為《ため》にあるかの如《ごと》き要素を確認してから、僕達九人は食堂より先に玄関《げんかん》へ向かった。入り口、出口、脱出口の役を放棄《ほうき》して塞《ふさ》がっているという玄関を確かめるべく。

ちなみに、それを最初に発見したのは潔《きよし》さん。

「ああ、ええはい、銃声《じゅうせい》みたいなもので気付きまして、奥様を庭へ見に行こうとして、ええ」

というわけらしい。しかし、潔さんの日本語は、聞く者にどうしてかモヤシを連想させる。

それが目下、僕の解き明かしたい謎《なぞ》だった。ついた嘘《うそ》の数は八百じゃあ利《き》かないぜ。

玄関前に到着《とうちゃく》して、破壊《はかい》の苦味を噛《か》みしめている耕造さんの表情から、余裕《よゆう》を抽出《ちゅうしゅつ》することは単純に困難を極《きわ》めていた。持ち手が破壊され、光さえ拒《こば》むように隙間《すきま》なく閉じられた扉《とびら》に対し、有効と建設の意見を投じるのはこの人の仕事ではないようだ。

「誰がこんなことを！　それに、景子《けいこ》を！」

ほら、お元気になり立て出した。頭部が旋回《せんかい》し、お前が犯人か、だろう、あってくれと睨《にら》みを利かせる。潔さんぐらいしか、その旦那《だんな》様の独《ひと》り遊びに反応しない。

伏見をくっつけたまま、僕は一歩、人より前に出しゃばる。そして、手の平を鉄の壁《かべ》と化したそれに押しつけた。

昨日、この屋敷に入った時は扉《とびら》を引いた。だったら、押せば開くはず。牛の屍肉《しにく》焼き米国仕様を連想させる重厚な扉に対して、僕の腕力《わんりょく》が不足していなければ、だけど。結果、軋《きし》むことさえない。手の平が冷を取っただけだ。足下《あしもと》にこれ見よがしに転がる電子ロックのスイッチも良い味出している。

「無理、ですよねぇ。潔さんが押しても駄目《だめ》でしたからぁ……」

菜種《なたね》さんが控《ひか》えめに、体格差に基づいて僕の行為《こうい》が無駄であることを指摘《してき》する。

「私も試《ため》したんですけど、力及《およ》びませんでしたし……」

無念、といった様相で顔を伏《ふ》せる菜種さん。小さな巨人《きょじん》じゃないんだから、貴方《あなた》の体格じゃあ無理でしょう。かといって、猫《ねこ》専用の入り口があったとしても、その横幅《はば》だと出られそうにない。何とも、中途《ちゅうと》半端《はんぱ》な大きさだと呆《あき》れたものである。ま、嘘《うそ》である。

「潔《きよし》。金槌《かなづち》とか……大工道具の類《たぐい》はないのか」

破壊《はかい》された扉《とびら》を更《さら》に損壊《そんかい》させて脱出《だっしゅつ》を試みようと、首振《ふ》り運動に余念のない耕造《こうぞう》さんがようやく、使用人を問い詰《つ》める。

「ええ、はい、あるのですが……」と、首を縮《ちぢ》こまらせて、旦那《だんな》様より目線を下げる潔さん。

「早く出せ」

「納屋《なや》に仕舞《しま》って、ええ、庭の、外ですから……」

卑屈《ひくつ》な物腰《ものごし》で、耕造さんその他の希望を潰《つぶ》す潔さん。

桃花《とうか》が『使えねー』といった、眉間《みけん》の窮屈《きゅうくつ》な顔つきで潔さんと耕造さん、二人の大人を見据《す》えている。湯女《ゆな》は興味と意識の希薄《きはく》な現状を示すように欠伸《あくび》を繰《く》り返し、大粒《つぶ》の涙《なみだ》が溢《あふ》れるのを人差し指で拭《ぬぐ》っている。四回に一度ほどの割合で自前の分泌《ぶんぴつ》液を舐《な》め、塩味を確かめていた。

「じゃあ他《ほか》に何かないのか？」

不満を隠《かく》さず、余すところなく潔さんにぶつけるご主人。

「ええ、その、工具箱にドライバーぐらいでしたら……」

「ドライバー……で、この分厚い扉をこじ開けると？　是非《ぜひ》やってほしいところだが」

意地を素直《すなお》に悪くして、詰《なじ》る耕造さん。それに対し潔さんは軽く俯《うつむ》きながら、

「いえ、一応、試《ため》してみようと……」

「だったら早く持ってこい」

猫《ねこ》を追い払《はら》うような仕草込みで、命令を横暴な態度で下す耕造さん。

小走りで何処《どこ》かへ駆《か》けていく潔さんを目線が追いかけ、それぞれの首が回り、そこで一つ疑問が桃花から打ち上げられた。

「お姉ちゃんは？」

その一言に釣《つ》られて、僕らは広間を見渡《わた》す。僕と、付属品に変化しつつある伏見《ふしみ》、耕造さんと菜種《なたね》さん、桃花、一応参加しているという湯女、それと貴弘《たかひろ》さんを含《ふく》めても、七人しかいない。

「トイレか何かだろう。あの子は、何も理解出来てないさ」

耕造さんは辛辣《しんらつ》と淡泊《たんぱく》の中間で娘《むすめ》を評する。そして、扉を素足《すあし》で蹴《け》り飛ばした。ビクともしたのは当然耕造さん側《がわ》で、足が痺《しび》れたのか、片足跳《と》びで扉に密着する距離《きょり》まで詰《つ》める。持ち手が取り外され、剥《む》き出しになった部分から扉の中身を覗《のぞ》いてみるなどして、一人で足掻《あが》く。

生憎《あいにく》、扉は不感症《しょう》のようでビクリとも反応を示さないけど。

「くそ」だの「ここを」だの手垢《てあか》で弄《いじ》くり回しながら、如何《いか》にも何か出来そうだと周囲に無能でないことを主張しようとする。

僕らはその様子を、見下ろす感覚で眺《なが》めて、澱《よど》む空気の流動を待った。

やがて先に戻《もど》ってきたのは、潔さんではなく茜《あかね》だった。

「ね、これで叩《たた》いてみたらー？」

茜が抱《かか》えてきたのは、少なくとも物体に抗《あらが》うべく開発された、攻撃《こうげき》意思の宿る『武器』には該当《がいとう》しない代物《しろもの》だった。まぁ、僕は頭部を信用の証《あかし》としてそれで殴打《おうだ》された過去があるけどね。

「お姉ちゃん、それなに？」

「おとーさんの部屋の椅子《いす》」

茜《あかね》が事態の空気を遮断《しゃだん》したような、意気揚々《ようよう》の笑顔《えがお》で道具の出所を報告する。見覚えがあると思ったら、景子《けいこ》さんの部屋にあったのと同じ椅子か。しかし、木製ならともかく、鉄製の扉《とびら》と対峙《たいじ》して尚《なお》、椅子は武器の代理を果たせるのだろうか。

「それで、扉が壊《こわ》せると本気で思ってるのか」

耕造《こうぞう》さんが、娘《むすめ》の試案に矮小《わいしょう》な怒気《どき》で否定を論じようとする。それより早く茜は他人の心を天然に無視して、持論を晒《さら》す。

「んやー、扉じゃなくて、壁《かべ》」

ピッと、左の通路の方を指差す。そして反対の手の人差し指を、扉の中央に突《つ》きつける。

「だって、そこから出入りしなくてもいいじゃん」

玄関《げんかん》からの規律に従ったお出かけに拘《こだわ》る耕造さんを笑い飛ばすように、軽々と提案する。金属よりは壁材《かべざい》の方が人の手に余らない気がする。そんな、安直な考察から出たのだろう。その直線な発想にまるで至ってなかったのか、耕造さんは苦々しそうに、頰《ほお》を赤らめる。

「そう、だな」

納得《なっとく》しかねる、滲《にじ》んだ物言いで椅子を受け取りながら、耕造さんは通路に入っていく。潔《きよし》さんを待つという選択《せんたく》はないようだ。これから、何をするべきかという具体的な行動が各自の手には備わっていなかったようで、残った人達もその後に続いた。

厨房《ちゅうぼう》や食堂の方へ続いている通路に入ってすぐの位置を、耕造さんは狙《ねら》い定める。茜から借り受けた椅子の何処《どこ》を衝突《しょうとつ》させるのが効率いいか、悩《なや》んでいるようだった。

だけど僕の眼球が余程《よほど》、現実逃避《とうひ》と空想の申し子でなければ、お高級な椅子如《ごと》きで風穴を開けられる相手ではないことが衆目《しゅうもく》の事実だった。けれど、耕造さんは鼻息荒《あら》く、壁を敵に見立てて対峙する。声援《せいえん》は、庭の虫さえ満足にこなしていない。

耕造さんが椅子を両手持ちで掲《かか》げ、白壁に叩《たた》きつける。人の頭部を金属バットで叩き潰《つぶ》すのが浅瀬《あさせ》であるなら、それより沖《おき》に位置する、沈音《ちんおん》が鼓膜《こまく》を揺《ゆ》らす。耕造さんの渾身《こんしん》の一撃《いちげき》がもたらした変化は、目立ってそれぐらいだった。壁はそんな衝撃《しょうげき》には無頓着《むとんちゃく》に、依然《いぜん》白い。

再度振《ふ》りかぶり、巻き戻《もど》しと再生のように第二撃が壁を捉《とら》える。効果は、耕造さんの両腕《うで》にはあり。それでも繰《く》り返すけど、塗装《とそう》さえ満足に剝《は》げることはない。

「くそ……頑丈《がんじょう》すぎる、何でこんな馬鹿《ばか》な作りに……」

頑健《がんけん》な自宅に感心するどころか、唾《つば》を口端《こうたん》に吹《ふ》き出して愚痴《ぐち》も零《こぼ》す大江《おおえ》家の主人。

何も理解できていないと娘の脳味噌《のうみそ》を度外視した割に、本人も直接行わなければ、成否の区別がついていなかったということである。何て素敵《すてき》な、無意識の貶《おとし》め方。

肩《かた》で息をしながら、次に耕造さんの上下する目に止まったのは、鉄格子《てつごうし》だった。

壁《かべ》や扉《とびら》よりは、全形を目に留めることが可能な、その遮《さえぎ》り。椅子《いす》を放《ほう》り捨て、窓を開けて指先で格子《こうし》の一つを摘《つま》みながら、耕造《こうぞう》さんが第二の使用人をこき使う。

「菜《な》種《たね》、厨房《ちゅうぼう》にあるナイフや包丁を持ってこい。格子《こうし》を切れるかやってみる」

「全部、ですかぁ？」職務が面倒《めんどう》なのか、しかめ面《つら》で反抗《はんこう》期を示す菜種さん。

「当たり前だろう！」

「でもぉ、お料理が出来なくなっちゃいますからぁ……」

人差し指をもじもじさせながら、料理人としての立場を訴《うった》える菜種さん。

全員、大小の差はあれども、その発言には目を点気味に加工されてしまう。ひょっとしてこの人、料理が不可能になったら自身の職の剝奪《はくだつ》に繫《つな》がると危惧《きぐ》してたり……したらもはや天晴《あっぱ》れと扇子《せんす》を扇《あお》いでしまうのだが。

耕造さんは抜《ぬ》かれかけた毒気《どっけ》を引き戻《もど》し、菜種さんへ放出する。

「頭は冷静か？　落ち着いてるか大丈夫《だいじょうぶ》か。ここから出られなかったら、料理も糞《くそ》もあるか！」

「えぇ？　でもですねぇ、出られなかったら、ここで過ごさないといけませんしぃ、やっぱりご飯は大切だと思うんですけど……」

あくまで、食の大切さを第一に捉《とら》える使用人に、雇《やと》い主（無職）は吐《は》き気《け》を催《もよお》したように口元を押さえ、眼球を彷徨《さまよ》わせる。そして論議に飽《あ》いたのか、決着がつかないことを認めたのか、耕造さんがしっかりと譲歩《じょうほ》する。

「一本を残して、他《ほか》を持ってこい。それでいいだろう」

「あ、はい」その指示でようやく、菜種さんの気難しい容姿が落ち着きを取り戻す。「ええと、一緒《いっしょ》に運んでくれる人が、誰《だれ》か」

「アタシが手伝う」

首を緩慢《かんまん》に巡《めぐ》らせる菜種さんの行為《こうい》を差し止めるように、迅速《じんそく》に申し出る桃花《とうか》。「あ、それではよろしくお願いしますねぇ」とお嬢《じょう》様に一礼してから、二人並んで厨房へ歩いていく。

「茜《あかね》、俺の代わりに椅子で壁を打っていろ」

用意を待つ間、言い出した本人に無駄《むだ》な努力の係を任命する。茜はうんうんと二度頷《うなず》き、椅子を構える。「せや!」と、周囲への気遣《きづか》いなしで椅子を振《ふ》り回し、横から、斜《なな》めから、無秩《むちつ》序《じょ》に攻撃《こうげき》を加えていく。効果のほどは、退屈《たいくつ》の破壊《はかい》には一役買えそうだ。菜種さん達、それと潔《きよし》さんを待つ間にその遊戯《ゆうぎ》を観劇して、意味もなく溜息《ためいき》を吐《つ》く。

「なぁ」

小声で、隣《となり》に陣取《じんど》っている湯女《ゆな》へ話しかける。湯女は無言ながらも、目の端《はし》に眼球を出張《でば》らせることで言葉の続きを促《うなが》してくる。

「鉄格子のない窓とかはないのか?」

「ないわね」即答《そくとう》してきた。まぁ、あったならそこから脱出《だっしゅつ》しているか。隠《かく》し通路や裏口も、備えあれば憂《うれ》いなしだったら耕造さんがもう少しは豪放《ごうほう》快活だろう。

「これ、何の為《ため》に取り付けたんだ？」もう一つ、こちらは興味本位に質問する。

「それも、こんなに骨太な作りにしなくてもいいだろ。普段《ふだん》からカルシウム摂取《せっしゅ》を心がけることを住人へ訴《うった》えかける為《ため》か？」

「確か、物取りへの対策だと誰《だれ》か話していたわね」

関心が薄《うす》そうに、素っ気なさを意識して湯女《ゆな》が返事する。目線はあくまで、椅子執《いすと》りゲームに興じる茜《あかね》へ注がれていた。

そのやり取りの間に伏見《ふしみ》も、少しだけ腰《こし》と背を伸《の》ばして足腰の力が回復してきていた。

「あ、お待たせしましたぁ……」

二人が自他を突《つ》き刺《さ》さないように運んできた刃物《はもの》の数は、計九本だった。

茜も手を休め、汗《あせ》を拭《ぬぐ》い、事の成り行きを傍観《ぼうかん》する側《がわ》に立ち回る。

「貸せ。俺がやる」

一本の包丁を耕造《こうぞう》さんが摑《つか》み、残りは絨毯《じゆうたん》に直置《じかお》きする。

そういえば昨日、ナイフが一本紛失《ふんしつ》していると話に出ていたな。今回の件と、何か関連があるのだろうか。少なくとも、それに関して表立って気にかけている素振《そぶ》りを見せる奴《やつ》はいない。

耕造さんはヤスリをかけるように、包丁の刃を鉄格子《てつごうし》に沿って上下させる。金属同士が引っかかり、身肉を削《けず》り合う効果音に、各人が鳥肌《とりはだ》を露出《ろしゅつ》させる。まるで意に介《かい》さず、廊下《ろうか》の奥を凝視《ぎょうし》しているのは貴弘《たかひろ》さんぐらいだ。伏見《ふしみ》がまた微妙《びみょう》に腰《こし》を折り、耳を塞《ふさ》ぐ。僕の肘《ひじ》で右耳を、自前の手で左耳を封鎖《ふうさ》した。

「こんな、ことになるなんて……何で、こんな家に……」

自業自得《じごうじとく》の自宅設計に、敵意と危機感を募《つの》らせる耕造さんの目は充血一路《じゅうけつ》だ。

胃が軋《きし》むような悪足掻《わるあが》きの最中に、潔《きよし》さんが場の雰囲気《ふんいき》を窺《うかが》うようにして戻《もど》ってきた。

「あの、ええ、ドライバーを用意しましたが……」

「じゃあ、お前が玄関《げんかん》で試《ため》してこい。全員でここにいても効率が悪いに決まってる」

自身が生み出している金属の擦《こす》れる音に嫌気《いやけ》がさしているのか、不機嫌《ふきげん》そうに突《つ》っぱねる。

潔さんが、刃物にご執心《しゅうしん》な耕造さんの命を異議なく受けて反転する。

「あ、私も行きます」と菜種《なたね》さんが旦那《だんな》さんに追随《ついずい》し、また人数は七人となった。耕造さんを除《のぞ》いた六人は、耳を押さえるのに忙《いそが》しいと怠慢《たいまん》をごまかし、観察者の姿勢を崩《くず》さない。

攻《せ》める包丁の方が刃こぼれしている事実に、耕造さんの歯軋《はぎし》りが増す。菜種さんが目撃《もくげき》したら、別の意味で歯がゆくなるだろう。

「どうなの？」

位置の関係で状況《じょうきょう》の把握《はあく》が出来ない桃花《とうか》の質問に、耕造さんが苛立《いらだ》ちを隠《かく》さない。振《ふ》り上げた拳《こぶし》と刃を、鉄格子に激突《げきとつ》させ、苦痛に苛《さいな》まれたように眉《まゆ》をひそめる。

「まだやり始めたばかりだ、結果を口にする必要はないだろう」

そう言い放ち、勢いよく屈《かが》む。ノコギリに少し歩み寄った包丁を捨てて、次のナイフを掴《つか》んだ。そして、一本目の刃物《はもの》より容易《たやす》く、自身の長所を食い潰《つぶ》されて役目を果たせなくなる。

はい、次だ。

次も、次も、次も、次も、次も、次も。

……おや今度は、表面の塗装《とそう》に些細《ささい》な傷をつけるぐらいは、何とか成功したみたいだな。

耕造《こうぞう》さんは舌打ちと共に、包丁を手放す。周囲の状況《じょうきょう》を顧《かえり》みずに投げ放たれたそれは、桃花《とうか》の足下《あしもと》へと落下する。血走りと歯軋《はぎし》りで、前のめりの耕造さんは椅子《いす》を掴《つか》んで、高々と振《ふ》り上げる。一時的に家具を武具として、狙《ねら》ったのは格子《こうし》でなく、窓硝子《まどガラス》。飴《あめ》細工のビール瓶《びん》より派手に割れて、一致《いっち》団結を不条理に引き裂《さ》かれた硝子の破片は窓の格子から、庭へ抜《ぬ》け出ていく。

それを羨《うらや》ましいなぁと傍観《ぼうかん》しているほど、ここに生息する人類は悠長《ゆうちょう》じゃない。

屋敷《やしき》の中へ取り残された硝子の塊《かたまり》を慎重《しんちょう》に耕造さんが掴み、包丁の代わりとして使役し出す。無駄《むだ》な努力だと忠告する家族は、後一歩踏《ふ》み外せば危険に分類される家長に対して、距離《きょり》をまず念頭に置いて事の成り行きを見守っている。

無益だと諭《さと》せるほど、僕も達観していたくはない。

だから僕は時折、伏見《ふしみ》の顔色を窺《うかが》いながらもその場で静観し、口を噤《つぐ》む。

掃除《そうじ》は潔《きよし》さんか菜種《なたね》さんに命令するんだろうなと、感想として成立したのはそれだけだった。

駄目《だめ》でしたと、坂《ばん》夫妻から報告されるのにも、そう時間はかからず。置かれた立場の理解が全員に浸透《しんとう》するのに、若干《じゃっかん》の時間を要しただけだ。

以上、特に色褪《あ》せていない回想終了《しゅうりょう》。

そして僕がその過去を上映している間にも、現実は進行する。

「ぼく、トイレ行ってくる」と途中《とちゅう》の空き部屋に入ってしまった茜《あかね》を置いて、八人全員で、景《けい》子《こ》さんを殺害した凶器《きょうき》の有無を確かめに向かっていた。広間からの正面通路を進み、左の死体置き場方面ではなく、右折する。そこの壁《かべ》の突《つ》き当たりに、掃除《そうじ》用具でも入っていそうな古びたロッカーと、乳白色の金庫がそれぞれ、隅《すみ》に置かれていた。どういう取り合わせだよ、濡《ぬ》れた雑巾《ぞうきん》は金庫に仕舞《しま》うとか、独自のお片づけでもしているのだろうか。

耕造さんが先頭となり、金庫の開閉に取りかかる。テンキー式で、四桁《けた》の番号を不用意に入力する。1006ね、十月六日かな。何を意味するか部外者の僕には噛《か》み砕《くだ》いて解を味わうことは不可能だった。けど、その杜撰《ずさん》な管理意識は、何年も屋敷《やしき》で暮らしてきた大江《おおえ》家の人間であれば、開錠《かいじょう》することは可能だということを示している。

耕造さんが古めかしい、黒色のリボルバー式拳銃《けんじゅう》を取り出して、その姿を全員の目に晒《さら》す。何だか、三発ほど発射したあたりで生涯《しょうがい》を全《まっと》うしてしまいそうな、玩具《がんぐ》寄りの背格好だ。

もっとも、玩具《がんぐ》で弾丸《だんがん》は音速越《ご》えまで仕立て上げられないけど。

耕造《こうぞう》さんが何故《なぜ》か、『あるじゃないか』という表現を含《ふく》ませて僕に拳銃《けんじゅう》を見せびらかした。

それから、弾《たま》の数を調べにかかる。

「弾倉《だんそう》の残りは、三発。装填《そうてん》数は六だから、丁度半分、発射されているな。犯人はあの窓から景子《けいこ》を撃《う》って、拳銃を金庫に戻《もど》し、現場から離《はな》れたんだろう」

したり顔で、説明以下の何かを披露《ひろう》する耕造さん。

「音は三回鳴ってたし、ひょっとして二発も外したの？」

桃花《とうか》の疑問に、「或《ある》いは、念押しに止《とど》めを刺《さ》したかだ」と耕造さんが返す。この人も、妻が殺害されたにしては冷静というか、淡泊《たんぱく》だな。夫婦間の仲は南瓜《かぼちゃ》じゃなくてピーマンだったのかも知れない。……いや、何も、二人の間柄《あいだがら》だけに留《とど》まってないな。桃花や、茜《あかね》も決して悲《ひ》嘆《たん》には暮れず、死体が発生したことに対しても無様な取り乱しはない。そこには距離《きょり》感や何やかんやも含まれているのだろうけど、家族の交流が家庭の電気系統ほど潤滑《じゅんかつ》に、滞《とどこお》りなく存在してはいなかったことを証明しているのかな。

これなら、身内同士で殺人の被害《ひがい》者と加害者が現れても、不自然でも遺憾《いかん》でもなさそうだ。

「この拳銃なんだが、どうだろう、俺が預かって管理しておくというのは」

耕造さんが、気安さを重視した物言いで無茶な要求を開示してくる。聞かされた一同は無言に、ただ見下ろすことでそれに対して返事を送り続ける。

「元々、俺の所有物なんだ」と、理由に至れない言い訳を上乗せする。

「いいわけないじゃない」と、桃花の意見を総括《そうかつ》として、耕造さんを軽くあしらった。

幾《いく》ら屋敷《やしき》の主人でも、八人の反対に抵抗《ていこう》出来るほどの権力と胆力《たんりょく》を有してはいないらしい。

耕造さんが一通り手垢《てあか》まみれにしてから、拳銃を不承不承に、元通りに仕舞《しま》う。

テンキー型の金庫に納められた、人命を奪《うば》った（かも知れない）道具。

個人の管理はさておき、破棄《はき》しようと提案する者は、一人として挙手しなかった。

拳銃が凶器《きょうき》で、それを撃った犯人が、中にいる可能性は極《きわ》めて高かったとしても。

……それもそうか。

もし、一本のナイフがなくなっていなければ、或《あ》いは破壊《はかい》しようと提案する者がいたかも知れないけど。

銃は剣《けん》より強し。撃たれるリスクより撃てる安全。

拳銃は他人《ひと》の手にあれば立派な凶器だが、
自分の手にあれば、頼《たの》もしい武器となる。

微妙《びみょう》にすれ違《ちが》い出した空気を形成しながら、僕らは食堂へ戻《もど》った。

「あれー？　ぼく、おいてきぼりー？」と場違いに不満げな茜も帰還《きかん》し、また九人は頭より口を捻る会議を開く。

周囲には人家がなく、畑も売り地と売り家に取って代わり、窓から元気に発声してお百姓《ひゃくしょう》
さんへの救援要請《きゅうえんようせい》は望めない。そして電話の必要ないような、知人のいない大江《おおえ》家の皆《みな》さんが、外から誰《だれ》かにご心配おかけされるようなことも見積もり辛《づら》い。伏見《ふしみ》も行き先を書き置きなんてしていないようだし、つまり、僕達はこんな内陸の土地で、孤立無援《こりつむえん》となったことに頭を抱《かか》えていたのだ。高々とした塀《へい》が備わってる以上、万が一に屋敷《やしき》の前を通りがかった人がいたとしても景子《けいこ》さんへのお目通りは叶《かな》わないだろうし。

一人暮らしのアパートでトイレに入り、戸が地震《じしん》で開かなくなったぐらいの閉鎖《へいさ》ぶり。これにより食糧《しょくりょう》供給を絶たれたことが、命を酷薄《こくはく》に苛《いじ》め抜《ぬ》いてくる要因となることは、早期に脱出《だっしゅつ》出来なければ必然となる。

「食料は、菜種《なたね》に管理して貰《もら》おうと思う。どっちにしても、俺達は誰《だれ》も食事を作れないからな、有効に活用出来る人間に任せよう」

耕造《こうぞう》さんの提案に、今度は異論が飛び上がらない。だからこそ、ここで伏見を立候補させてみるか、とめっきり大人しくなっている隣人《りんじん》を一瞥《いちべつ》すると、俯《うつむ》いて親指を擦《こす》り合わせていた。今までの会話にまるで参加していなかったように、僕と目が合っても首を横に振《ふ》る。それは何を拒絶《きょぜつ》する意味合いなのか。

「ええと、はい、頑張《がんば》らせて頂きます」

菜種さんが、語尾の伸《の》びを多少は引き締《し》めて役目を請け負《う》う。下げる頭も、反復の速度が昨日より速まっていた。耕造さんが台所の部屋の鍵《かぎ》を菜種さんに預ける。

「でもさ、犯人は何で玄関《げんかん》を壊《こわ》したの」

桃花《とうか》が、返事を期待してなさそうに力を抜《ぬ》ききって呟《つぶや》く。隣《となり》の茜《あかね》はそれに反応し「んむ」と腕組《うでぐ》みで思案に暮れてみる。全員、名答を期待せずにその様子を見守る。

やがて茜の出した回答は、明答ではあった。

「出入り出来なくする為《ため》だよ」

「……そうね」と腑《ふ》に落ちない相好《そうごう》で、桃花が額に手をついた。

もし景子さんが拳銃《けんじゅう》で撃《う》たれたというなら、窓にあった削《けず》りは、弾丸《だんがん》の通過した名残《なごり》。そして、屋敷の内壁《ないへき》に弾《たま》がめり込んでいたり傷がない以上、あれは屋敷内から発射されたものになる。

つまり殺人犯も、閉じ込められたことになる。

景子さん殺害と玄関損壊《そんかい》の犯人が同一人物かは、まだ不明瞭《ふめいりょう》だけど。

ただ、中に犯人がいるなら、大音量が伴《ともな》う拳銃発砲《はっぽう》の前に、扉《とびら》の方を破壊しただろう。

話題を引っ張り、中心を譲《ゆず》らない耕造さんが更《さら》なる提案をする。

「この後、部屋に戻《もど》る者は挙手してくれ。悪いが、鍵《かぎ》をかけさせてもらう」

机上に並べてあった、鍵を纏《まと》めた銅線の輪っかを指に引っかけ、持ち上げる。

「残った人間全員で、鍵をかけるところは見届ける。皆《みな》の安全の為だ」

「安全って……また誰《だれ》か殺されるとか、そう考えてるわけ？」

桃花《とうか》が口を挟《はさ》む。耕造《こうぞう》さんは「その可能性はあるだろう」に『何を暢気《のんき》な』を潜《ひそ》ませて娘《むすめ》を諫《いさ》める。桃花も、身に覚えがない傍観《ぼうかん》者ではいられない為《ため》か、それについては反論の芽を自発に摘《つ》み取る。

「それで、かけた鍵《かぎ》は誰が管理するの？」しかし更《さら》に突《つ》っかかる、反骨心満載《まんさい》の娘《むすめ》。

「ああ……俺が預かる、」「父さん、まだ懲《こ》りてないの？」

父の出鼻と自尊心と立ち位置を先制して砕《くだ》く桃花。ジト目で、二の句を継《つ》げないように威圧《いあつ》もかける。

耕造さんは不完全な舌打ちを拵《こしら》えながら、「当然だな」と、言いかけた前言を見殺しにして強がった。

「各人に任せる。自分で指名しろ」

投げやりな早口で処置を説明し終える耕造さん。その場合、鍵を預けられた人間は堪《たま》ったものじゃないな。自分の部屋の鍵は、どうするんだ。

「じゃあ、部屋に戻《もど》るかどうか決めてくれ」

耕造さんが各自に決断を迫《せま》る。その中で伏見《ふしみ》が僕に目で尋《たず》ねてくる。これを伏見個人で決めるのは、酷《こく》というものか。すっかり、死体に寒気と戦慄《せんりつ》をもたらされてしまったようだ。

「僕は、屋敷《やしき》を少し散策するつもりだけど。一緒《いっしょ》に来る？」

伏見は台詞《せりふ》の途中《とちゅう》から頷《うなず》き、計、四回ほど首を上下させる。

結局、挙手したのは湯女《ゆな》と、黙禱《もくとう》を続けて沈黙《ちんもく》を保っていた貴弘《たかひろ》さんだった。

その結果に、大江《おおえ》家の住人は挙手した二人を除《のぞ》いて驚愕《きょうがく》する。特に、耕造さん。

「貴弘、お前が部屋に？」

「はい」

揺《ゆ》らがず慌《あわ》てず、貴弘さんは父親に固い意志を投げつける。それは、異質な姿として、大江の人間には捉《とら》えられるのだろう。両親の命令しか聞かないなら、自発的な行動には出ないということなのかな。

「駄目《だめ》だ。お前は俺と一緒に、家を調べるんだ」

耕造さんは、意志を手元で管理するべく命令する。だけど、

「断ります。俺も、こんな状況《じょうきょう》では貴方《あなた》の命令ばかり聞いていられませんから」

貴弘さんは、自立と反抗《はんこう》期を貫《つらぬ》いた。昨日の忠犬姿勢を淡々《たんたん》と放《ほう》り捨てて。

耕造さんの開いた口が、舌を戦《おのの》かせて爬虫《はちゅう》類《るい》じみた演出で、塞《ふさ》がらないことを盛り上げる。

坂《ばん》夫妻は、おぼっちゃまの急成長に目を見張るだけだった。

桃花も兄の態度に目を丸くしているし、茜《あかね》は、「ほへー」と曖昧《あいまい》な反応を取る。

当の貴弘さんは、誰《だれ》に対しても中立を保って、また瞼《まぶた》を塞ぐ。

「お前、何があった？　今日はおかしいぞ」耕造さんが息子《むすこ》の成長に脂《あぶら》っこく異議を唱える。

「さあ。俺にも、よく分かりません」

対する貴弘《たかひろ》さんはあくまで、和風な淡《あわ》い味つけで流すだけだった。

「…………………………」

客観的な立場にある僕からすれば、違和《いわ》感を多様に覚えることは困難だった。

人が変化するぐらい、何の不思議があるのか。

環境《かんきょう》が変われば、精神も変貌《へんぼう》する。

屋敷《やしき》が既《すで》に異常へ十歩踏《ふ》み出していることを、家の主はまだ自覚出来ていないようだ。


こうして、崩壊《ほうかい》した調和の修復に努めるでもなく、各々《おのおの》が思い思いの活動を開始した。放課後の部活動みたいなものである、と伏見《ふしみ》に言ってみようとして、その深刻な表情に遮《さえぎ》られた。

潔《きよし》さんと耕造《こうぞう》さんは、一休みを挟《はさ》んでから脱出《だっしゅつ》口を得ようと屋敷内を駆《か》け回っている。だけど恐《おそ》らく、力尽《ず》くの脱出は困難だ。そうでなければ、玄関《げんかん》を破壊《はかい》しただけで犯人が満足するわけない。誰《だれ》も逃《に》げられないよう、一夜の内に全員の殺害を目指したはずだ。そうすれば、全《すべ》ての問題が解決する。そうでないなら、犯人側《がわ》にとって問題とはならないということだ。

湯女《ゆな》は自室に戻《もど》ると告げたので、部屋に入った後は外から鍵《かぎ》をかけられることとなった。湯女は取り決め通りに残り八人が施錠《せじょう》するのに立ち会い、見届けた後に鍵を預かる人間として僕を指名した。僕は信用ごっこに参加する為《ため》に鍵を受け取り、合意の上で湯女を閉じ込めた。

「何故《なぜ》こいつなんだ、本当に良いのか」と耕造さんが考えなしに感情論で娘《むすめ》の選択《せんたく》を非難したけれど、湯女は妖艶《ようえん》を目指して遠洋に出航してしまった表皮で横着に流した。

貴弘《たかひろ》さんは反抗期《はんこう》な宣言通りに自室へ籠《こ》もり、鍵は茜《あかね》に預けた。菜種《なたね》さんは食事の準備に取りかかり、桃花《とうか》と茜は二人で食堂を出ていった。

そして僕と伏見は、パンかおにぎりでも落ちてないかと屋敷を彷徨《うろつ》き回っている最中だ。

嘘《うそ》だけど。

伏見は景子《けいこ》さんの死体が発見されてから、僕の傍《かたわ》らを離《はな》れない。むしろ服の袖《そで》を握《にぎ》り潰《つぶ》し、しがみついている。身近な死体に恐怖《きょうふ》したか、拳銃《けんじゅう》で狙《ねら》われた際に壁兼囮《かべけんおとり》として活用する為に僕を選抜《せんばつ》したか、どちらかと推測《すいそく》する。

今回はシェリフバッジの用意を怠《おこた》ったから、僕も銃撃戦で生き残れるか怪《あや》しいものだ。よって、僕の頭中の中身はほぼ嘘としても、伏見が不安なのは認めてお猿《さる》ごっこを放置している。

そんな珍道中《ちんどうちゅう》も望めそうにない僕らが何をしているかというと、ただ、ふらふらと出歩いているだけだった。マユのことが、気がかりな要素であり肌《はだ》がざわめく一因となっている。それを凌《しの》ぐ手段として、ざわめく足の裏を稼働《かどう》させて飛び跳《は》ねる気分を発散させていた。いつ彼女の隣《となり》に帰れることやら。

今までの傾向《けいこう》からすると、空き部屋には僕の求めているような品々が、一切《いっさい》存在しない。杜《ず》撰《さん》な宝箱の配置をしているなぁと憤慨《ふんがい》した僕はフィクションに追いやったとして、没《ぼっ》個性な空間を探索《たんさく》するのは時間の無駄《むだ》なので中止し、方針を変えて、臥薪嘗胆《がしんしょうたん》に（となる予定なので）住人がいる部屋を探索できる機会を待つことにした。その為《ため》、時間が競争相手からただの嫌《いや》がらせ野郎《やろう》に成り下がったわけである。とにかく、退屈《たいくつ》だった。明確に、出来事の起きる区切りがなく、解決する手立てや日取りも見えてこない。死に対する感性が垢《あか》と血の煮凝《にこご》りに包まれて真っ当に働いてない僕からすれば、白紙の紙の束を捲《めく》るだけの仕事に就《つ》かされたようなものだ。殺人事件より優先すべきはマユなのだから。

とはいえ、退屈凌《しの》ぎに部屋で春眠《しゅんみん》に耽《ふけ》っているほど暢気《のんき》者ではいられない。僕らをお客様として扱《あつか》っていた景子《けいこ》さんが死亡した以上、屋敷《やしき》内で僕らに価値を見出《みいだ》す人はなきに等しい。そんな状況《じょうきょう》で部屋を施錠《せじょう》されたら、鍵《かぎ》の紛失《ふんしつ》事件が報告されるのも低い確率ではない。夜、就寝《しゅうしん》する時間帯以外では、極力、閉じ込められない方針で生活するべきだ。

というわけで、地上一階を二人でお散歩。地下一階は、満腹度が心許《こころもと》ないので敬遠している。本当は全員で固まって行動していた方が安全と平和の濃度《のうど》が高まる。ただしそれは、九人が平等の立ち位置に属しているという意識があればこそ成立する理想の形であり、使用人や望まれていない来客を抱《かか》えていてはとてもじゃないが、採用される案ではなかった。

そしてこの屋敷の住人は、全員が救助されるという方向性を目指しているとは思えない。自分と、その『周囲』にいると認識《にんしき》している人物だけが生還《せいかん》すれば百点であると、テストの配点を独自のルールで改竄《かいざん》しているのが食堂では透《す》けて見えた。後二、三人は屍《しかばね》となったところで点数は減算されない。

　ただ自然と、屋敷内を出歩くのは二人組になっていた。片方が死体と果てれば、生き残ったもう一方が犯人として炙《あぶ》り出せる。これが、客観的な二人行動の利点。そして主観でいえば、もし別の犯人に襲《おそ》われても、拳銃《けんじゅう》を用いられない限りは相方《あいかた》を犠牲《ぎせい》にして逃《に》げ出すことが可能となる。自己犠牲の精神に基づき、自分を盾《たて》にして相棒の逃走距離《とうそうきょり》を稼《かせ》ぐ為《ため》だ、と決意している輩《やから》は、大江《おおえ》家には絶無と言い切って良さそうだった。

　尚《なお》、一人きりでの行動は問答無用に却下《きゃっか》である。拳銃《けんじゅう》を所持しようと画策する自由行動が解禁されてしまう。だから、部屋に軟禁《なんきん》されることが取り決めにあるわけだ。

　自分本位な視点を尊重できるように整えられた規則なので、僕には居心地《ごこち》が程良《ほどよ》かった。

「家族が旅行から帰ってくるのは何日？」

　子供でもなく泣きもせず性別そもそも女だけど、重しのように僕の付録となっている伏見《ふしみ》との会話に挑戦《ちょうせん》してみる。広間の中央に突《つ》っ立って、次は何処《どこ》へ見聞を広めに行こうか首と目玉が模索《もさく》中だったので、口の空き時間を利用する形となった。

「確か、四日」

　手帳の代わりに、声と、四本の指が立てられた手で答える。かなり動揺《どうよう》が見られるな。

「行き先は？」

そこでようやく、伏見《ふしみ》が手帳を登板させる。『すぺいん』

「へえ、パエリアだね」現地の人に憐《あわ》れまれそうなほど情報不足の感想だった。けどまさか、

・ドッジボールでもしに行ったのかい？と爽《さわ》やかに問いかけるわけにもいかないだろう。

伏見も僕の戯言《ざれごと》など馬耳東風《ばじとうふう》に、腕《うで》を強く締《し》め付けてくる。

「私の家族が、帰って、きたら」

「ふむ？」

「私達に、気付いてくれる、かな」

悲観の中で見出《みいだ》した希望への回答を僕に望んでくる。多分、それはこの家へ僕らが訪ねたという情報が何処《どこ》かに残されていない限り、近所付き合いのなかった伏見家と大江《おおえ》家を結びつかせるのは難関だと個人としては判断して、「そうだといいな」と日和見《ひよりみ》した。

これ以上は夢に浸《ひた》らない為《ため》に、移動再開を身体《からだ》の方角調整で表す。今度は、真《ま》っ直《す》ぐ行ってみることにする。伏見の腰《こし》が及《およ》んだり抜《ぬ》けたりしていたので死体見学は難しい気もしたけど、目を塞《ふさ》げば大丈夫《だいじょうぶ》だろう。

「ちなみに昔はこの広間、酔《よ》っ払《ぱら》い専門の寝床《ねどこ》だったんだよ」

玄関《げんかん》の位置に近い場所と、無料で宿泊《しゅくはく》する御仁《ごじん》がご所望《しょもう》した為にそうなった。極小《ごくしょう》な社会を見学するお嬢《じょう》さんに、過去を説明しながら僕は今を進んだ。

空き部屋は冷やかさず、直進する。伏見の足が一度だけもつれかけたけど、逃《に》げようと帰ろ

うと戻《もど》ろうの意見が投書箱に舞《ま》い込んでこなかったので、予定は覆《くつがえ》らなかった。

突《つ》き当たりまで歩き、首を左右に振《ふ》る。右の行き止まりには金庫、左の行き止まりには生きている人間。……おや。

朝方、全員で覗《のぞ》いた窓の付近に、桃花《とうか》が立っていた。桃花は窓の外を、鉄格子《てつごうし》に手をつきながらぼんやり観賞している。その足下《あしもと》には、茜。退屈《たいくつ》なのか、絨毯《じゆうたん》の上で寝《ね》転がっていた。

桃花が僕らに気付き、警戒心《けいかいしん》を露《あら》わにしながらも乾《かわ》いた笑いを浮かべる。

「あら、イエローエコノミックモンキーさん」

「混ぜるな」しかも全くエコノミックではない。しがない高校生、月の小遣《こづか》い零円《ぜろえん》なり。

やり取りを耳にして、茜も腹筋の動作で身体を起こす。背中と尻《しり》を払い、屈伸《くつしん》運動をしながらバネ仕掛《じか》けのように立ち上がった。

「おねえちゃんたちも外出中なの？」

見た目十六歳《さい》の茜が、十二歳風に屈託《くつたく》なく笑《え》む。だが、外出。人の家で無益にウィンドウ（ショッピングは抜き）をしている以上、外出という行為《こうい》に括《くく》られるのも吝《やぶさ》かではない。けど、茜達は該当《がいとう》しないはずだ。伏見も手帳を捲《めく》り、不思議の究明に勤《いそ》しむ。嘘《うそ》だけど。そんな余裕《よゆう》は今のこの子にない。

僕らの困惑《こんわく》を見て取った桃花が、家族の一員の言動補佐に回る。

「お姉ちゃん、自分の部屋が家で、そこから出たら外だと考えてるから」

「……狭《せま》い地球に住んでる子だな」

ということは、屋敷《やしき》の外は宇宙に値《あたい》するわけだな。ご町内を散歩する犬と老人は彗星《すいせい》で、街《がい》灯《とう》は太陽、学校は猿《さる》の惑星《わくせい》だ。僕の比喩《ひゆ》が間違《まちが》っているのはこの際流すとしても、逆に茜《あかね》が捉《とら》え幅《はば》の裕福《ゆうふく》な大物に思えてきた。

しかしこの姉妹、性格の硬軟《こうなん》がしっかりと区切られている。やはり姉がファーブル昆虫記《こんちゅうき》に夢中だったら妹は労務管理史に心惹《ひ》かれ、妹が色恋沙汰《いろこいざた》の信者だったら姉は血と汗《あせ》と涙《なみだ》に心惹かれる少女と相場は決まっているわけだな。嘘《うそ》だけど。

まあ、反面教師になって性格が対極となるのは、あながち間違《まちが》っていない。

僕の家庭はどうだったかな。我が道を行きすぎていて他人だと理解し難《がた》い連中ばかりだったからな。自分のことを棚《たな》に上げて言うなら、変人窟《へんじんくつ》だった。

「それで、ここで何してるんだ？」

「べつに……」と、勿体《もったい》ぶって遠くに目をやる桃花《とうか》。

改めて聞かなくても、自然の風景に展覧《てんらん》された景子《けいこ》さんを観賞する以外、まず他《ほか》の行動は不可能だろうけど。

けれどその死体は大江《おおえ》景子であるのか、元・大江景子なのか。この区別は、心の捉《とら》え方次第《しだい》で各自、認識が変化するので、敢《あ》えて僕が断定する必要はない。でも、一つ気になるのは、マユは、僕が死んだらどう認識するのかということだ。もしそれでもみーくんと思い込み続けて、偶像《ぐうぞう》の死によって一層、心が壊死《えし》したら僕の良心の呵責《かしゃく》が大変なものを記録更新《こうしん》してしまうではないか。そうなれば二度寝《ね》どころか二度死にだ、嘘だらけで困るほどだけど。

茜が素足《すあし》で絨毯《じゅうたん》を駆《か》け、伏見《ふしみ》の前で立ち止まる。対人能力が低めな伏見は、微妙《びみょう》に腰《こし》を引かせて、にひひと余裕《よゆう》の笑いを醸《かも》す茜と対峙《たいじ》する。

「昨日から気にしてたんだけどさー」そう言いながら、茜が自前の頭頂に手を載《の》せる。そしてその手を伏見に向かって、上下に揺《ゆ》らさないように水平移動させた。手の側面は伏見の頭頂の髪《かみ》を軽く掠《かす》りながらも、滞《とどこ》りなく通過した。

「やっぱり、ぼくより大きいじゃん」と茜流に勝ち誇《ほこ》る。この子は、物事を反転させて理解する性質があるらしいので、今のは自分より背丈《せたけ》の備わっていない伏見を詰《なじ》って優越感《ゆうえつ》に浸《ひた》ったわけだ。普段《ふだん》の伏見なら、流石《さすが》に『ムッ』とか手帳を翻《ひるがえ》しそうだけど、今は、ただ、瞳《ひとみ》を揺らして茜に戸惑《とまど》うばかりだった。僕が声をかけても、茜と遊ぶなんて選択肢《せんたくし》は作れないだろう。

二人の団栗《どんぐり》ごっこを眺《なが》めていた桃花と目が合う。

「お姉ちゃん、昔はあんな風に逆さま人間じゃなかったんだけどね」

憂《うれ》いに湿《しめ》ったような、姉への軽い弁護。そして窓から吹《ふ》き込む風によって、言い渋《しぶ》っていた本人に関する唇《くちびる》も軽くなった、かは定かじゃない。

「あれが死んでるって、何で言い切れるか考えてた」と、最初の質問に遅《おく》ればせながら回答が返ってくる。

「ふうん。実は景子《けいこ》さんは生きてると?」そして、あれ呼ばわりね。

桃花《とうか》は首を横に振《ふ》ってから、そのまま少量、傾《かし》げる。

「例えば、あの死体が全然別人で、母さんはまだ屋敷《やしき》の中にいて隠《かく》れながら、アタシ達を狙《ねら》ってる……とか」

「順番はさておき、そう考えるのが一番自然な状況《じょうきょう》だな」

「なんで自然なのよ」と自分発の推理《すいり》に難癖《なんくせ》をつける桃花。若い者は本に馴染《なじ》みが薄《うす》い、と苦言を呈《てい》して爺扱《じじいあつか》いされるのは老後の生き甲斐《がい》なので諦《あきら》め、別方面から言葉を突《つ》き入れる。

「それにしても、母親が死んだ割には動じない子だねぇ」

なんて、心の脇腹《わきばら》に悪戯《いたずら》に触《ふ》れてみる。

む、と眉間《みけん》に皺《しわ》が寄り、目も半眼《はんがん》になる。

「仕方ないじゃない、別に悲しくもないんだから」

桃花は何処《どこ》か精神の欠けたような、淡泊《たんぱく》な調子で心情を告白する。

「確かに身近な人が死んだけど、何ていうか、手応《てごた》えみたいなのがまだ、自分の周りに残ってる感じなの。おっきい塊《かたまり》で、ちょっと熱のあるやつが、側《そば》にあるみたいな。触《さわ》れないのに、触感《しょっかん》は頭の何かが再現して、もどかしくて。それって、別に悲しくないわけ。ただ、もどかしい」

身振《みぶ》り手振りで、自分の幻覚《げんかく》を他人と共有することに苦心する桃花は、その途中《とちゅう》で人選が誤《あやま》っていないかという疑問に後押しされて僕を凝視《ぎょうし》した。

「あんた、そういうの分かる？」

「さあね。やっぱり血縁者《けつえんしゃ》でもないと、そういう感覚は芽生えないんじゃないかな」

じゃあ僕の家族の時はどうだったんだろう、と一粒《つぶ》の良心が栄養に飢《う》えて涎《よだれ》を垂《た》らした。

感性の鈍重《どんじゅう》な僕に見切りをつけ、桃花の手は力を失った。それから、一見して非人情な自分の態度への心証を悪化させないよう、愚鈍《ぐどん》な人間向けの単純な情報を与《あた》えてきた。

「アタシ、別に繋《つな》がってないわよ」

「何が？」と、桃花の言葉が接続し易《やす》いように反応する。

「血。あの人、アタシの産みの親じゃないから」

「ほほぅ」

「アタシは菜種《なたね》が産んだ子。でも、大江《おおえ》家で育つから大江の娘《むすめ》なんだって、九か、十歳《さい》になる前ぐらいからそう言われるようになった。菜種も使用人として扱《あつか》えばいいって教えられた」

自分の価値観を無表情に読み上げる桃花。菜種さんも朝、桃花お嬢《じょう》様と呼んでいたし、それは親子間で徹底《てってい》して培《つちか》われた上下関係なのだろう。

「父親は、潔《きよし》さんか」

「多分ね。なんか、あんまり父親には興味ないんだけど」

桃花が、表情を加工し、無知で純粋《じゅんすい》めいた、知性と警戒《けいかい》のない面持ちで僕を見つめる。

「でさ、ここまで素性《すじょう》を明かして、その上で外の人に一回ぐらい質問してみたかったの」

「うん？」

「アタシの家って、何処《どこ》か変じゃない？」

気難しそうな少女が、心許《ゆる》せない他人に詰《つ》め寄りかけるぐらい、関心の募《つの》っていた質問なのだろう。疑問系にしては、語尾が異様に吊《つ》り上がっていた。

「学校は悪影響《あくえいきょう》があるから行っちゃ駄目《だめ》だって兄貴もお姉ちゃん達も父さんと母さんに止められてたし、でもテレビではみんな行ってるじゃない？　それに外にも、買い物とか仕事とか、立派な用事がないと出ていかないから、家だけがアタシの場所になってるみたいで、でも本とかだと、全然違《ちが》って、ちぐはぐだし」

質問でまくし立てて、言葉の波を生む桃花《とうか》。そりゃあ、身内を疑い合う必要のある家族だからなぁ、変じゃなかったら、日本は滅《ほろ》んでる気もする。

さて、僕は人様の家庭の教育に首を突《つ》っ込むほど教育委員会していないので、ここは日和見《ひよりみ》で済ませたいところだ。けど、年長者の威厳獲得《いげんかくとく》の機会は捨て難《がた》い気もする。嘘《うそ》だけど。

僕が今後、濡《ぬ》れ衣《ぎぬ》を耕造《こうぞう》さんに着せられても脱水《だっすい》ぐらいは手伝ってくれるかも知れないと大雑把《おおざっぱ》な期待を込めて、格好をつけてみた。

「変だけど、それが大江《おおえ》桃花の平常なんだろ」

だから、取り立てて否定するのは、変異を煽《あお》るだけだ。どうしても今の自分が気に入らないなら、根本より表装の飾《かざ》りつけをした方が、無理なく生きられるさ。

……うぅむ、後半の内容を口にするべきだったかな。煙《けむ》には巻き易《やす》そうだ。

桃花は、頭中を人に覗《のぞ》かれて、気分を害したように額や前髪《まえがみ》を引っ掻《か》く。全体の色素が薄《うす》まったように、気落ちしているのが滲《にじ》む。

「そうなのよね。それが、不思議」と肩《かた》を落とし、落胆《らくたん》の息を吐《つ》いた。

「……ん、まぁこの屋敷《やしき》に留《とど》まるのが苦痛なら外へ、外に出ることに多大な労力を伴《ともな》うなら懊《おう》悩《のう》しつつも引き籠《こ》もり生活を続ければいいと思うよ。無理せず生きられる人間が、一般的な幸福を得るだろうし。個人的には、君の幸を他人事《ひとごと》として応援《おうえん》したいところだ。君と話してると何というか、僕の妹を連想するからね」

簡素ながらも助言を付け加える。もっとも僕は、池田《いけだ》杏子《あんず》とお話しする時にもうり二つの感想が芽生えていたので、今回も安っぽく水っぽく、粗悪な感情なのだろうけど。

ファミコン（ファミリーコンプレックスの略称《りゃくしょう》）だからな、僕は。あながち嘘じゃない。

先進と捉《とら》えていいかも疑わしい人間の意見に、桃花の眼球と瞼《まぶた》は鋭利《えいり》を演出しようと閉じたり精彩《せいさい》を欠いたり、忙《せわ》しない。反応は目元に集約され、理解し易い口頭での感想はなかった。

「……喋《しゃべ》ったらお腹空《なかす》いた」と、腹部を服の上から押さえて、落ち込みをごまかす。

「あー、ぼくもぼくも」

伏見《ふしみ》との一方的な押《お》しくら饅頭《まんじゅう》に真っ最中な茜《あかね》も、話を半分程度は拝聴《はいちょう》していたのか桃花に同調する。尻《しり》の肉は薄目なのか、無抵抗《むていこう》に押されっぱなしの伏見も、話題に乗《の》って腹部を少し押さえる。

例に漏《も》れず僕も、腹の虫がテーブルを箸《はし》で叩《たた》き出してはいる。状況《じょうきょう》とは裏腹に、僕の体調は正常化に向けて邁進《まいしん》しているみたいだ。天《あま》の邪鬼《じゃく》な身体《からだ》なのは、備わっている性格に影響《えいきょう》されてきているのかな。

「……違《ちが》うか」

こういう環境《かんきょう》の方が、僕が健常でいられるというだけか。

身体も、心も。

……けどなぁ。

食事について、僕らは期待して舌なめずりも、涎《よだれ》を啜《すす》ることも自重した方がいいだろうな。

「助けて、くださぁああああああっあぁあいぃいいいいいぃ！」

鼓膜《こまく》に飽《あ》きたらず、三半規管《さんはんきかん》にまで戯《たわむ》れに揺《ゆ》さぶりをかけてきそうな咆吼《ほうこう》が、屋敷《やしき》を一瞬《いっしゅん》だけ賑《にぎ》わせた。

それが催《もよお》された期間は、僕と伏見《ふしみ》に、桃花《とうか》や茜《あかね》も加わって食堂へ向かう途中《とちゅう》だった。

大時計の下を通り、広間にある玄関《げんかん》を正面に構えて、その左通路。景子《けいこ》さんの部屋、それと地下室の方面へ繋《つな》がっている通路から、獣臭《けものしゅう》が漂《ただよ》いそうなアカペラが響《ひび》く。

「たぁすけてぇぇぇぇ！　くださぁあああい！」

第二声か、第二楽章か知らないけど、発音の重きに修正を加えての台詞《せりふ》が飛来する。

あれだけ叫《さけ》ぶ余裕《よゆう》があるのなら、危険は特に迫《せま》っていないのだろうと、見学に足を運んでみた。伏見も、声自体に怯《ひる》んではいたけど、僕が好奇心《こうきしん》に誘《さそ》われることに異論は挟《はさ》まなかった。

通路では坂潔《ばんきよし》さんが、檻《おり》の如《ごと》く設置された窓の鉄格子《てつごうし》にへばりつき、外の世界へ向けて切実なメッセージを発信していた。指揮者《しきしゃ》は、腕《うで》を組んで焦燥《しょうそう》気味に佇《たたず》んでいる大江《おおえ》耕造《こうぞう》さんだ。お昼近くという時間帯が訪《おとず》れたのを見越《こ》して、力の入れる方向を変更《へんこう》してみたらしい。「だれかあああああああ！　困っていまああああああああす！」

とても大声が似つかわしくない、潔さんの救難要請《ようせい》信号。文面は本人に裁量が与《あた》えられているようだ。聞き手が不在なので、本質は隣人《りんじん》に迷惑《めいわく》な独《ひと》り言《ごと》に落ち着いてしまっているけど。

惚《ほう》けている僕達に気付いた耕造さんが、「お前達もやれ」と高圧的に命令を下してくる。常識の範囲《はんい》に基づいて、主従関係のない僕と伏見は関与《かんよ》していないので目《め》一杯《いっぱい》無視する意向で構わないはずだ。それに耕造さんと真なる親子関係のない桃花は、父の活躍《かつやく》を参観するべく明後日《あさって》の方向を向いていた。……あれ、いやでも、耳が働いてれば活動の全貌《ぜんぼう》は習知となるか。

というわけで、興味本位の先行する茜だけが「はいはいさー」と肩《かた》を並べ、肺と頰《ほお》を空気で膨《ふく》らませる。そして、爆発《ばくはつ》ではなく、暴発させる。

「キィイイイイヤアアアアa＃＃＃＃（）～～&EW〃%！」

低空飛行して傾《かたむ》いた飛行機の羽根が、地面に置かれた金属板を引き裂《さ》くような絶叫《ぜっきょう》。圧倒《あっとう》的な肺活量は、その趣旨《しゅし》の不足した金切《かなき》り声《ごえ》の質と量を降下させず、長々と持続させている。

その騒音《そうおん》を間近で受け入れ、耕造《こうぞう》さんだけでなく潔《きよし》さんまで、作業より耳の保護を優先した。僕も耳を塞《ふさ》ごうと片手が生理的な反応で跳《は》ねたけど、左腕《うで》はこの展開でも伏見《ふしみ》が握《にぎ》っているので、体温を楽しんで寝惚《ねぼ》けたままだった。よって鼓膜《こまく》は直撃《ちょくげき》を免《まぬか》れず、目の端《はし》も引きつる。

一方で桃花《とうか》は、姉の奇声《きせい》にも動じずに僕を見据《す》えている。その目線に追従するのは、気負いのない発言だった。

「なんかまだ、現実味がないんだけど」

それほど大声を怒鳴《どな》りちらしている動作が伴《ともな》わないのに、桃花の言葉は茜《あかね》と別枠《わく》で耳に処理され、脳に伝わってくる。

「何が？」僕の台詞《せりふ》は唇《くちびる》の動きで解《かい》せるだろうから、声を張り上げない。

「アタシ達、このままだと全員死ぬわけ？　母さんみたいに、殺す必要なんかなしに」

びく、と伏見の肩《かた》が健気《けなげ》に反応する。おのれ大江《おおえ》桃花、小動物を無意識に苛《いじ》めるとは。

「勿論《もちろん》、死ぬさ。生物だって、何だって必ずいつかは。遅《おそ》い早いの個人差はあるけどね」

ありがちな言い分で現実への直視をごまかしてみた。

けれど、桃花は僕の予想をすり抜《ぬ》ける生物だった。

「やっぱり、そうなんだ」

「はい？」

目が爛々《らんらん》としてらっしゃるお嬢《じょう》様は、僕の間抜けな反応を悠々《ゆうゆう》に飛び越《こ》して言い切る。

「人間ってやっぱり、他《ほか》の生き物みたいに寿命《じゅみょう》とかあるんだ」

桃花は、感心していた。感嘆《かんたん》していた。感じ入っていた。

生物の心理に、恐怖《きょうふ》の一片さえ見出《みいだ》さないまま、何度も、瞬《まばた》きを繰《く》り返していた。

「……………………」

僕は、それと、恐《おそ》らく伏見も。

不登校による大江家の教育の歪《ゆが》みを目の当《ま》たり《あ》にして、微《かす》かな身の危険を募《つの》らせた。


さて、午後一時過ぎ。誰《だれ》かさんやどれかさんやあれさんがお待ちかね、昼食のお時間です。

食卓《しょくたく》には、肉が控《ひか》えめな野菜炒《いた》めの皿が一つ、それと少量の白米が鎮座《ちんざ》する茶碗《ちゃわん》が六つ。

それと、水道から汲《く》む井戸《いど》水で、彩《いろど》りは三色パン的だった。

「……………………」伏見、沈痛《ちんつう》に沈黙《ちんもく》。

「……じゅるじゅる」僕、水を吸引中。箸《はし》がないので、行儀《ぎょうぎ》に従ってしか飲めない。

僕と伏見の前には、茶碗そのものが用意されなかった。遅咲《おそざ》きの反抗期《はんこう》を迎《むか》えた澄《す》まし顔の貴弘《たかひろ》さんにも食事は分け隔《へだ》てなく支給されるが、居候《いそうろう》に出す飯はないということである。貴重な食料を振《ふ》る舞《ま》えるほど、私達は命を粗末《そまつ》には扱《あつか》えないのです、と。

ま、僕としては予想通りで愉快《ゆかい》なほどだ。嘆《なげ》く必要は、一切合切《いっさいがっさい》ない。

そう推測《すいそく》は出来ていたけど、食堂には姿を出し、他《ほか》の人が怯《おび》えないように配慮《はいりょ》はしているつもりだ。僕の場合は、半日姿を見かけなかったら死体になっているというより、殺人行為《こうい》の為《ため》に息を潜《ひそ》めていると懐疑《かいぎ》されかねない。

菜種《なたね》さんが昨晩同様、僕と伏見《ふしみ》の間に第三の顔を埋《う》め込んで『旦那《だんな》様のご命令ですので、ええと、主従的にもですね、すみません』と詫《わ》びは入れて、水もサービスしてくれた。

こちらとしては出された水ぐらいは飲もうという名目で、嫌《いや》がらせに場の空気汚濁機《おだくき》ごっこに耽《ふけ》るほかない。伏見は空《す》きっ腹が泣き虫に陥《おちい》りそうなのを堪《こら》えているのか、腹痛を我慢《がまん》するような唇《くちびる》の噛《か》み方で席に収まっている。これから先の待遇《たいぐう》についても纏《まと》めて憂《うれ》えているのかも。

差し当たっては、今日の夕飯時かな。

「じゃあ、頂こうか」

景子《けいこ》さんが席を永久に外しているので、耕造《こうぞう》さんが食事開始を先導する。破壊《はかい》工作は何処《どこ》も無理そうだ、と食事前に報告して不機嫌《ふきげん》顔だったけど、それも幾分和《いくぶんやわ》らぐ。

何故《なぜ》こんな堅固《けんご》に改築したかという理由は発表されず、僕の疑問は凝固《ぎょうこ》したままだけど。

六人が箸《はし》を構える。僕らの他《ほか》にもう一人、大江《おおえ》家長女である湯女《ゆな》が食卓を彩《いろど》っていない。

僕と、行動を共にする伏見が一階の湯女の自室へ呼びに行ったのだが、

『入ってみたぞー』

ノック抜《ぬ》きで鍵《かぎ》を開け、扉《とびら》を開け放つ。

窓際《まどぎわ》の壁《かべ》に背をついて、膝《ひざ》を立てて座り込んでいた湯女は、突然《とつぜん》の来客に対しても微笑《ほほえ》む。

向き合った鏡の砕《くだ》けそうな、という修飾《しゅうしょく》がされそうな笑顔で。

『事後報告で淑女《しゅくじょ》の私室を踏《ふ》み荒《あ》らすお客様は、私に何かご用？』

『自宅のようにくつろいでいることを、住民の皆《みな》さんに理解して頂こうと思ってね。ここ、昔は僕と妹の子供部屋があったんだよ』嘘《うそ》だけど。

『それはそれは、お部屋と思い出を寝《ね》取られた気分は如何《いか》ほど？』

『ふつふつと頭皮に込み上げてくるものがある。食事前にいい汗《あせ》かけそうだな』

『それで、どうしたの？　今回は何人殺されたというのかしら、わくわく』

『残念、そんなに気前よく死体に就職《しゅうしょく》先が決まるほど、好景気じゃないみたいだ。穀物と野菜の屍肉《しにく》を弄《もてあそ》ぶ昼餉《ひるげ》に君も招待されている。一緒《いっしょ》に貪《むさぼ》ってみないかい？』

『あらまぁ』と横目でベッドの方を一瞥《いちべつ》してから、自身の腹部を親指で押す。

『どうも、昨晩の食事のアンインストールが完了《かんりょう》していないようなの。胃腸がそう訴《うった》えてきた』

『……うーん、そうかぁ。そろそろ増改築の時期かもね。腹が破裂《はれつ》するほどおにぎり食べる？』

『そうねぇ、家族も増えるし』

『むしろ、お前の家族は減少傾向《けいこう》にあるだろ』つい本音が出た。

『パパはどれぐらい子供が欲しいの？』

『家が子供で埋《う》まるぐらいかな、はは』

『きゃー、普通《ふつう》にグロい……って、貴方《あなた》、食堂に行くの？　貴方達は、強制不参加でしょう？』

『まぁね。けど和《わ》を以《もっ》て貴《とうと》しだよ』嘘《うそ》だけど。

伏見《ふしみ》が湯女《ゆな》の発言に首を傾《かし》げているのは、敢《あ》えて見過ごした。

ということで、湯女はまた自室の守護者となり、食卓《しょくたく》の湯気は六つと、野菜炒《いた》めの合わせて七つだ。

桃花《とうか》がまず野菜を箸で摘《つま》み、噛《か》みしめる。そして、しかめ面《つら》。

「これ、味薄《うす》いんだけど」

「あれぇ？　……あ、すいません、本当です。ぼうっとしてて……」

母親が娘《むすめ》にぺこぺこと丁重な謝罪をする。その対応について、娘は形容し難《がた》い崩《くず》れかけの顔で、母親への無言を強いられた。強制の、染みついた日常に喉《のど》を詰《つ》まらせて。

「無理もないよ、ええ。平静な気持ちで食事を作れと言う方が酷《こく》じゃないですか、ですよね？」

潔《きよし》さんはしゃがれた声で妻のドジを許容し、その範囲《はんい》を耕造《こうぞう》さんにまで拡大《かくだい》させようと顔を覗《のぞ》き込む。耕造さんも一口含《ふく》んでから「十分美味《うま》いさ」と大物ぶった。

けれどその後すぐに、迷惑面《めいわくづら》で僕らを見やるところに減点項目《こうもく》が潜《ひそ》んでいることには気付かない。あれでは、有事の際に役立つことを期待出来そうもない。元より、ないけどね。

「一応、報告がある」

口の中身を水で流し込んでから、耕造さんが切り出した。それに真摯《しんし》な態度で聞き耳を立てている人間は、潔さんぐらいだった。他《ほか》は、食物摂取《せっしゅ》に心の傾《かたむ》きが際立《きわだ》っている。

「分かってはいたことだが、外部に救援《きゅうえん》を呼びかけても反応がない。人通りが少ないというより、ないに等しい。食事が終わったらもう一度頑張《がんば》ってはみるつもりだが」そこまでの発言で、潔さんが一度噎《む》せる。現場指揮《しき》している本人は、喉《のど》の痛みも無縁《むえん》なので唇《くちびる》も滑《なめ》らかに稼働《かどう》する。「こうなると、扉《とびら》が開かない以上は壁《かべ》か鉄格子《てつごうし》を破壊《はかい》して外に出るしか、方法がないかもしれん。……どうやればいいのか、難しいところだが」

耕造さんは箸《はし》を休め、腕《うで》を組む。頼《たよ》りない表情と頭髪《とうはつ》に、苦悩《くのう》の皺《しわ》が寄る。

くわえていたモヤシを舌で口内に引きずり込んでから、桃花が挙手抜《ぬ》きに提案した。

「拳銃《けんじゅう》、使えばいいんじゃないの？」

「あ、じゃーぼく撃《う》ってみたい」

妹の指し示す意図は心慮《しんりょ》せず、自身の欲求をひけらかす姉。妹、表情筋に過剰《かじょう》付加。

「お姉ちゃん……に渡《わた》すと、人間撃ちそう」

「おぉう？　とーかちゃんったら、ぼくを褒《ほ》めてる？」

どういう意味で質問したか、判別がし辛《づら》い茜《あかね》の言い分を、「お姉ちゃん、人参《にんじん》残しちゃ駄目《だめ》」などと矛先《ほこさき》をずらし、桃花ちゃんは軽《かろ》やかに無視する。

「こらこら」と好き嫌《きら》いを正当化するように、茜が人参の輸入に箸で抵抗《ていこう》する。

「駄目《だめ》だって。食べられる時に、食べとかないと」

それは桃花《とうか》なりに、深刻な言い分だった。空気を読めと、茜《あかね》が除《の》けていた人参《にんじん》を積んでいく。

茜は妹の乱行に「むーっ」と膨《ふく》れ、何一つ納得《なっとく》していない。隙《すき》あらば、人参を他人の皿へ移し替《か》える気概《きがい》に満ちていた。大江《おおえ》家で、この事情を抱《かか》えている中では、人間的な交流だった。

そんな様子を、貴弘《たかひろ》さんが頬杖《ほおづえ》を突《つ》いて眺《なが》めていた。自身の食事は終わったようで、箸《はし》とコップ、それに茶碗《ちゃわん》が重ねて置かれている。

「それで、拳銃《けんじゅう》をどう使う気なんでしょうか？」

産みの親が、元娘《むすめ》に丁寧《ていねい》語で説明を求める。お互《たが》い、多少の沈黙《ちんもく》があってから、

「扉《とびら》の鍵《かぎ》とか、壊《こわ》せないの？　バンバン撃《う》って」

桃花が箸を構えて、拳銃の発射を手振《てぶ》りで表現する。

それに返事するのは、凶器《きょうき》購入《こうにゅう》者の耕造《こうぞう》さんだった。

「扉の何処《どこ》を撃てばいいのか、見当がつかない。弾《たま》がもう少しあれば、適当に撃てるんだが」

「ないの？」桃花が、自身の案を暗礁《あんしょう》に乗せる一言に食いつく。

「装填《そうてん》されていた弾しかこの家にはない。……勿論《もちろん》、撃つ気などなかったからな」

後半は早口に、擁護《ようご》を交える耕造さん。

「壁《かべ》を三発の弾丸《だんがん》で破壊《はかい》は出来ないし、鉄格子《てつごうし》も、あれだけ交差し合っていては人が出られる広さを確保することは、難しいだろうな。力尽《ちからず》くで何とか叩《たた》き折ったりした方が、早いはず。

また後でやってみる」

父親の、僕からすれば珍《めずら》しい真っ当な発言に、桃花は押し黙《だま》る。ただそこに、悲観の要素は見受けられない。外出の習性が備わっていない生物は『出られない』ことに危機感を抱《いだ》くことが可能なのだろうか、とまるで昆虫《こんちゅう》図鑑《ずかん》を捲《めく》って、ふと疑問にぶつかるような錯覚《さっかく》に陥《おちい》る。

「あ、もし撃《う》つ時はぼくにやらせてね」

茜が予約を表明し、そこで貴弘さんを除《のぞ》く五人は、食事に没頭《ぼっとう》する前傾《ぜんけい》姿勢を取る。

その後は、僕らの存在を無視することで和《なご》やかな雰囲気《ふんいき》を保っていた。

多少は、団結の雰囲気が強まった気もする食卓《しょくたく》。食欲が満たされたお陰《かげ》だろうか。

だけどここから、一致《いっち》団結《だんけつ》と一家《いっか》団欒《だんらん》に傾倒《けいとう》する展開が待ち受けているはずもない。

僕が、関与《かんよ》している時点で。

家族会議から一歩も二歩も引いて、部外者は孤独《こどく》に平坦《へいたん》な笑顔《えがお》を水面に映すのであった。

伏見《ふしみ》はこの屋敷《やしき》の部屋をホテル系と表した。

僕は部屋の扉を牢屋《ろうや》のようだと評した。

今現在において各部屋は、僕の指摘側《してきがわ》に役割の比重が偏《かたよ》っているようだ。

室内に閉じ込めることは出来ても閉じ籠《こ》もることが大変に難儀《なんぎ》だからな。洗面所もプライバシーがないし、唯一《ゆいいつ》トイレだけが、内側《がわ》から鍵《かぎ》をかけられる場所だ。

さて、その獄中《ごくちゅう》の一室で、僕は空《す》きっ腹《ぱら》を抱《かか》えてベッドに潜《もぐ》り込んでいた。寝苦《ねぐる》しい。

少し遅《おそ》めだった昼食（僕らからすれば昼飲、水専門）が終了《しゅうりょう》した後、僕と伏見《ふしみ》は景子《けいこ》さんの部屋で日向《ひなた》ぼっこに耽《ふけ》っていた。あの部屋が格子《こうし》の関係上、一番日射《ひざ》しを取り入れているし、何より、良い匂《にお》いが漂《ただよ》っていたから、その居心地《ごこち》を優先してみた。窓の側《そば》の棚《たな》に背中を預け、足を糸が切れたように伸《の》ばしきる姿勢。そうして、時々うたた寝《ね》をして、時々、思いついたことを口にする。伏見の方は意識を手放すことに恐《おそ》れを抱《いだ》いたのか、あまり瞬《まばた》きも、瞼《まぶた》を閉じる回数も重ねることはなかったけど。

日が沈《しず》んでからは、伏見が不格好でも故意でも泣きでもいいから笑い出すまで、睨《にら》めっこに興じていた。微妙《びみょう》に成果が出た頃《ころ》、食堂に集合しろとのお達しを貴弘《たかひろ》さんから受けたので、意味がないことを予感しながら後に続いた。

九人で囲んだ食卓《しょくたく》で、晩飯は省いて、明日に備えることが耕造《こうぞう》さんの裁量で決定づけられた。

それから僕らの部屋の扉《とびら》は、夜の九時を過ぎて入室した時点で鍵をかけられる意向を発表された。これはお客人の身の安全を確保する配慮《はいりょ》では微塵《みじん》もなく、容疑者の僕らを閉じ込める意味合いが主だった。こちらとしても身の安全が確保出来るので反抗《はんこう》せずに受け入れ、鍵は昼と正反対に、湯女《ゆな》へ預けた。

『モーニングコールは何時にいたしましょう？』『シェフのお任せデザートなみにそちらへ一

任します』などとこんなやり取りを行っているとまるで、僕ら二人が共犯みたいですねと冗《じょう》談《だん》を飛ばしたら全員が本気で訝《いぶか》しんでくれて、大成功だった。嘘《うそ》だよ、悪いね。

他《ほか》の人は、扉を封鎖《ふうさ》するかについての裁量が求められていた。相手を何処《どこ》まで信用するのか？　そして相手は、また別の誰《だれ》かに自室の鍵かけを依頼《いらい》するのか？　信用した相手に渡《わた》したはずの鍵は誰の手に委《ゆだ》ねられるのか？　家庭内の不和は、こうした疑《ぎ》心暗鬼《しんあんき》で彩《いろど》られている。

こんなやり取りがあった。


「夜、各自の部屋の鍵をどうするかという話だ」

食事のない卓を囲む僕らへ、厳《おごそ》かに耕造さんから、議題が発表される。

僕と伏見は早々に処置が下されているので、口を挟《はさ》まない。鍵をかけないことを間接的に認めている湯女も、腕《うで》組みと足組みの位置調整で退屈《たいくつ》会議から一歩引いた視点を維持《いじ》している。

「全員が同じ部屋で過ごす……ことは、賛成があまりあがりそうにないな」

耕造さんが、取《と》り敢《あ》えずは発言を続けたという雰囲気《ふんいき》で喋《しゃべ》る。確かにそれは、被害《ひがい》を減らす方法としてはかなり有効だ。けれど完全に、殺人を防ぐ手立てじゃない。犯人が後先考えなければ、一人ぐらいなら殺せる。その一人に自分が選ばれたら……と危惧《きぐ》するなら、やはり部屋は別々の、お互《たが》いの手が届かない距離《きょり》を保つことが理想なのかも知れない。

ナイフ、まだ見つかってないようだし。

大体僕らは、このまま時間が経過すれば勝手に死亡する現状に甘んじているわけで、どう抗《あらが》っても、身の危険を振《ふ》り払《はら》うことは難しいわけだ。

そこは耕造《こうぞう》さんも心得たもので、実際、昼間にも、遠くから工事系の雑音が響《ひび》いたり、潔《きよし》さんボイスの『助けてください』なホーミーもあって非常に安眠妨害《あんみんぼうがい》だった。まぁ、近所迷惑《めいわく》ではないことだけが、ああそれこそ絶望だったか。

「そこで、俺から提案がある」

口を開かなければそれなりに家長の威厳《いげん》がありそうと僕の中で定評となった耕造さんが、権威拡大《かくだい》の為《ため》に今回も出しゃばる。

「部屋の鍵《かぎ》を全《すべ》て纏《まと》めて、一人に預ける。運が余程《よほど》悪くなければ、これがもっとも安全だとは思うんだが」

耕造さんが、周辺の不健康な顔色を窺《うかが》う。提案されたのは、確率に基づいた処置だった。下手に腹を探り合うより、九分の一に懸《か》けようという、精神の負担《ふたん》が少なく実行できる殺人予防ではある。

ただし鍵をその一人に預けて、そいつが殺人犯だったら。他《ほか》の人間も殺害する意欲に満ち溢《あふ》れていたら。鍵を渡《わた》すことが、命の譲渡《じょうと》に早変わりだ。

「どうだ？　悪くはない、と思うが」

「ええ、はい、私は預ける人間が菜種《なたね》だったら……ええ、賛成ですが」

潔さんの条件付き賛成に、耕造さんが目を剝《む》く。『菜種だったら』が問題の焦点《しょうてん》らしい。

「そんなの、賛成するわけないじゃない」

直後に、否定の声もあがった。仏頂面《ぶっちょうづら》の桃花《とうか》だ。若干《じゃっかん》、呆《あき》れも含《ふく》まれた溜息《ためいき》を、これみよがしに吐《は》き出す。

その小娘《こむすめ》の小馬鹿《こばか》にした態度に、不敬罪を訴《うった》えるような耕造さんが、目だけでなく言葉の牙《きば》まで剝いた。

「何がそんなに、考えなしに否定する理由がある？」

「ちょっと考えれば、すぐに分かるわよ。アタシ、父さんの為に余分な頭の栄養を使いたくないから、その理由は自分で考えて」

思春期娘の、義理さえない両親への反抗期《はんこうき》。その反意な態度を擁護《ようご》する者、また耕造さんを支える会に入会する人もいなく、二人は睨《にら》み合う。

そして耕造さんが反論を、唾《つば》と一緒《いっしょ》に溜《た》め込んで外へ放出する寸前、桃花が発言する。

「それで、アタシは、鍵は別にいい。まだそんなことする段階じゃないと思うから」

「あ、じゃあぼくも」

同じ料理を注文するかの如《ごと》く、茜《あかね》も主体性を感じさせない身の振り方を公《おおやけ》に晒《さら》す。

それから、隣《となり》の席の妹へ首を伸《の》ばし、顔を覗《のぞ》き込む。

「桃花《とうか》、怖《こわ》かったら一緒に寝《ね》てあげるよ？」

「お姉ちゃんこそ、夜中に突然《とつぜん》泣きついてこないでよ。……マジでびっくりするから」

耕造《こうぞう》さんからあっさりと視線を解き、姉に苦笑する桃花。

軽々と蚊帳《かや》の外に置かれ、耕造さんは歯がゆいどころか憎々《にくにく》しさを募《つの》らせる。

「……思慮《しりょ》の浅い……」

耕造さんがテーブルを拳《こぶし》で叩《たた》き、娘《むすめ》達へ憎《にく》らしげな睨《ね》めつけを送る。

鍵《かぎ》をかけないってことは、まるで他人を信頼《しんらい》するという平和活動の意思が根底に流れているようではある。だけどももし翌日までに殺人が行われたら、容疑者になるということ。引いては、その人数が増加すればするほど、殺人の可能性は上がる……気もする。

部屋に隔離《かくり》する人数を増やしたいのが、耕造さんの本音だろう。

「俺も鍵は要《い》りません。他《ほか》の人の確認《かくにん》が終わったら部屋に戻《もど》ります」

場の流れの隙間《すきま》に入り込むように、貴弘《たかひろ》さんが自身の処遇《しょぐう》を決定する。糸が切れた人形は操《あやつ》り手《て》の顔色を団栗眼《どんぐりまなこ》で無視して、涼《すず》しい表情。今にも何処《どこ》からか風が吹《ふ》いて、前髪《まえがみ》でも揺《ゆ》れそうだ。

そんな貴弘さんと目が合うと、一瞬《いっしゅん》だけ目を細めてきた。すぐに、湯女《ゆな》の方へ顔を逸《そ》らしてしまったけれど。

「じゃあ、潔《きよし》は？　どうするんだ、あぁ？」

酔《よ》っ払《ぱら》いみたいな絡《から》み具合で、娘《むすめ》との不仲の鬱憤《うっぷん》を晴《は》らす悲哀《ひあい》な耕造さん。嘘《うそ》だけど。

「あ、ええ、私は、ですね……っ、妻がうんと言えば、鍵を……」

ちらりと、菜種《なたね》さんに横目で縋《すが》る。また目線を逸らされた耕造さん、ご立腹である。

「えぇと、いいですよぉ。潔さんのお部屋、ちゃんと管理させて頂きます」

菜種さんはヘタレ、もとい夫の身の安全を優先して、申し出を受理する。僕がマユとこの屋《や》敷《しき》へ旅行に来ていたら、無理矢理にでも部屋に閉じ込めるか、一緒《いっしょ》の布団《ふとん》で普段《ふだん》通りに夜を過ごすのかどちらだろう、なんて想像が渦《うず》巻く。

ああ、マユかぁ。冬場は一緒《いっしょ》に寝ると抱《だ》きついてきて心地《ここち》よかったけど、夏場は寝汗《ねあせ》の量が増加しそうだなぁ、と謳歌《おうか》している春を通り越《こ》して次の季節に意識が飛んだ。

さて、現実にまた参加するか。これで、八人の夜の過ごし方が決定した。残るは一人。

八人中、六人の視線がその一人へ集《つど》う。残り二人、伏見《ふしみ》は僕を、貴弘さんはまだ湯女を見つめていた。

「父さんさ、他の誰《だれ》かに鍵預けられるの?」

意地の悪い桃花は、重箱の真ん中に箸《はし》を突《つ》き立てる。

耕造さんは、その忌憚《きたん》なき嫌《いや》みに目の色を変えて、肩《かた》を引きつらせる。

「預けずに安全を確保しようとしたわけ?」

実の父じゃないので好き勝手に罵倒《ばとう》し、軽蔑《けいべつ》して構わないだろう。桃花の脳裏にはそんな家庭への思慕《しぼ》が錯綜《さくそう》した、かはさておき言いたい放題だった。

つまり耕造《こうぞう》さんは、先程《さきほど》の自身の妙案《みょうあん》（と本人は自負）で、預かる役目に自分を指名させようと、再度目論《もくろ》んでいたわけで。それが、矢面《やおもて》へ引きずり出された。

すっかり面子《めんつ》を潰《つぶ》された耕造さんは、それ以上の醜態《しゅうたい》を晒《さら》さないように、怒鳴《どな》り声《ごえ》を押し殺す。桃花《とうか》でなく僕が相手だったら、まだ言論を自重することはなかったんだろうな。

「……いや、俺も……鍵《かぎ》は、いい」

夜に相応《ふさわ》しくない、場の白み。

それが、自分本位の家族の歪《ゆが》みを浮き出させて、話し合いの声を飲み込んだ。


結局、鍵については各人の意思を尊重するということで有耶無耶《うやむや》に解散となってしまった。一人を除《のぞ》き、危機感はまだ煽《あお》りきられていない。やはりあの景子《けいこ》さんの死体は、遠い。微妙《びみょう》な距離《きょり》感があって、それはブラウン管越《ご》しにある火曜サスペンスな他殺体と大差ない、寝惚《ねぼ》けた死だった。

完全には効果を発揮《はっき》していない。そのまま火葬《かそう》されることを願うけど。

そもそも、何故《なぜ》、景子さんが殺害されたのか？　この動機が不明瞭《ふめいりょう》だから、恐怖《きょうふ》は霞《かす》む。

自身に関連性があるか否《いな》かで、第二の殺人が迫《せま》り来る可能性の幅《はば》が決定されるからだ。

……そんな中で僕は今、危機と焦燥《しょうそう》に汗《あせ》を滲《にじ》ませ、歯を食いしばっていた。

「……起きてる？」

毛布を頭まで被《かぶ》って、僕の背中に身体《からだ》をべったりと密着させている人が、意識の有無《うむ》をしゃがれた声で尋《たず》ねてきた。ここは狸寝入《たぬきねい》りで無言の『さっさと寝ろ』を強要しようかと思い、しかし返事がなかったらそのまま泣き出し、朝にはまるで僕が背中から寝小便を垂《た》らして、北海道を描《えが》いているという誤解を招きそうだったので「起きてるよ」と、天井《てんじょう》の灯《あか》りに眼球を向けて呟《つぶや》く。嘘《うそ》だけど。どちらかというと、大江《おおえ》家の怪談《かいだん》として語り継《つ》がれそうだ。

さて、部屋には二人。僕ら、つまり伏見《ふしみ》が僕と添《そ》い寝していた。これが目下、寝苦しさの原因となっている。やはり四月だけあって、締《し》め切った部屋で人が側《そば》にいて毛布にくるまれていては、熱が籠《こ》もって快眠《かいみん》とはいかない。その上、電灯《でんとう》も電気代を無視して点《つ》けっぱなしだ。よって、僕が一時間以上、欠伸《あくび》一つ出ないのは温度の所為《せい》であり、マユに知られたらを想像して心臓バクバクしているという小心の為《ため》では断じてない。背中に伏見の凶器《きょうき》が押しつけられていることも、一切関与《いっさいかんよ》していない。嘘だけど。

……心臓を肉と骨の上から押さえて、マユを想起した。人間が生きていくのに水が必要で、けれど今の僕が快適に生活するにはマユ成分も不可欠だった。既《すで》に蓄《たくわ》えは、積もらなければ山に成り足り得ない塵《ちり》ほどしか残されていない。赤信号が縦横無尽《じゅうおうむじん》に灯《とも》り出してるよ。

それに、恋日《こいび》先生。連絡《れんらく》するという公約は、携帯《けいたい》電話の季節を先取りしすぎた水遊びの事故によって、心ならずとも破棄《はき》されてしまった。定期的が途絶《とだ》えたことに訝《いぶか》しさを嗅《か》ぎ取って救助に訪《おとず》れてくれる可能性は……ないだろうな。先生との付き合いは、人付き合いが長続きしない僕としては、快挙に当て嵌《は》まるけど。

振《ふ》り返ってみれば、八年近く交流が継続《けいぞく》してるのは、本当に先生ぐらいだ。僕が生誕《せいたん》してから側《そば》で成長を見守ったりする両親、切磋琢磨《せっさたくま》し合う友人もいないし、兄妹《きょうだい》も、誰《だれ》も彼《かれ》も早々と死んだり、苛《いじ》めっ子に関係を移ろってみたり。やっぱり、先生か。

あの人は、僕から宣言した以上は、無理に事態に踏《ふ》み込んでこない。口約がないと、何処《どこ》までも干渉《かんしょう》してくる人だけど。そんな人だと非常に既知《きち》だから、正義の味方として大江《おおえ》家の門戸《もんこ》を叩《たた》くことに期待していない。先生と血生臭《ちなまぐさ》い事件は、取り合わせとして不格好な気もするし。

……で、更《さら》に似つかわしくないと思《おぼ》しき、伏見柚々《ふしみゆゆ》。

僕の部屋の前までついてきて、離《はな》れようとせずに『今夜は帰りたくない』とマジで言ったのでこっちもマジで驚《おどろ》き、そしてマジで一緒《いっしょ》の部屋のベッドで一夜を過ごそうとしている。……と穿《うが》った見方はさておき、伏見の部屋に戻《もど》りたくない理由が色欲でも美人局《つつもたせ》でもなく、恐怖《きょうふ》であることは明白だった。

この子は、人が近場で死んだということが堪《たま》らなく恐《おそ》ろしいのだ。それこそ、多少の知り合いに過ぎない男と寝床《ねどこ》を共有してでも、一人きりの夜を拒否《きょひ》する程度に。健全だなぁ。

「そんな臆病《おくびょう》で、よくこの間は殺人犯を捕《つか》まえようとしてたよな」

引き続き、伏見ではなく電灯《でんとう》に呆《あき》れてみる。人にあらざる物が話し相手なら、マユも許容はするだろう。むしろ背中に張りついてるのも蛍光灯《けいこうとう》である。誰《だれ》か催眠術《さいみんじゅつ》でもかけてくれ。

「何にも、見てなかったから。だから、動けた、けど……」

伏見の額が僕の背中に擦《こす》りつけられ、汗《あせ》が滲《にじ》む。「なるほどね……」

生の死体を目撃《もくげき》したら、恐怖で心が満杯《まんぱい》になったと。武士的に例《たと》えるなら、稽古《けいこ》と実戦は違《ちが》うでござるということだな。殺人だけでなく封鎖《ふうさ》にも、寂寥《せきりょう》を助長されているだろうし。

「けど伏見も、別の部屋に入ったら鍵《かぎ》をかけられることになったと思うよ。そしたら安心だ」

そう言うと、伏見の髪《かみ》と毛布が擦れ合う音がした。

「鍵を渡《わた》せる人、いない」

「んー、と言っても、今この部屋にいるなら、伏見も湯女《ゆな》に預けたことになるんだけど」

「お前と一緒なら、いい」

「……わけ分からん」

ということにして、また瞼《まぶた》を下ろす。

さて、一生懸命《いっしょうけんめい》眠るとするか。

僕の夢には、心地《ここち》の足りない傾向《けいこう》が多々見られる。

ほとんどの場合で、『ああ、夢か』と意識が認識《にんしき》を露《あら》わにしながら、夢想と触《ふ》れ合うことになる。今回も、林檎《りんご》を自前の爪《つめ》で剝《む》いている、目前のマユに対して何処《どこ》か達観した視線を送ってしまう。マユ成分の不足が、心を蝕《むしば》み出している所為《せい》だろうなんて、冷静な分析《ぶんせき》が下される。本来なら『きゃー！　まーちゃんまーちゃんまーちゃんちゃんきゅんきゅんまーたんまーたんむにむにまーたん！』などと手厚く歓迎《かんげい》する気概《きがい》と手筈《てはず》が整っているのに、つい羞《しゅう》恥《ち》心がお蔵《くら》入りにするわけだ。寿命《じゅみょう》を半分にしても構わないから、嘘《うそ》として葬《ほうむ》りたい。

周囲を見渡《わた》すと、他《ほか》の人影《ひとかげ》が抹消《まっしょう》された病室だった。どうも僕はベッドに寝《ね》ていて、マユがお見舞《みま》いに制服姿で訪《おとず》れているという設定のようだ。どんな願望を下敷《したじ》きとしているんだろう。

林檎を裸《はだか》にしてから、白磁の皿に載《の》せて手ぶらとなるマユ。そして、真新しい携帯《けいたい》電話で耳を押さえる。その仕草に我が身を振《ふ》り返るとやはり僕も、買い直して数ヶ月も保《も》たずにトイレで溺死《できし》した携帯電話を耳に当てていた。

流石《さすが》、非生産的行為《こうい》の代表格である夢だけあって、効率に囚《とら》われていない。

「しーきゅーしーきゅー、まーちゃん専用お電話の声は届いてますかー？」

「しっかりステレオ再生だぜー」

僕の頭部による、マユの合成音声と口パクは素人《しろうと》なりに合わせられていた。表情の加工も、多少ちぐはぐながらも笑顔《えがお》と視認可能な範囲《はんい》に留《とど》められている。

「みーくんのはまーちゃん受信専門のお電話なんだから、他の人間とお話ししちゃ駄目《だめ》よー」

朗《ほが》らかな調子のマユの、これは現実でも宣言してた内容だな。

「当然だよ、僕のケータイは有効受信距離《きょり》が百メートル以内の電波に限ってるからね」

僕の受け答えは、若干《じゃっかん》修正されているけど。確か、口から出任せに『まーちゃん養分の迸《ほとばし》った重量七グラム以上の電波でないと受け取れない仕様だぜ』とか、別の意味に電波を放出したと、現実より脳味噌《のうみそ》に隣接《りんせつ》する夢は過去を語る。夢の癖《くせ》に、騙《かた》りの方は不得手《ふえて》なのである。

後、愚鈍《ぐどん》な注意力が今頃《いまごろ》察したんだけど、僕とマユの恋慕《れんぼ》を隔離《かくり》してその他の感情で構成された、小指を結ぶ白糸がこの世界でも機能していた。それも、長さが本来より増量して、活動距離に便宜《べんぎ》が図られていた。

うーん、ご都合主義。誰《だれ》の都合かは、深い考察を回避《かいひ》するとして。

「でね、林檎は何の形がいい？」

マユが伸《の》ばしっぱなしの爪と指を蠢《うごめ》かせながら、僕の注文を取ってくる。どうも、マユの台詞《せりふ》は過去からの引用ばかりで、何とも貧困《ひんこん》な創造性を露呈《ろてい》しているな。

「そうだね……」婚約《こんやく》指輪を一丁、と依頼《いらい》するわけにもいかないし。数日で酸化、そして腐敗《ふはい》する絆《きずな》の証《あかし》とか、そういう皮肉を効かせたものは夢に溢《あふ》れてないので却下《きゃっか》だ。

「……………………」

マユが、登録0件の携帯電話を所持していた理由は誰にでも予想がつく。

みーくんからかかってくるかもって、淡《あわ》い希望に駆《か》られて。

「まーちゃんの好きなものがいいな」

言ってから、はて、既視感《きし》のある導入だと眉間《みけん》に棘《とげ》が刺《さ》さる。

夢マユはその言葉を受けて電話に繋《つな》がっている、地獄《じごく》の片道切符《きっぷ》を購入《こうにゅう》したらキャンペーンの一環《いっかん》として粗品《そしな》にでも付いてきそうな奇形《きけい》な造形の人形のストラップを振《ふ》りながら、ご機嫌《きげん》にテーマを発表した。

「じゃあ、今日はみーくん作っちゃうぞー」

語尾にハートマークが、洗剤《せんざい》でも洗い落とせないほどに付着した甘ったるい宣言。

「わー」嫌《いや》な展開に持ち込んでしまった。学習能力がないことを夢にまでお告げされてどうする。けど、僕の心配を杞憂《きゆう》として余所《よそ》に押しやり、マユは終始鼻歌交じりで作業をこなす。

さくさくと、マユは林檎《りんご》の身を無駄《むだ》遣《づか》いして、人の顔みたいなものを形作ってしまった。

そこで、もう一度。「ああ、夢だな」と独《ひと》り言《ごと》で納得《なっとく》を噛《か》みしめる。

マユが林檎を鷲掴《わしづか》みして、顔の正面を僕にってちょっと待て、唇《くちびる》の部分を近づけるのは、

「はい、」「な、」「あーん」

目元にだけ、現実の重力が侵食《しんしょく》してきた。

それに釣《つ》られて瞬《まばた》きをし、そして、目を何の気なしに開いて。

騙《だま》し絵《え》のように、夢は悪夢に入れ替《か》わる。

御園《みその》マユが、長瀬《ながせ》透《とおる》に再構成される。

髪《かみ》も服も意味も価値も、何もかも、欠けて。

夢中なので血の気に支障はなかったけれど、思わず頬《ほお》を抓《つね》って脱出《だっしゅつ》を試みていた。

差し出す林檎の細工は爛《ただ》れ落ち、中身には新たなる赤。鮮血《せんけつ》の着色料が、滴《したた》っていた。

「透は甘えん坊《ぼう》さんッスねー」

顎《あご》を摑《つか》まれ、異論反論を塞《ふさ》ぐように血塗《ちまみ》れ林檎が口内へ突《つ》っ込まれる。夢だけあって、長瀬の手から生まれる林檎は無尽蔵《むじんぞう》だった。不器用な両手が果敢《かかん》に皮剝《かわむ》きに立ち向かわなくても、処理を終えた林檎の切り身が僕の嘘《うそ》ぐらいポンポンと飛び出てくる。ただしその林檎はどれも、長瀬の作品であることを自己主張し、赤色を節々に纏《まと》っていた。

「ほがほが」と入れ歯が抜《ぬ》けたようにしか自己主張が出来ないほど、林檎を消化器官の導入口に詰《つ》め込まれた。鼻から粘《ねば》っこいリンゴジュースでも絞《しぼ》り出せそうだ。

まあ、目玉を垂《た》れ流されて、それで口を塞《ふさ》がれるよりは健全だろう、と前向きに解釈《かいしゃく》。

「透はまーちゃんの何処《どこ》が好きッスか？」

「ふぉがっふぉふぉふぉふぉが」

取《と》り敢《あ》えず人の口に、節操なく林檎を詰め込まないところかな。いや、制さないとやりそうだけど。

「ないッスか？」

「ひゃふよ、ひぇいっぱい」目《め》一杯《いっぱい》あることを口だけでは説明し辛《づら》いので、手も広げる。

「私から見ると、まーちゃんの良いところなんて見つからないッスよ。あ、顔は除《のぞ》いて」

しれっと、フィクション長瀬《ながせ》がマユを批判する。おのれ夢長瀬、自身の勉強不足を棚《たな》に上げて、マユの良いところは……雨の日、段ボールの中にいた子猫《こねこ》を『邪魔《じゃま》』と蹴《け》り飛ばして我が道を直進しそうだ。うぅん、マユの特徴《とくちょう》でも挙げてみるか。ワガママ、独占欲《どくせんよく》の塊《かたまり》、ちゅー大好き、他《ほか》の人、取り分け異性に触《ふ》れられるとその部位を削《けず》り取ろうとする、眠《ねむ》り姫《ひめ》、生物嫌《ぎら》い。あれ、プラスの要素がちゅーしかないぞ。

「透《とおる》、目が泳いでるッスよ」

「ひゅひぇのひゅひをおひょぐのだ」夢の海を泳ぐのだ、とごまかしてみたかった。

……あ、良いところ一つあった。まーちゃんの好物であるドーナツを一口分ぐらいは分けてくれるよ。……尻尾《しっぽ》振《ふ》りすぎな子犬か、僕は。我ながらいじらしすぎる。

「具体的に挙げられないッスか」

根っこが同じ心に繋《つな》がっている者同士、内心が筒抜《つつぬ》けである。こうなったら、残る手は一つ。

「ひゃひゃふぇ」

「はいはい自分は長瀬ッスよ。何?」

「ひぇんじ」と、手の平をひっくり返す。

「……チエンジ?」

「ひょうひょう、ミャユと」

ぼくちん、小難しい話は苦手ですの。夢の中ぐらい、自由に逃亡《とうぼう》させてくれ。

「あひょ、ひょのへんはをひょいていけ」

そのお前の握《にぎ》っている携帯《けいたい》電話は、マユのものであり、みーくん専用なのだ。本人がそう言い切っていたから、僕も便乗して構わないだろう。

長瀬は、僕に都合良く振る舞《ま》い、「良いッスよ」と微笑《びしょう》する。

そこが、現実に触《ふ》れていた長瀬との違《ちが》いなんだろう。

「決定権はそっちにあるから、抵抗《ていこう》はしない」

「うむうむ」本来の長瀬がそんな引《ひ》き際《ぎわ》を心得た子だったら、僕らは友達で終わってたな。

「でもその前に、自分は透へ質問しておかないといけないッス」

「ひゃい？」

「みーくんは、長瀬透の何処《どこ》が好きだったッスか？」

「あぁむ？」

「みーくんは、何を基準に人を好きになってるッスか？」

真面目《まじめ》な態度で問い詰《つ》められない分、こちらも惚《とぼ》ける暇《ひま》があった。

先程《さきほど》より更《さら》に答え辛《づら》い、無意識の範囲《はんい》に触《ふ》れる必要さえある二つの質問。

長瀬は、僕にとって未知な、意地悪い唇《くちびる》の釣り上げを実践《じっせん》し、意識を突《つ》き放した。

「より良い夢を目指す為《ため》のアンケート。答えは、目覚めてから出してくれて良いッス」

長瀬《ながせ》はそう快活に笑い飛ばし、果敢《かかん》に僕の首を両手で絞《し》めた。脈絡《みゃくらく》もなく殺害されようとする、夢の中の僕は抵抗《ていこう》しない。押し倒《たお》されてベッドから転げ落ちて馬乗りされて、質量のない長瀬が全体重をかけようと無駄《むだ》に躍起《やっき》になる。

それでも長瀬は、たおやかであり健《すこ》やかであり、病《や》めない笑顔《えがお》だった。

僕は現実で、こいつに恨《うら》まれているのだろうかと、ふとした疑問にも同時に襲《おそ》われた。「とうるるる、とうるるるる」


その自作目覚ましに、身体《からだ》の内側《がわ》で夢の糸を切られた気がした。

苦労して睡眠《すいみん》を時間から奪取《だっしゅ》した割に、今度の目覚めも多方面に最悪だった。

喉《のど》の渇《かわ》きで息が詰《つ》まりそうになっていることに辟易《へきえき》しながら、目を開ける。

点《つ》けっぱなしの電灯《でんとう》に照らされた、唇《くちびる》をすぼめて、とうるとうる鳴いている女が目と鼻の先にいた。

何だこの二重人格者みたいな奴《やつ》は。

そして何故《なぜ》、僕の首を摑《つか》んでいる。搔《か》かれてなくて一安心、してられるはずもない。

息は外圧ではなく心根の影響《えいきょう》で停止し、寝起《ねお》きに関《かか》わらず、限界まで見開いた眼球が事態を把握《はあく》するまでは無呼吸を通した。状況《じょうきょう》の認識《にんしき》が終了《しゅうりょう》し、深呼吸が自動で開始する。

「一番面白《おもしろ》みのない反応ね。藻掻《もが》くことも、苦しむこともなく、起床《きしょう》の延長上に扱《あつか》って」

「慣れてるからね」

「マジで？」嘘《うそ》でしょうね。

「マジで」嘘だけど。

湯女《ゆな》の、添《そ》えられていただけの手が外れて、萎《しな》びた笑みを僕の天井《てんじょう》としてくる。

「貴方《あなた》が意外と隙《すき》だらけに寝ているので、つい首をキュッとね」

「注意深くレム睡眠を取れるほど器用じゃないよ」

さて。取《と》り敢《あ》えず、お約束に切り返しでもこなしておくか。

「昨夜はお楽しみでしたね」

お互《たが》い、今回は感慨《かんがい》など何一つ湧《わ》いてこない。

この程度は予定調和だ、日本国民なら必修の掛《か》け合《あ》いといえる。背中に張りついて寝ついている伏見《ふしみ》だって、平常時には難なくこなすであろうと根拠《こんきょ》もなく期待を込めてみた。

額に手を当てると、寝汗《ねあせ》が酷《ひど》い。……何か、変な夢を見ていた記憶《きおく》がうっすらと、心の表面にまだ積もっている。除雪《じょせつ》車を出動させろと、理性が即座《そくざ》に指示を飛ばした。

「不用心ね。これで貴方が犯人だったら寝首を掻《か》かれて、私達は安眠ハッピーエンドよ。そんな辛《つら》い結末はお嫌《きら》いじゃなくて？」

「ふうん、僕が甘い物好きなんて良く知ってたね」

「『人の不幸は蜜《みつ》の味、』」「ですもの」」「から連想したわけだ」

「『今は』」「七時よ」「時報ありがとう」

こいつが小説のキャラクターだったら、行数が稼《かせ》ぎ辛《づら》いから嫌《きら》われるだろうなぁ。僕も同罪だけど。頭皮を掻《か》き、そろそろ身体《からだ》を起こそうとする。が、人為《じんい》的な金縛《かなしば》りに遭《あ》って、後背部の重量が著《いちじる》しく増加していた。……いや、後で怒《おこ》られそうだな、著しくは訂正《ていせい》しておくか。精々、そこそこにどすこい程度だ。余計、張り手とか頂戴《ちょうだい》しそうな気もするが、今度はボールペンで記載《きさい》してしまったので消しゴムの出番がない。頭突《ずつ》きとかされないように気を付けよう。

僕の思考が途切《とぎ》れるのを見計らったように、湯女《ゆな》が営業スマイルから笑顔《えがお》を引いた作り顔になる。寝《ね》たまま応対する横着については、特に触《ふ》れないようだ。

「お客様、サービスについてはこれでよろしかったでしょうか？」

「白雪姫《しらゆきひめ》サービスがまだですけど」

セクハラってみる。白雪姫サービスとは、対象が惰眠《だみん》を貪《むさぼ》っている間に口づけを交《か》わして、起床《きしょう》した後に料金をせびる一種の恐喝《きょうかつ》である。……地方限定用語である。……思春期傾向《けいこう》の十代が狙《ねら》われ易《やす》い。設定を継《つ》ぎ足したら、余計に胡散臭《うさんくさ》さを水増ししてしまった。

湯女はきょとんとしている。僕の本物の割には、理解が遅《おそ》いな。などと格好つけている間に合点がいったらしく、魅力《みりょく》の干《ひ》からびたにこにこ顔で首を少し横に傾《かたむ》ける。

「申し訳ありません、すぐに取りかからせて頂きます」

「え、うぃっ？」

膝を屈《かが》めて
頭部を掴《つか》まれ
キス
された。

鳥肌《とりはだ》が僕を乗っ取った。

眼球は捲《めく》り返り、後頭部までケーキの生地みたいに引き伸《の》ばされる。視界がパノラマに対応出来ず、白線だけでお茶を濁《にご》す。

「あがががが！」

お互《たが》いの唇《くちびる》がかさついているとか、お肌の健康とか気にかけている余裕《よゆう》も嘘《うそ》も裸足《はだし》で逃《に》げ出す。

とても女性に唇を押しつけられているとは思えない感想が口の端《はし》から飛び出る。限界が訪《おとず》れたので湯女を突《つ》き飛ばし、心の平穏《へいおん》を取り戻《もど》した。

これも日頃《ひごろ》から嘘と冗談《じょうだん》ばかり言っている報《むく》いだろうか。咳《せ》き込み、寒気がしてきた。

背中に伏見《ふしみ》、口に湯女。マユが知ることとなったら、素手《すで》で百人斬《ぎ》りとか達成しそうだ。

そして心なしか、背後から胴体へ回されている伏見腕《うで》の締《し》めつけが強くなったような。

まさか起きてる？

湯女《ゆな》が壁《かべ》にゴンとぶつかってからまた跳《は》ね返ってきた。箪笥《たんす》だったら良かったのに。テキパキと仕舞《しま》えるし。

「よろしければご感想をアンケートにご記入下さい」

「鏡の中の自分に迫《せま》られてキスされたような、最悪の気分になったよ」

目眩《めまい》までする。額に手を当てて蛍光灯《けいこうとう》を遮《さえぎ》り、そのまま二度寝《ね》したくなる。

「不思議ねぇ、貴方《あなた》。そこは私と違《ちが》うの」

じゃあきみは会って二日の自分みたいな奴《やつ》とちゅーするのが嬉《うれ》しかったわけか、あぁん？

「むしろ違わないのが後、性別ぐらいなことに問題を感じてほしい」

「唇《くちびる》も手も、違いがあるというのかしら」

肩《かた》を竦《すく》め、僕をからかうように問う湯女。僕も頬《ほお》を竦めたりして対抗《たいこう》したいのだが、やり方が咄嗟《とっさ》に思いつかなかったので、無言という選択《せんたく》に流れてしまう。

「私からすると、貴方のように心の触《ふ》れ合う相手といる方が余程薄気味《よほどうすきみ》悪く不快なのだけど」

ジト目で、不快の原因を押しつけて睨《にら》まれる。その手前勝手な性格は、果たしてどちらが見習うことで何かしらの効果が見受けられるのだろう。性悪《しょうわる》同士だから、水と蒸留水を混ぜて爆発《ばくはつ》的な化学反応を引き起こそうと躍起《やっき》になるようなものだ。

湯女の言い分は、触《ふ》れ合ってる当事者としても共感出来る部分はある。僕らは腕《うで》の血管や筋肉を剝《む》き出しにして合わせあってるようで、主観と客観、どちらも痛々しい。

だけどここで、その通りでございますと、マユの唇とまーちゃんのおててが一緒《いっしょ》だと納得《なっとく》させられるわけにはいかない。嘘《うそ》だけど。

「風情《ふぜい》を解さない奴《やつ》だな。エロ本の価値を理解出来ない性格と見た」

「エロ本……ああ、春画ね」現代人と真逆の発想を演じながら、僕の目前に部屋の鍵《かぎ》を下手投げで放《ほう》った。所持していることで、他人を閉じ込めることぐらいは出来る道具を手に握《にぎ》り込む。

「貴方は考えなしを装《よそお》いながら、そこにちゃんと価値を持たせる性格ね」

「…………………………」

僕らが翌日に殺害されて鍵の所持者である湯女が生き残っていたら犯人は確定するから、だからこそ任せた。何も全面的に信用したわけではない。誰《だれ》に渡《わた》しても変わらない以上、近くにいた人物を指定しただけ。

そういうことを言いたいのだろうか。随分《ずいぶん》、買い被《かぶ》られてしまったけど。

枇杷島八事《びわしまやごと》を過去から掘《ほ》り起こす言い分に、右の瞼《まぶた》が微痙攣《びけいれん》で応《こた》える。

「僕のやることに一々意味があるとでも？」

「ええ。貴方は秘密裏に着々と事を成しているわ」

「……お互《たが》い様にね」

ふふふ、と敵を幾《いく》らでも作りそうな笑顔《えがお》で不気味に貶《おとし》め合ってみる。自画自嘲《じがじちょう》である。

湯女が屈《かが》めていた膝《ひざ》を払《はら》いながら、立ち上がる。

「で、他《ほか》に用はなしか？」

気が滅入《めい》りそうな、もとい、身の危険が増えそうな情報提供は付属してないわけだな。

ベッドから三歩離《はな》れた地点で、湯女《ゆな》が大げさに振《ふ》り向く。浴衣《ゆかた》の端《はし》が捲《めく》れ上がった。

「ああ、そうそう。朝の新聞代わりに伝えておくことがあったの」

「なに？」と聞き返しながら、そういえばこの家は新聞を取っていないことにも気付く。

「今日は、貴弘《たかひろ》が死んだわ」

淡々《たんたん》と、悪意溢《あふ》れる報告だった。『今日は』が強調されていたあたり、人工だな。

僕は目から鱗《うろこ》の他《ほか》に、タイ米でも零《こぼ》れそうな衝撃《しょうげき》に貫《つらぬ》かれた。どれだけ便利に多機能な眼球なんだろう、使いこなせるだろうかと悩《なや》ましささえ身に浸透《しんとう》する。嘘《うそ》だけど。

「……またかよ。きみの口から死人の報告を二日連続で聞くとは、どんな悪趣味《あくしゅみ》だ」

湯女はしたり顔だった。一人死ねば二人目も死ぬだろう、と軽い摂理《せつり》で納得《なっとく》しきっているような様子で、肩《かた》を竦《すく》める。

「君は……何つうか、死体を怖《こわ》がってないみたいだな」

「だって、死体は動かないもの。ファンタジーやメルヘンじゃないのよ」と冷淡に言い返してきた。メルヘンはメンタル変貌《へんぼう》中の略称《りゃくしょう》だって、誰《だれ》が嘯《うそぶ》いてたかな。あ、僕か。いや、先生だったかな。まだ、夢の残滓《ざんし》に意識と記憶《きおく》の連結をかき乱されてる気がする。

間を空けて、「全くだ」と、まず素直《すなお》に同意してみた。それからすぐに異論を付け足す。

「きみはさ、僕と同じ系統の人間だと分類してるんだけど」

「系統……種類かと、私は思っていたけど」

「一つ、大きな差異があることを今発見した」

人差し指を一本立てる。本当は足の指も一本だけ、精力を込めて直立させているのだけど、水面下の努力は評価されないものである。嘘だけど。

「きみは嘘を最低限にしか使用しない。要領が僕より優《すぐ》れているんだろうな」

それに対しての返事は、子供が昆虫《こんちゅう》の足をもぐ時のような嗜虐《しぎゃく》の容貌《ようぼう》だった。

湯女の手が、僕へ差し伸《の》べられた。

「さ、見学に行きましょう」

怪奇《かいき》な微笑《ほほえ》みで、誘《さそ》いかける湯女。

背中に張りついていた額と手が、上下に揺《ゆ》れた気がした。


現場に着いた時、朝の挨拶《あいさつ》をするかで多少迷った。僕は躾《しつけ》の厳しい母に三つ子の魂《たましい》を鍛《きた》え抜《ぬ》かれたので、礼儀《れいぎ》正しさの消費期限が百歳《さい》まで保《も》つほどである。おはようございますと頭を下げられない若造ではない。けれど、通路の壁《かべ》に寄りかかった貴弘さんの死体を囲む五人の視線は、お前などお呼びじゃないと半ば睨《にら》んでいる人が大半を占《し》めていたからだ。

結局、無言で現場検証か葬儀《そうぎ》の参列、どちらかの行事に参加することとなる。湯女《ゆな》は菜種《なたね》さんと潔《きよし》さんの間から死体を覗《のぞ》き込む。僕は、大江《おおえ》家の中では比較《ひかく》的、友好度の高い茜《あかね》の隣《となり》から身体《からだ》を割り込んだ。そうすると、茜の側《そば》にいた桃花《とうか》は僅《わず》かに距離《きょり》を置き、死体より我が身優先として僕を警戒《けいかい》する姿勢になる。茜は、その妹の挙動を楽しそうに眺《なが》めていた。

「桃花は照れ屋さんだなー」

脳天気に率直《そっちょく》な感想を、死体の空気と血の臭《にお》いに負けじと言い放《ほう》る茜。桃花は、しかめ面《つら》で無言の抗議《こうぎ》を貫《つらぬ》くけど、僕はすぐに貴弘《たかひろ》さんの遺体へ目を落とした。

貴弘さんの胸に突《つ》き刺《さ》さっているナイフは、菜種さんが、敢《あ》えて表現するなら事件の初日に話していた所在が不明だったものだろうか。自分の部屋から出てすぐ、扉《とびら》の脇《わき》に、足が伸《の》びって、腕《うで》は手の平が上に向いて垂《た》れ下がっている大江貴弘。胴の前面を流血で浸《ひた》し、寝間着《ねまき》は、洗濯《せんたく》するのなら他《ほか》の服に色が移らないように注意が必要なほど、仰々《ぎょうぎょう》しい赤で塗《ぬ》りたくられていた。ざっと見て、その傷以外に外傷はなさそうだ。

そして誰《だれ》かが順調にいなくなってきている。こんな時こそ、国民の盾《たて》と矛《ほこ》として粉骨砕身《ふんこつさいしん》なお巡《まわ》りさんの出番であるけれど、流石《さすが》に事件を認識《にんしき》せずに駆《か》けつけてくれるほど、彼らは有能すぎず、暇《ひま》すぎない。透視《とうし》能力者がいなくては、文明の利器で通報するという科学の繋《つな》がりが必須《ひっす》で、それが不可能なら当然、この密室では御役御免《ごめん》というわけである。

他《ほか》の人が死体を見る目にも、恐怖《きょうふ》が確定していた。潔さんは下唇《したくちびる》を噛《か》んで蒼白《そうはく》の肌《はだ》となり、菜種さんはそんな旦那《だんな》の肩《かた》を爪先立《つまさきだ》ちで支えながら、死体より目を逸《そ》らしていた。……いや、絵になるのは逆だろ。耕造《こうぞう》さんは息子《むすこ》に対して、握《にぎ》り拳《こぶし》が震《ふる》えている。憤怒《ふんぬ》や憎悪《ぞうお》でなければ、情感の嵐《あらし》だろう。茜はほけーっと物珍《ものめずら》しそうに死体を見下ろし、桃花は、貴弘さんではなく息をしている全員を睨《にら》んでいた。彼女は死せる被害者《ひがいしゃ》や、屋敷《やしき》からの脱出《だっしゅつ》より、生ある加害者に興味の重心が偏《かたよ》っているようだ。好感が持てる。

そして僕は……うーむ、と適当に寝起《ねお》きの頭を働かせる。

何故《なぜ》、拳銃《けんじゅう》で殺さなかったんだろうと何となく疑問に思い、ああ、そうかと勝手に解決した。

「誰《だれ》が、殺したんだ」

耕造さんが、落涙《らくるい》を押さえて悔恨《かいこん》を産み落とす。その産卵風景は、周囲の戸惑《とまど》いのなさから察するに、真新しいものではなく、既《すで》に幾度《いくど》か繰《く》り返されているのだろう。

「ここにいる誰かが、」鬼気迫《ききせま》る表情で左右に首を振《ふ》り、不在者に頓着《とんじゃく》する。

「お前の連れはどうした？　まさかあいつが！」

「いえ、部屋にいます。扉《とびら》の鍵《かぎ》も継続《けいぞく》してかけてありますから、お気にせず」

僕はやんわりと制し、危険と安全の両面について対策ありを主張する。

あいつも、と心配しないのが予想通りで、こちらも冷静に対処できた。

伏見《ふしみ》はあのまま、ベッドの中で震《ふる》えさせておいた。僕についてくると、やはり既に起床《きしょう》していた伏見は縋《すが》ってきたけれど、目下の隈《くま》の繁殖《はんしょく》具合から駄目《だめ》と判断した。健全な女子高生は、一睡《いっすい》もしていないどころか、夜の墓場《はかば》で運動会に興じてきたように憔悴《しょうすい》していた。

こんな状態で、今度は鉄格子《てつごうし》越しではない死体を見たらノイローゼになる。よって、自室に謹慎《きんしん》を命じた。この展覧会《てんらんかい》の催《もよお》しが終了《しゅうりょう》したら、一度部屋に戻《もど》る約束はした。

「僕らは部屋に閉じ込められていましたから、残念ながら今回の犯人にはなり得ませんね」

湯女《ゆな》の表情を盗《ぬす》み見る。湯女は貴弘《たかひろ》さんを観察中で、こちらに対しては言わざると見ざるを発動していたから、僕もただ伝達させておくことに留《とど》めた。

耕造《こうぞう》さんは歯軋《はぎし》りで分かり易《やす》く、神経を逆撫《さかな》でする物言いの僕に敵意を照射してくる。もし昨晩、始終、扉《とびら》が鍵《かぎ》っ子《こ》を育成中でなかったら真っ先に僕の息の根にご執心《しゅうしん》となっただろう。

……さて、見る物も見たし、部屋に帰ろうか。そう促《うなが》したいところだけど、そんな空気を漂《ただよ》わせているのは僕と、二酸化炭素だけ吸っていても平気そうな茜《あかね》ぐらいだった。これでは迂闊《うかつ》な発言一つで、僕も宇宙人扱《あつか》いされてしまう。自転車で空を飛べたところで、青空と雲を仰《あお》げない密室の屋敷《やしき》から脱出《だっしゅつ》する手立てにならないよなぁ。

などと葛藤《かっとう》していたら、空気を微妙《びみょう》に読んで、尚《なお》、次へ進もうとする勇者が臆病《おくびょう》に現れた。

「この後、話し合うのは、どうで、しょう?」

潔《きよし》さんが控《ひか》えめに、耕造さんを窺《うかが》いながらこれからの行動を提案する。

「話し合う? 何をだ」

耕造さんが、自分より背丈《せたけ》のある潔さんを睨《にら》み上げる。身長の差は権力で補《おぎな》えそうだな。現に潔さんも、腰《こし》が後ろに折れ気味で引けている。

「いえその、貴弘、おぼっちゃまを誰《だれ》が殺したか、と。ええ、」

「そんなことを、話し合っただけで分かる見込みがあるのか？」

潔さん苛《いじ》めで息子《むすこ》を失った憂《う》さ晴《ば》らしを図る耕造さん。迂闊な発言で宇宙人より身近な言葉のサンドバッグとされた潔さんは、「ひ」と単発な悲鳴の材料を零《こぼ》す。

けど、耕造さんの憂さがそれで晴れて冷静にはなったのか、頭皮を散々に掻《か》きむしってから、潔さんの案を吟味《ぎんみ》し直す。

「話し合いか……明らかにしたいことが幾《いく》つもあるからな、そうしよう」

腕組《うでぐ》みをして、周囲の六人を見渡《わた》す。

「すぐに、食堂へ集合してくれ」

独断《どくだん》で祭り上がったリーダーの命令に、目立った返事こそないものの、何となく従う雰囲気《ふんいき》となっているので各自、実行はするだろう。

意見の浸透《しんとう》を把握《はあく》したように耕造さんが小さく顎《あご》を引き、そのまま、貴弘さんを細めた目で見下ろす。

「貴弘も、このままにはしておけない」

「……地下室に運べばいいんじゃないの？　地下霊園《れいえん》みたいな感じに」

桃花《とうか》が、耕造さんの呟《つぶや》きに対して意見を放つ。耕造さんは、今回は桃花の突《つ》っかかりへ異論を唱えず、「そう、だな」と曖昧《あいまい》に頷《うなず》く。

「私が、台車でお運びしますね」

菜種《なたね》さんがおずおずと、死体運送の役を買って出る。その後に、雇《やと》い主《ぬし》の表情を窺《うかが》う。

「あ、えぇと、でも地下へ運ぶ前に、血を綺麗《きれい》にしてあげた方が……無駄《むだ》ですかぁ？」

「いや……お願いする」

耕造《こうぞう》さんは力なくそう言って、息子《むすこ》から離《はな》れ出す。途中《とちゅう》で振《ふ》り返ると、茜《あかね》が邪魔《じゃま》で、貴弘《たかひろ》さんに引かれた後《うし》ろ髪《がみ》は意味を成さなかった。つい、と首を戻《もど》して、一人去っていく。

それから、菜種さんと潔さんが並び、その後ろに桃花《とうか》と、手を握《にぎ》った茜が続いて階段の方面へ移動していく、こちらの四人は、別段、貴弘さんへの名残《なごり》を見せない。首はあくまで前を向き、安全歩行だ。

そして、残った僕と湯女《ゆな》が、顔を見合わせる。死体を挟《はさ》んだ立ち位置のまま、物言えない人間に優越感《ゆうえつかん》を覚える為《ため》にお喋《しゃべ》りをしてみる。嘘《うそ》だけど。

「貴方《あなた》、すっかり容疑者の筆頭ね」

「エリートな経歴を誇《ほこ》ってるからね。それで、きみは僕のことを、何と見ている？」

「その質問、貴方から私に向けても、一度把握《はあく》しておきたいところね」

「……じゃあ」「ええ」

せーの、

「『人畜無害《じんちくむがい》以外の、何か』」

三章、日没『冷たい死体の時は止まる』

日の下へ行く為に、庭に出る。

遊ぶ為に、姉の部屋へ行く。

勉強をする為に、昔の母の部屋を訪ねる。

とても広い家に住んで、満足な生活。

でも、菜種のたわいない買い物に付いていったときから、アタシの世界は矮小になった。

理解出来ないものが、部屋に疑問として詰め込まれて暮らす毎日。

アタシはこのまま大人になっていくのかな。

アタシはこのままで大人になれるのかな。

屋敷滞在《やしきたいざい》三日目の朝方。
食堂の空席は順調に増加していた。残る席は、八つ。
僕の隣《となり》の伏見《ふしみ》は、部屋から出てきたはいいけど、寝癖《ねぐせ》を直す余裕《よゆう》もなく身を縮《ちぢ》ませている。
耕造《こうぞう》さんの席は両隣《りょうどなり》が自由席となり、客入りも悪く寂寥《せきりょう》としている。仕方ないので余った
チケットは耕造さんが買い取り、椅子《いす》に片方ずつ足を載《の》せる大名行為《こうい》に及《およ》んだ、わけがない。
「やはり、身体検査でもしてナイフの所在を明らかにしておくべきだったな」
僕を真っ向から睨《にら》み、遺憾《いかん》のように腹から感情を押し出す。それは僕の発言を肯定《こうてい》するもの
ではなく『言ったからにはやれよ』と逆恨《さかうら》みしているに過ぎない。ついでに潔《きよし》さんも、申し訳
程度に僕を非難がましい目で捉《とら》えてきたけど、見つめ返したらあっさりと顔を背《そむ》けた。
「それにだ、俺が昨日提案したとおりに鍵《かぎ》をかけて夜を過ごしていれば……」ぐ、と唇《くちびる》を噛《か》む。
貴弘《たかひろ》は死ななかったかも知れない。いや、俺の計算は正しいはず、よって平穏無事《へいおんぶじ》だった。
羽の生えていない論法を無理に飛躍《ひやく》させ、正義に昇華《しょうか》させようと目論《もくろ》む耕造さんを阻止《そし》する
役割を受け持つのは、当然ながら大江桃花《おおえとうか》。
「あんな穴だらけの案、採用するわけないじゃない」

なにィ、と今にも煮《に》えくり返った腸《ちょう》が涙腺《るいせん》から出てきそうな目つきで娘《むすめ》に振《ふ》り向く父。

「共犯者がいたら、確率なんてもっと上がるのに」

桃花が若干《じゃっかん》、父に対する蔑《さげす》みを感じさせる正論を返した。だけど、耕造さんは怯《ひる》まない。

俺が言いたいのはもしもの可能性であって、現実なんかじゃない、と反撃《はんげき》に移りかける耕造さんへ、微妙《びみょう》な間を置いて追撃《ついげき》が届く。

「大体、全員がこの人だけは信用出来る、と意見の一致《いっち》なんて可能なの？」

「それは……」俺だろ、と言い切ってほしいところだけど、言葉を濁《にご》してしまう。

「だから、父さんの提案は今夜も無理でしょ。自分の身は、自分で守るってこと」

桃花が結論づけて、耕造さんの立場を潰《つぶ》す。耕造さんは一頻《ひとしき》り悔恨《かいこん》の貧乏揺《びんぼうゆ》すりと頭皮掻《か》きで苛立《いらだ》つけど、声を荒《あら》げて無関係な内容への罵倒《ばとう》に至らないことで、最低限の面目《めんぼく》を保つ。

お互《たが》いに冷めすぎて、触《ふ》れ合うことに不快さえ伴《ともな》うような家族だな。

幼少期の家族構成に類似する点が散見されて、親近感が湧《わ》く。

「それでお父様、知りたいこととは何なのかしら」

湯女《ゆな》が軽度のからかいを含《ふく》みながら、場の空気の行き先を変えるべく言葉を紡《つむ》ぐ。

「ああ、」と耕造さんが一息吐《は》いて肩《かた》の力を抜《ぬ》いてから、

「昨日、鍵をかけた部屋で過ごした人間は誰《だれ》だったか、一応の確認《かくにん》だ」

「はい」と率先《そっせん》して挙手する僕。伏見も心ばかりに、小さい手で無罪を主張する。それを見咎《とが》

めるように、鼻から中心に顔をひしゃげさせる耕造《こうぞう》さん。これは、今夜から鍵《かぎ》を開けたまま眠《ねむ》れと強要されそうだな。

「あ、潔《きよし》さんも鍵をかけて、私が預かってました……よねぇ」

少し引き締《し》まった語尾で、旦那《だんな》のアリバイと自身の容疑を確立する菜種《なたね》さん。潔さんが侮蔑《ぶべつ》の視線に晒《さら》されるのを嫌《きら》ってか、俯《うつむ》いて眼球を封印《ふういん》した。僕と伏見《ふしみ》は真っ先に部屋へ押し込まれたので立ち会わなかったけど、他《ほか》の人が目撃《もくげき》はしているだろう。

「アタシは鍵《かぎ》かけてない」「あ、ぼくも。寝《ね》る時は寒かったから、開けっ放しにしといた」

次いで桃花《とうか》と茜《あかね》が発言する。茜は『暑い』と『寒い』も反転させるみたいだな。

……ん、待てよ。何処《どこ》まで逆なのか。鍵をかけてないという桃花と同じ、反対の意見になる茜であるなら、かかっていたということになる……のかな。いや、それはないか。

後は貴弘《たかひろ》さんも、部屋の外で死んでいた以上は鍵をかけてはいない。

「そして私もかけていないし、お父様も」そこで一瞥《いちべつ》し、耕造さんが顎《あご》を引いてから、「つまり容疑者はお父様、菜種、桃花に茜、それと私、ね」

五本指が直立不動となっている手の平を、衆目に突《つ》きつける湯女《ゆな》。その手相の線が異様に長い手に刺激《しげき》されたのか、桃花が今思いついたように話し出す。

「ナイフさ、凄《すご》く深く突き刺《さ》さってた気がするんだけど」

手の平が退き、桃花への視界を確保する。それで？　と小首を傾《かし》げる湯女。

「あれって、結構腕力《わんりょく》とかいるんじゃないの？」

そこで桃花の言いたいことが全員に伝わる。集《つど》う視線は当然、旦那様へ。

「それだけで、俺が犯人だと決めつけたいのか？」鼻で笑い、余裕《よゆう》を演じる耕造さん。

「怪《あや》しいと思っただけ。別に断定じゃない」

疑惑《ぎわく》の眼《め》を崩《くず》さないまま、メンチを切り合って拮抗《きっこう》する父子。

それをおろおろしつつも口出しせずに傍観《ぼうかん》する坂《ばん》夫妻。

空気がまた澱《よど》んできたので、ここは無呼吸な発言をしよう。

「あの、僕も確認《かくにん》したいことがあるんですけど」

容疑者の中で唯一《ゆいいつ》、男性である人に睨《ね》めつけられる。けれど僕の疑問は菜種さんに確かめるべきことであり、貴方《あなた》は仏頂面《ぶっちょうづら》で引っ込んでいなさいと忠告してあげたい。何となく嘘《うそ》だ。

「貴弘さんにくっついてたナイフ、あれは初日……という表現も変ですけど、最初の日に台所からなくなってたやつですか？」

「えぇと……はい、それはもう。握《にぎ》り心地《ごこち》で、確信出来ちゃいましたねぇ」

何故《なぜ》か少し誇《ほこ》らしげな様子でもある菜種さん。返答としては機能しているから、態度に僕が言及《げんきゅう》する必要はないので、流す。

「あ、後もう一つ」

今度は、七人に対して声をかける為《ため》、声質を明るめに調整する。

「拳銃《けんじゅう》、まだ金庫にあるかなって」

昨日、拳銃を破壊《はかい》しなかったということは、使用したいという意思が各自にある。ならば誰《だれ》かに先取りされないよう、早期に入手することを決意する確率は高い。

だから昨日の夜、誰かが持ち出した、という気がほんのちょっぴりしたわけです。

僕がそう説明したら、後ろめたさのありそうな人が次々に賛同し、昨朝同様、八人で拳銃観賞会に参加する次第《しだい》となった。茜《あかね》が「ここは一発撃《う》ってみたい」と無邪気《むじゃき》に疑惑《ぎわく》を募《つの》らせたりしながら、僕達は再び金庫、それと怪談《かいだん》の発祥《はっしょう》の地にでもなりそうなロッカーと相見《あいまみ》える。

「俺が開けていいのか？」

耕造《こうぞう》さんは頭をきちんと使っているのか怪《あや》しげな確認《かくにん》を、嫌《いや》みになってすらいないけど僕に取る。無言で、食堂を出てからうつらうつらしている伏見《ふしみ》が大丈夫《だいじょうぶ》か心配していたら、勝手に金庫の扉《とびら》を開き出した。

そして、僕の危惧《きぐ》は現実となった。

「……拳銃が、ない」

息を飲む音が、それぞれの頭中に濁《にご》りながら沈《しず》む。

険しいというか、犯罪者を見る軽蔑《けいべつ》的な目つきで犯人を確定したように耕造さんが振《ふ》り向く。

「お前、何で」「僕が取っていったのなら、言うわけないと思いますけど」

機先を制し、言いがかりを弾《はじ》く。耕造さんが更《さら》に噛《か》みつく。

「そうやって無関係を装《よそお》っているだけかも知れないだろう」

「ああ、なるほど……それはあるかも。貴方《あなた》も、拳銃がないことを昨日の内に知っていた割には随分驚《ずいぶんおどろ》いたふりしていますからね」

カマをかけると、耕造さんが露骨《ろこつ》に正統派な驚嘆《きょうたん》を示す。尻餅《しりもち》をついて首筋を金庫で打ち、痛覚でしかめ面《つら》になりながらも見下ろす人間から脅威《きょうい》に濡《ぬ》れた瞳《ひとみ》を離《はな》せない。それはハッタリに対して最大級の評価であり、僕としても鼻が天狗《てんぐ》になりかねないので、頬《ほお》の緩《ゆる》みは自粛《じしゅく》する。

「抜《ぬ》け駆《が》けは禁止されてませんからね、誰《だれ》も貴方を責めはしませんよ」

身に覚えのある人は、他《ほか》にもいるでしょうし。

僅《わず》かなる公衆の面前で恥《はじ》と秘密を暴《あば》かれ、耕造さんは一層に僕への恨《うら》みで歯軋《はぎし》りするのでした。そろそろ、殺意とかになりそうですね。

「ねえ、身体検査とかすれば見つかるんじゃない？」

桃花《とうか》が惨劇《さんげき》を未然に予防するべく、案件を提出してくる。けど、僕の首振《くびふ》りは横線を描《えが》いた。

「それは難しいかな」

「何でよ」

「検査されることを前提に隠《かく》し持つことを実行したわけだから当然、見つからないように細工はしてると思うよ」

少なくとも、拳銃《けんじゅう》が紛失《ふんしつ》していることを全員で確認《かくにん》するまでは。

桃花《とうか》も「そうね……」と悔《くや》しそうに横目で壁《かべ》を逆恨《さかうら》みしつつも認め、場が静まる。

「でも一応、やってみようか」

手の平をあっさりと裏返す僕の言動に、桃花が「いい加減なやつ」と的確な評価を下した。

というわけで、急遽《きゅうきょ》検査してみた。女性が男性に触《ふ》れるのは何となく許されるけど、逆はまかり通らないのが世の常。このような非常時でも、それは適用される。全員が生死の瀬戸際《せとぎわ》には立たされているけど、生き残った場合のことを考慮《こうりょ》する必要だって十分あるのだ。

よって、検査するのは僕と耕造《こうぞう》さん、潔《きよし》さんを除《のぞ》く女性陣《じん》。女性全員が共犯であるとは、流石《さすが》に誰《だれ》も疑いの眼《め》を広げすぎだ、と疑惑《ぎわく》を持ち得なかった。伏見《ふしみ》という部外者も紛《まぎ》れ込んでいるので、それが却《かえ》って検査の潔白《けっぱく》を演出していた。

やり方が取り決められてから、順々にやってくる女性に身体《からだ》をまさぐられた。感想を述べるなら、湯女《ゆな》が一番いい加減な手つきで、伏見が最も恥《は》ずかしがっていた。

その後、十分近い検査の結果として、びっくり箱の要素は誰にも存在しなかった。

「やっぱり無駄《むだ》だったじゃない」

桃花にそう苦言を呈《てい》されて、「すまないねぇ」と謝罪してから、そのやり取りに何か違和《いわ》感を覚えたけど、それより先に視線が異物を捉《とら》えた所為《せい》で霧散《むさん》してしまった。

耕造さんが無言で、離脱《りだつ》を試みていた。一応、僕が代表として声をかける。

「単独行動は、」「うるさい！　これ以上、犯人と一緒《いっしょ》にいられるか！　いつ撃《う》ち殺されるか分かったものじゃない！」叫《さけ》びつつ、手近の窓に拳《こぶし》を叩《たた》きつける。僕への苛立《いらだ》ちか、閉鎖《へいさ》された屋敷《やしき》への憤《いきどお》りかは判別を敢《あ》えて無視するとしても、耕造さんの手は鉄製に成り得ないようだった。窓を全開にしてあった所為で鉄格子《てつごうし》と正面衝突《しょうとつ》した握《にぎ》り拳《こぶし》は、痛み分けの比率が十対零《ぜろ》に配分されたことだろう。顔面の各部位が、日本列島の形に歪《ゆが》みかねない状態となっているのが第三者にも伝わってきた。

耕造さんは涙目《なみだめ》を隠《かく》す為《ため》に僕らへ振り返らず、手を押さえながら、競歩で去っていってしまった。それにしても、お約束な台詞《せりふ》を拝聴《はいちょう》出来て少し満足。

一人が興ざめな態度で集《つど》いから離脱《りだつ》し、自然と解散する流れに乗った。菜種《なたね》さんと潔さん、桃花と茜《あかね》の順当な組み合わせで、男女混合肝試《きもだめ》しの如《ごと》く通路の奥へと消えていく。

金庫は開け放たれたままで、窓際《まどぎわ》族の扱《あつか》いに落ちぶれてしまった。

望んだわけでもないのに、耕造さんと対立を深めてしまっている。

「何だかな……」

「……ん、おおっと」背後へ倒《たお》れかけた伏見を支え、頬《ほお》に触れて目を覚まさせる。伏見は欠伸《あくび》か天然ものか、涙を少量零《こぼ》しながら、瞼《まぶた》を押し上げて僕と、今し方の出来事を認識《にんしき》した。

「ごめん」くたっと、萎《しな》びた花のように頭を垂《た》れ、自前の足で絨毯《じゅうたん》を踏《ふ》み直す。

「部屋で少し寝《ね》るか？　僕が見張ってるよ」

戸締《とじ》まりの管理は、ここまで情勢が急激に悪くなっては誰《だれ》に頼《たの》んだものか。

伏見《ふしみ》はぶるぶると、最初は震《ふる》えているのかと見間違《まちが》うほど小刻みに、首を横に振《ふ》った。

「お前が視界からなくなるの、怖《こわ》い」

「……そか」

頼《たよ》られているのか、こいつから目を離《はな》した時、命が終わるぜと息巻いているのかどっちだろう。出来れば、後者を望む。そうでないと、ここから脱出《だっしゅつ》した後にまーちゃんが牙《きば》を剝《む》く。「がおー」とか鳥獣戯画《ちょうじゅうぎが》ごっこで首筋をはむはむと……携帯《けいたい》電話を買い直して、フォトらねば。

「ちょいとそこの旦那《だんな》」

集団下校に逆らい、まだ残っていた湯女《ゆな》が、伏見を透過《とうか》して僕に話しかけてきた。

「少し、問答に付き合ってくれる？」

「どんとこい」とは一言も返事をしなかったのに、勝手に始められてしまった。

「何故《なぜ》、拳銃《けんじゅう》を欲しがる人がいるのかしら？」

「便利だからだろ」

杜撰《ずさん》かつ大雑把《おおざっぱ》に一般的な理由を述べてみる。第二問が到来《とうらい》する。

「そうね。では、犯人がお母様を殺してから、拳銃を金庫に戻《もど》した理由は？」

「銃刀法違反《いはん》は、持ってるだけで捕《つか》まるからだろ」

適当かつ脳味噌《のうみそ》の皺《しわ》を引き伸《の》ばす、安直な理由で言葉を打ち返す。

湯女はそれに満足したのか、或《ある》いは僕のやる気を負の方面に引きずり出そうと決意したのか。艶容《えんよう》と妖艶《ようえん》の共存した、歓迎《かんげい》は明らかに不可な面持ちで僕との距離《きょり》を詰《つ》めてくる。

「デュワ！」と身構える僕の両腕《うで》をすり抜《ぬ》け、肩《かた》と肩胛骨《けんこうこつ》を絡《から》め取って耳元に唇《くちびる》をつけてきた。ざらついた舌が耳たぶを這《は》って、僕を凍《こお》りつかせてから、呪詛《じゅそ》を囁《ささや》く。

「貴方《あなた》、お母様を殺した人間が誰《だれ》か、もう分かってるんじゃないの？」

予想内ではあったけれど、使用される確率は低いと踏《ふ》んでいた設問《せつもん》が敢《あ》えて出題されて、言葉に詰《つ》まる。流石《さすが》、僕の性転換後モドキ。そっくりそのまま熨斗《のし》つける暇《ひま》なくお返ししたい。

うんともすんとも言わなかったら沽券《こけん》に関《かか》わるので、一言だけ返しておいた。

「僕にだって、都合と事情がある」主に、マユに基づいて。

その回答は、果たして湯女を満足させられるのか、と言ってから一秒だけ悩《なや》んだ。

採点を浮かび上がらせる表情筋が僕の頬《ほお》に触《ふ》れたので、それで答え合わせをしてみると、どうやら模範《もはん》解答だったようだ。

「貴方、一度服を洗ったら？」

別れようとしたのに、わざわざ立ち止まってから湯女が簡素に忠告してきた。

「ん、あぁ、そうするかな。三日ぐらい着てるし……といっても、替《か》えの服がない。洗濯《せんたく》機と、ついでに服を借りるのは、難しいかな」

「貴弘《たかひろ》や潔《きよし》の服をお父様が貸し出すと思う？」

「物の見事に嫌《きら》われたし、嫌《いや》がらせの一環《いっかん》として無理だろうね」

その答えを待ち望んでいたかのように、「うくく」と湯女《ゆな》が不気味に転ずる。

「私の服を貸してあげるわ」

「おい、今大事なのは中身の類似性じゃなくて、外見なんだよ」

きみ、女みたいなの。僕、男的なの。

「安心なさい、私の所有してる服はどれもフリーサイズよ」

「頭の中身までフリーサイズなことに問題の焦点《しょうてん》を当てろ」

僕の罵倒《ばとう》など大河の一滴《いってき》にさえ成り叶《かな》わず、湯女は「待っていなさい」と浴衣《ゆかた》の裾《すそ》をはためかせて走り去った。当然、僕は人の言うことを聞かない子である。

「さ、部屋に戻《もど》ろうか」

『お前』『綺麗《きれい》』「な」『方』「が」『いい』

お久《ひさ》な手帳語を駆使《くし》して意思を露《あら》わにする。それから、伏見《ふしみ》に腕《うで》を捕獲《ほかく》された。命の危険が迫《せま》っている状況下《じょうきょうか》で、人の衣服の清潔を心配している場合かなぁ、と一応は疑問を渦《うず》巻かせる。けど、伏見が血生臭《ちなまぐさ》い話題以外に、関心を逸《そ》らせる手助けにはなるかも、と安易に心中の流れを停止させる。

「…………」

雨粒《あまつぶ》みたいなものが心に去来したので、待つことにした。

十分後。

藤《ふじ》色の、女物の浴衣を着た僕が大江《おおえ》家で産声《うぶごえ》（歯軋《はぎし》り）をあげた。

「あら、予想より似合うわ」

「…………」

「髪《かみ》、もう少し伸《の》ばせないかしら？　良いお人形さんになれそうなのに」

「出来たらまずお前の首を絞《し》めてるよ」

額を押さえ、寿命《じゆみよう》を縮《ちぢ》ませる為《ため》に嘆息《たんそく》した。これでまた、湯女と似通う点を増やしてしまったということだ。嘆《なげ》かわしい、自分を目標にしてどうする。

「……笑える？」そっちを期待してお隣《となり》さんの娘《むすめ》に尋《たず》ねた。

伏見は、思い切り目を惹《ひ》きつけられてポッと頬《ほお》を染めていた。

「いけない世界に目覚めそう」

「寝《ね》てろ」

金庫と掃除《そうじ》ロッカーの配置された奥の通路から広間の方に戻《もど》る前にそのまま直進して、昼過ぎの日射《ひざ》しに天日干《てんぴぼ》しされている景子《けいこ》さんの死体を、硝子《ガラス》だけは開け放たれた窓より鑑賞《かんしょう》する。漠然《ばくぜん》とした、静まらない疑問の湧《わ》き上《あ》がりを現場を眺《なが》めることで多少、整理がつかないかと淡《あわ》く思考していた。

鉄格子《てつごうし》の上部を突《つ》き抜《ぬ》けた先には、群青《ぐんじょう》と雲海が穏《おだ》やかな、丸みのある空。草木は自然の息吹《ぶき》に身体《からだ》をくすぐられ、土の匂《にお》いが舞《ま》い上がっている。

死者である（と、そろそろ確定してもいい頃合《ころあ》いか）景子さんの方が、健康に良い環境《かんきょう》に浸《ひた》っていた。命を馬車馬《ばしゃうま》の如《ごと》くこき使って存命中の僕らは日の光を存分には浴びてないのに。

「……………………」

生前、僕を質疑だけで攻《せ》め殺そうと躍起《やっき》だった大江《おおえ》家の奥方様《おくがた》。

今は、僕の方から質問したい事柄《ことがら》だらけで、立場が逆転していた。

何故《なぜ》、景子さんは朝方から裏庭へ出歩いていたのか。確証を得るには、本人の証言が最も手っ取り早いんだけどな。まさか腹話術で真実を騙《かた》らせるわけにもいかないし。

目を瞑《つぶ》っている伏見《ふしみ》を引っ張り、二階に上がる。

すると右の方の部屋から、十五人ぐらいの声が聞こえてきた。

陸を歩いている最中でも船を漕《こ》ぐことを忘れられず、また夢に呑《の》まれがちな伏見の手を握《にぎ》って誘導《ゆうどう》し、『茜』と表札が釘《くぎ》で打ち付けてある部屋に、ノック抜《ぬ》きで押しかけてみた。元から扉《とびら》が半分以上開いていて中の人達と目が合ったので、合図は不要かと手抜きに走る。

室内は黄色を基調とした家具で彩《いろど》られていた。囲いとなる壁《かべ》は白くて、卵の内側《がわ》に入り込んだような錯覚《さっかく》が目を掠《かす》める。ついでに確認《かくにん》すると、僕の探求すべき物品はこの部屋にないようだ。

「あらぁ、どうしましたぁ？　……その格好」

「趣味《しゅみ》以外の何かです、お気になさらず」

その中身である菜種さんが、ベッドに腰《こし》かけてテレビ観賞に耽《ふけ》っていた。桃花《とうか》もその存在自体には言及《げんきゅう》していたけど、実際にこの家で二十四インチの映像受信装置を拝見したのはこれが初めてで、つい立ち止まって見入ってしまう。

画面では、鯨《くじら》がどうだこうだと熱く議論していた。二人も人間が死んでいるというのに鯨の生死を熱く論議している場合か不謹慎《ふきんしん》な、と憤《いきどお》ってみた。けれど当然ながら、何処《どこ》の局のニュース番組でも報道してないだろうし、むしろこんな環境《かんきょうか》下でテレビ観賞に耽《ふけ》るな、とブラウン管の奥から逆に説教されそうだと思い直した。嘘《うそ》だけど。

「あ、テレビですかぁ。遠く離《はな》れながら一緒《いっしょ》に見ます？」

警戒《けいかい》しながら誘《さそ》うという高等技術を見せつけてくる。

「んみ……見る？」と、寝惚《ねぼ》けた声も、菜種さんのお膝元《ひざもと》からあがる。ただ、僕の衣装《いしょうが》替えは良い目覚ましになったらしく、そいつは寝転《ね》んだまま飛び跳《は》ねた。

「おねえちゃん、なにその格好。湯女《ゆな》おにいちゃんそっくり」

「その言葉、両方にとても重い意味を感じるよ……」

菜種《なたね》さんの腿《もも》に頭を載《の》せ、親指の爪《つめ》を甘噛《あまが》みしているのは茜《あかね》だった。桃花《とうか》がこの風景を目撃《もくげき》したら、また突《つ》っかかりそうだな。

「おねえちゃん達もテレビ見るの？」

「そうだな、暇《ひま》だし」と本音を漏《も》らしつつ、テレビと気怠《けだる》い午後二時を過ごすことにした。

菜種さんとしっかり距離《きょり》を取って腰《こし》を下ろす。伏見《ふしみ》も思考能力が著《いちじる》しく低下したまま、僕に隣接《りんせつ》して座り込み、肩《かた》にもたれたかと思えばそのまま滑《すべ》り、茜と同様の体勢で僕の膝元《ひざもと》に収まった。寝息を健《すこ》やかというか、加速させて立てる。不眠《ふみん》と緊張《きんちょう》の限界が訪《おとず》れたようだ。

「あらぁ、そういう男女をばかかっぷると呼ぶんですよねぇ」

略せよ。本当にただの馬鹿扱《ばかあつか》いされてるみたいになるから。

菜種さんは人の苦情など意に介《かい》さず、茜の髪《かみ》を指で梳《す》いて一本の白髪《しらが》を摘《つま》み上げる。

「あ、お腹《なか》は空《す》いてませんかぁ？」

「残念ながら、水が空きっ腹に染みて痛む程度には空腹ですね」

「大変ですねぇ」と別に打開策を提示することもなく、世間話として締《し》める。

そして、両者の罵《のの》り合いが盛んになってきたテレビを見つめて、菜種さんがぼやく。

「……不思議ですねぇ。どうして、鯨《くじら》を保護してはいけないんでしょう」

「捕鯨《ほげい》に反対してるんですか？」

「いえ、別に鯨が好きなわけじゃないんですけどぉ……むしろ大きいから嫌《きら》いですねぇ」

理不尽《りふじん》な憤《いきどお》りで、海中を泳ぐ鯨の映像に怒《おこ》ってみる菜種さん。自分が小さいからかな。この屋敷《やしき》の住人では一番小柄《こがら》じゃないだろうか。

「菜種もお腹小さいじゃん。ぷにぷにしてるし」

茜が茶々を入れるように、菜種さんの脇《わき》の肉を摘む。

その行為《こうい》に対し、菜種さんにしては、唇《くちびる》の引きつり方が亀《かめ》より兎《うさぎ》寄りだった。

「はたっ」と茜の耳穴に指を突き入れて、ぐりぐりと捻《ひね》る。「うにゃにゃにゃ」と悶《もだ》えて逃亡《とうぼう》しようとする茜を押さえつけ、菜種さんの体罰《たいばつ》は耳掃除《そうじ》の体裁を取り続ける。

「で、鯨って美味《おい》しいの？」

耳の穴を拡張《かくちょう》されるのにも順応した茜が、相手を特定せずに味のレビューを検索《けんさく》する。

「癖《くせ》がありますねぇ。私は結構好きですよ」

「…………………………」

その感想が矛盾《むじゅん》していないのが、人間の面白《おもしろ》みかな。

仕切り直すように菜種さんが後ろの髪をゴムで束ね、目を線にした。

「知性が高いから食べてはいけないって、結構的を射てると思っちゃうんですけどねぇ」

「…………………………………」哲学《てつがく》の持ち合わせがないので、無言。ふと入り口付近より投射されるものが視界の端《はし》に引っかかり、流し目を送ると桃花《とうか》が部屋を覗《のぞ》いていた。微妙《びみょう》な崩《くず》れ顔で菜種《なたね》さんと、膝《ひざ》で丸くなる茜《あかね》を凝視《ぎょうし》していて、僕に気付かれたことを察したらあっさりと離《はな》れていってしまった。

「こんな年でメルヘンなんてちょっと恥《は》ずかしいですけど……ウサギが言葉を喋《しゃべ》って、人間とお話しできるようになったら、誰《だれ》も食べようと思わなくなってくるんじゃないでしょうかぁ？」

「……まぁ、そうでしょうね」そんな小説を読んだことがあったな、確か。

「それって、知性があるから捕食《ほしょく》しないんですよねぇ？　同じこと、言えませんかぁ」

しゅび、とテレビを指差して茜への教育的指導を終える菜種さん。ひょっとして今までのは壮大な独《ひと》り言《ごと》だったとか、菜種さんの特殊《とくしゅ》能力でテレビ越《ご》しに人と通信出来るとか、そういう僕を置いてきぼりにする為《ため》だけの展開が待ち受けているのだろうか。というか、あの面《つら》の皮《かわ》が鉄仮面みたいになってるおっさんに救援《きゅうえん》を要請《ようせい》しろよと憤慨《ふんがい》するのが先か。嘘《うそ》っぽい風味が抜《ぬ》けきってない。

「でも、これって他《ほか》に色々と事情があるみたいですから。それに鯨《くじら》って、そこまで賢《かしこ》くはないらしいですよ」と、対話かどうか判別する為に話しかけてみた。

「あ、そうなんですかぁ。世間に疎《うと》くて申し訳ありません」

そう謝罪した。勿論《もちろん》テレビに向かって。僕に頭を下げるなんて非常識なことはしない。

「菜種さんはどちらかというと、普通《ふつう》から逆走して物事を考えてるんですね」

人の裏を目指して直進する思考形態の持ち主は、この街には結構な確率で出没《しゅつぼつ》するからさして珍《めずら》しくもないけれど。

「あ、それは中学校ぐらいの時から友達に言われましたねぇ。潔《きよし》さんからも、そこがいいんだってよく褒《ほ》められます」

惚気《のろけ》られた。自分が行う分には絶頂だけど、他人にやられると腹が立つ、典型的なバカップルの片割れこと僕であった。嘘だけど。

「ねー菜種」目を瞑《つぶ》ったまま、茜が口だけパクパクと大げさに開閉する。

「何でしょうか？」

「お腹空《なかす》いた」

場の空気に染まらない茜は、何の気なく欲求を発露《はつろ》する。普段であったら、ここで菜種さんが冷蔵庫から生ハムだの骨だのガムだの与《あた》えただろうけど。

使用人はお嬢《じょう》様の和《なご》やかな我《わ》が儘《まま》に苦笑し、冗談《じょうだん》めいた非難を口にする。

「おばかちゃんなんですから、もぉ」と茜の頬《ほお》に触《ふ》れる。それから「今はですね、食料がとても大事なんですよぉ。お金を積んでも買えないんですから、大事にじっくりとですねぇ」

「何言ってんだー、お腹減ったら食べる為にご飯あるんだぞ。ぼく、お肉が食べたいのである」

茜が俯《うつぶ》せ状態のまま、駄々《だだ》っ子《こ》になる為に足を上下させる。

菜種《なたね》さんは埃《ほこり》が賛同して舞《ま》い上がることに苦笑しながら、「はいはい、分かりましたから、今は寝《ね》て我慢《がまん》してくださいねぇ」と根性論を提示して、不満を言いくるめた。

茜《あかね》も「仕方ねー」と一層、菜種さんの膝枕《ひざまくら》に頬《ほお》を寄せて、眠《ねむ》る姿勢を確立する。

「……ふうん」

そんな風に膝元で大人しくして、それを受け入れている二人を傍観《ぼうかん》し、ふと呟《つぶや》きが漏《も》れた。

「菜種さんと茜は、結構余裕《よゆう》ありますよね」

「ええと、どういう意味ですかぁ？」

茜の髪《かみ》の毛を手の平で撫《な》でながら、菜種さんが首を傾《かし》げる。

「景子《けいこ》さんや貴弘《たかひろ》さんを殺害した犯人、まだ確定はしていないのに。疑い合ってないのは素晴《すば》らしいことですね」嘘《うそ》だけど。それが普通《ふつう》の人付き合いらしいって、何処《どこ》かで習ったよ。

菜種さんはテレビに目線を移す。鯨《くじら》の捕獲《ほかく》される場面を線目で捉《とら》えながら、

「貴方《あなた》はぁ……すみません、お名前なんでした？」「岐阜太郎《ぎふたろう》で結構です」「太郎さんは、私達のことを疑ってらっしゃるんですかぁ？」

吊《つ》り上がった語尾は、何処か挑発《ちょうはつ》を兼《か》ねているようだった。

「菜種さんも、僕らを警戒《けいかい》してはいるでしょう？」

「ええ。潔《きよし》さんがそういう態度ですから、不安がらないように私も合わせていますので」

良妻は、夫の要素を交えながら本人の無《む》警戒《けいかい》主義を晒《さら》す。真偽《しんぎ》の割合は、一方に偏《かたよ》っていそ

うだけど。

「ぼくは、おねえちゃん達を信じてないよ」

茜が、頬を菜種さんの太股《ふともも》で潰《つぶ》しながら、そう発言した。言葉の明度からするに、逆かな。

「僕も、疑ってはいないよ。ただ、信用出来るほどあなた方を知らない」

前半は茜に、後半は菜種さんに向けて、心情を発信する。

「そうですねぇ。ずっと一緒《いっしょ》に暮らしてる潔さんは昨日、お前しか信用出来ないと泣きついてきましたけどぉ……実際のところ、どうなんでしょう」

また惚気《のろけ》ながら、菜種さんがリモコンを操作し、番組を変更《へんこう》する。

「犯人は、お屋敷《やしき》の中にいるわけですしねぇ」

「………………………」

「奥様、どうして殺されちゃったんでしょう……」

テレビの中では、誘拐《ゆうかい》犯と、部屋に鎖《くさり》で繋《つな》がれている子供がブラウン管に隔離《かくり》されていた。

無論ながら、僕は全くもって平静で、無難だった。なんて茜の真似《まね》をしてみたり。

「いえまあ、犯人のことは僕にとって、ある意味でどうでもいいんですけど」

「そうですね、探偵《たんてい》さんが出てくると思いますから、お任せしたくなりますよね」

その楽観視を耳にした時点で質問する意欲の六割が削《けず》られた。でも、出かかっているので、無理に飲み込んで胃にもたれるのが嫌《いや》だったので、何とか吐《は》き出す。

「今の状況《じょうきょう》が怖《こわ》くないのかと、思いまして」

菜種《なたね》さんは、僕の言葉に瞼《まぶた》の上部を摑《つか》まれたのか、顎《あご》を引いて黄桃《こうとう》色のカーペットに目線を落とす。長い睫毛《まつげ》を微震《びしん》させながらの憂《うれ》いた横顔は、娘《むすめ》が不機嫌《ふきげん》そうに唇《くちびる》と眼球をひん曲げている時の血色と、共通の血液を見出《みいだ》させる。

「怖いというか……日常からまだ離反《りはん》、出来てないんでしょうねぇ。延長線も引っ張らずに、ただ流されている感じですか。何だかまだ、胃に伝わってくるものがないんですよねぇ」

「……そんなものですか」昔、僕は被害《ひがい》者だった気がするから、その言い分を理解するのに体感が不足している。

僕の乾《かわ》いた返事に、菜種さんは「駄目《だめ》ですかぁ？」と髪《かみ》を掻《か》き上げる。

「僕が持ったのは否定じゃなくて、疑問ですので」

そう言って、場を凌《しの》ぐ。菜種さんは相好《そうごう》を崩《くず》し、

「私がおろおろばっかりしてると、潔《きよし》さんが心配しますから……」

今度は照れ笑いを、世間体の為《ため》に混ぜ込んで夫婦の関係を説いてきた。僕とマユも、世間にこういった振《ふ》る舞《ま》いをして、周囲にこんな胸の沸《わ》き立つ想《おも》いを贈与《ぞうよ》しているのか、と感涙《かんるい》から感動と涙《なみだ》を差っ引いたものが大挙襲来《しゅうらい》したので、電波の周波数を変更《へんこう》して駆逐《くちく》した。嘘《うそ》であります。

「太郎《たろう》さんも、そっちの花子《はなこ》さんが怖がらないように強がってるんですよねぇ？」

にこーっと、ばかかっぷるの一片を見当違《ちが》いに評価する家政婦みたいな人。

「あれぇ、違いました？」と目線から読み取ってきたので、口もバーコードも必要ないだろうと具体的な否定は唾《つば》に溶《と》かして飲み込んだ。

「それに何より、私にはお食事係という使命がありますからぁ。それが私の仕事であり、お給金を頂いて社会人の枠組《わくぐ》みに収まる為の常道なんです。人間、食べなきゃ生きていけません。生きていかなければ食べられません。食べることより、生きることを表すものは他《ほか》にありません。それは死ぬことを何より否定しますよねぇ？」

菜種さんが、語尾を伸《の》ばしながら早口という、熱意に支えられた技術の結晶《けっしょう》で弁舌を振るってきた。食に関する妙《みょう》な力説具合と肉体の形に線が繋《つな》がったけれど、耳の穴は今の型が好ましいので「そうですね」と曖昧《あいまい》に流した。

僕のお膝元《ひざもと》の花子さんにされた伏見《ふしみ》は、寝癖《ねぐせ》の酷《ひど》くなりそうな寝入り方で、身動きはほとんど取り払《はら》っている。お昼寝というよりは寝込んでいるといった方が正しいか。次にいつ眠《ねむ》れるか、或《ある》いは永眠《えいみん》する可能性だって零《ぜろ》ではないわけだから、再び起床《きしょう》出来る余地のある睡眠《すいみん》を、今は記憶《きおく》にないほど堪能《たんのう》させておこう。

そう判断し、時間殺しの為にテレビと、もう一人の人間を利用することにした。

「そっちはどう？　殺人事件が、怖くない？」

茜《あかね》が色素の薄《うす》い髪を揺《ゆ》らし、全体として鋭利《えいり》な、母親似の顔を上げる。

「んー、ぼくはね……何だろ。そういうこともあるんじゃないかなーって、考えを散らかしちやってるな」

纏《まと》まっているのか、そのままの意味で適用されているのか。どちらとも取れる言い分だった。

「ぼくにとっての世界はここだし。人がいる場所なんだから、テレビの中に映ってる世界みたいに、色々起こってもいいんじゃないかなー」

談笑の一端《いったん》であるように、茜《あかね》が容易《たやす》い許容をひけらかす。

誘拐犯《ゆうかい》と、誘拐相手が、
仲が良さそうに仲が良さそうに仲が良さそうに会話している場面に、笑いかけた。

「あ、でも桃花《とうか》は困る。うん？　困る、困ると言っちゃえばいいんだよね。そう、なくなったら、えっと、そう、なくなったら」

辿々《たどたど》しく、『家族』の領域に捉《とら》えている存在の無事を付け足して。

その桃花が犯人であっても、この子は物怖《ものお》じさえないんだろうな。

むしろ犯人であったなら、桃花本人は殺害される可能性が減少する為《ため》に、喜びそうだ。

「と、いうわけみたいでして……言い分を纏めると、楽観的、ということでしょうかぁ」

「……そうみたいですね」

納得《なっとく》しながら、連鎖《れんさ》する形で次の興味が少し湧《わ》いた。

「菜種《なたね》さんは、何でこの屋敷《やしき》で働いてるんですか？」

「はい？　ああはい、高校三年生の時、奥様にうちで働かないかと誘《さそ》われまして」

就職活動しなくて良かったので、助かりましたと苦笑する。

「景子《けいこ》さんと、知り合いだったんですか？」

「高校生の時、ふかクラブの先輩《せんぱい》だったんですよぉ」

「……何ですか、その青春を感じさせないお名前は」

「あら、分かりませんかぁ？」

「分かったらまず自分を褒《ほ》めています」

「それはそれは」と趣旨《しゅし》の不明な反応を見せつつ、菜種さんが部活動の全容を語る。

「卵が孵《かえ》るのをじっと待つ傍《かたわ》ら、漫画《まんが》を読んだりするクラブです」

「それはそれは」てっきり葉っぱのビキニを着込んで槍《やり》一丁を装備した鮫狩《さめが》り集団の一員かと想像してしまった。

「地元でもの凄《すご》く有名なお嬢様《じょう》でしたからねぇ、奥様。お給金も期待出来るかなぁと、ほいほいついていったわけです」

「刷《す》り込《こ》みされたひよこみたいですね」流石《さすが》、孵化倶楽部《ふかくらぶ》の会員である。

その後、一時間ぐらいやたら画質の悪い刑事《けいじ》ドラマを二人とも虚《うつ》ろな目で楽しみ、犯人が暴《あば》かれる寸前で食事の準備がある、と菜種さんは職務遂行《すいこう》の為に部屋を出た。その際、「すみません、お願いしますねぇ」と改めて眠《ねむ》る茜の頭を空いている腿《もも》に載《の》せてきた。

「……………………動けん」投げ出されているリモコンにも手が届かない。

どちらの頭の方が重量級かについては、発言を控《ひか》える方向でよろしく。

夕方、日が沈《しず》み出した頃《ころ》。

屋敷《やしき》は依然《いぜん》密室ながらも、胃腸の要求を閉じ込めることは出来ない。

八人は食堂に集《つど》い、その半数が食事を取っていた。二十数時間ぶりの栄養摂取《せっしゅ》に、しかし心は躍《おど》らないのか、洋風の食卓《しょくたく》にウィットの効いた小粋《こいき》な会話は飛び交《か》わない。外人成分が不足した面子《めんつ》だからかな。耕造《こうぞう》さん、菜種《なたね》さん、潔《きよし》さんに桃花《とうか》は黙々《もくもく》と、肉を煮《に》込んだスープを啜《すす》っている。少ない材料を節約するには、ああいった料理は水増しも可能なので効率的といえる。皆《みな》、意外に長期戦を想定しているのかも知れない。

きっと食事組は、少量の蓄《たくわ》えを胃に収める度《たび》に痛感するだろう。

ああ、これでまた死に近づいていくと。

所望《しょもう》した肉料理が食卓に並んだ、茜《あかね》を除《のぞ》いて。

「ていうか、何なのその浴衣《ゆかた》姿。まさか温泉卓球に興じていい旅夢気分？」

目線がかち合った桃花に手厳しく、今頃突《つ》っ込まれた。お前の姉ちゃんにも同様の台詞《せりふ》を浴びせるべきだろう、と愚痴《ぐち》りたくなったけど、肩《かた》を竦《すく》めるだけで言い訳も自粛《じしゅく》した。

僕の奇抜《きばつ》に男性像をはみ出た服装に対しての反応は、それぐらいだった。男性陣《じん》からは、一《いっ》切《さい》の感想が寄せられてこない。蓄音機《ちくおん》を用意して、全員の罪状を語って盛り上げる義務もないので、僕も自発的な発言を自重して静観を決め込む。

食堂という施設《しせつ》で飯をかっ込む以外の作業に耽《ふけ》っている伏見《ふしみ》は、茜の携帯《けいたい》ゲームに付き合わされていた。茜は誰《だれ》よりも一足早く食事を終えてしまったけど、まだ桃花が食事中なので対戦相手がいない為《ため》、代理である。最初は僕から離《はな》れたがらず渋《しぶ》っていたけど、息抜《ぬ》きになるよと勧《すす》めたら皺《しわ》の深い表情で頷《うなず》き、茜と向かい合うことになった。茜の「おにいちゃん、つよっ」という脳天気な声から察するに、伏見が大敗を喫《きっ》しているようだ。勝負事には、吹《ふ》っ切れない限りは勝ちに行く姿勢さえ片鱗《へんりん》も見受けられないような容姿だからなぁ、あいつ。

一方の僕と湯女《ゆな》は、絨毯《じゅうたん》の上にオセロ盤《ばん》を直置《じかお》きして、白黒の駒《こま》を交互《こうご》に重ねる遊びで時間に対して共同戦線を張っていた。湯女は食欲がないそうだ。この環境《かんきょうか》下で舐《な》めたこと言ってるな、と全員の目が語っていた。けれど大助かりでもあるだろう。

僕と伏見は、当然ながら夕食抜き。昼間に菜種さんと会話して友好的な雰囲気《ふんいき》を醸《かも》し出していた所為《せい》か、「食べますかぁ？」と食事を一度は勧められた。

「えぇと食べ辛《づら》いようでしたら、皆《みな》さんが食べ終わってから、後でこっそり食堂に来て下されば……」と、母親みたいな台詞も付け足された。

お気遣《きづか》いは有り難《がた》いけど、別の意味で気遣いが思慮《しりょ》不足だった。声が大きすぎて男女の秘密のお喋《しゃべ》りは周囲に筒抜《つつぬ》けである。

必然として、直後に家の主人が「おい」と一言挟《はさ》んできたので、行儀作法《ぎょうぎ》に疎《うと》い僕は上流階級の食卓《しょくたく》を敬遠してお断りしておいた。嘘《うそ》だけど。

伏見《ふしみ》は、そのやり取りに関《かか》わらず、「吐《は》き気《け》、するから」と食事を断った。ただし、腹の虫も微妙《びみょう》に秋の夜長を連想させる鳴き方ではあったので、喉《のど》が渇《かわ》きすぎて何も飲み込めない症状《しょう》《じょう》の如《ごと》く、矛盾《むじゅん》を抱きかかえているのだろう。

というわけで、湯女《ゆだ》《な》と白黒つけてみることにした。あちらで勝手に大道芸の如《ごと》き賑《にぎ》やかを演出するゲーム機と異なり、こちらは音も自前で、映像も役者として参加することになる。大変羨《うらや》ましいが嘘だったりする。

湯女が、四十三個目の黒駒《くろこま》を息さえ止め、震《ふる》えを制して白駒に載《の》せる。指を一本ずつ、慎《しん》重《ちょう》に剝《は》がし、憎《にく》たらしくも分離《ぶんり》に成功した。にまっと、品はあるけど秀麗《しゅうれい》じゃない笑《え》みで僕に勝ち誇《ほこ》る。

僕らのルールでは、駒を置けないとゲームから降りたら、その時点まで重ねた数の分だけマイナス点が加算され、挑戦《ちょうせん》して崩《くず》したら二倍のマイナス点となる。

プラス点は存在しない。如何《いか》に深みまで堕落《だらく》しないか、現状維持《いじ》に懸《か》ける勝負なのだ。で、僕の番。四十四個目に対して、どういった抵抗《ていこう》を試みるのか、熟考《じゅっこう》。

「今日のは少し酸《す》っぱい気がする。味付け、また失敗した？」遠くの桃花《とうか》が、一応は会話を試みている。話しかけている相手は、菜種《なたね》さんかな。

「…………………………………………」長考中。

「あぁ、ええ。昨日は、ちょっと薄《うす》すぎたのでぇ……不味《まず》いですか？」

「贅沢《ぜいたく》言ってられないし、別にいいわよ」

そこで向こうの会話は途《と》切《ぎ》れ、またスプーンが皿の底を突《つ》く音だけで以心伝心を図ろうというエスパー修行に励《はげ》み出す。エスパーキヨシが誕生《たんじょう》する日もそう遠くはないけれど永遠に誰《だれ》も近寄れないので不成立だ。大嘘だけど。

楽観的な人材がこちらの遊戯《ゆうぎ》組に偏《かたよ》っていることに、一家《いっか》団欒《だんらん》の不成立の原因があるのだろう。空気の換気《かんき》が出来ず、あちらは澱《よど》んでいる。

「敗北か、大敗か決心はついたこと？」

台詞《せりふ》が被《かぶ》らないよう気を遣《つか》い、不純に手垢《てあか》だらけの笑顔で挑発《ちょうはつ》する湯女。

「ん……まぁね」

僕は気負わず、白の駒を重ね置く。そして、重心を容易《たやす》く崩《くず》した。建立《こんりゅう》していた別のオセロ塔《とう》も巻き込み、麻雀牌《マージャンパイ》をかき混ぜたような音を立てて盤上《ばんじょう》は瓦礫《がれき》の山となった。

「纏《まと》めて崩したから、僕の負けだな」

敗北宣言で、規定のない勝負に終わりを付与《ふよ》させる。湯女は時間を互《たが》いに差っ引かれただけの勝負に快勝して、ただ肩《かた》を回した。

「さて、と」中腰《ちゅうごし》まで膝《ひざ》を伸《の》ばし、簡単に挨拶《あいさつ》しておく。

「んじゃ、後片づけをよろしく」

僕の一言に、湯女《ゆな》だけでなく背を丸めて画面に集中していた伏見《ふしみ》も敏感《びんかん》に顔を上げる。

「ここは社会常識として、負けた貴方《あなた》の出番でしょう？」

「敗北した屍《しかばね》を処理するのは、生き残った勝者だろ」

屁理屈《へりくつ》だからこそ「それもそうね」と快く飲み込む湯女。

僕は立ち上がりきり、入り口へのんびりと歩き出す。

「おい、何処《どこ》へ行くつもりだ」

目聡《めざと》い耕造《こうぞう》さんに発見されたので、早足で食堂を出た。


お忍《しの》びの一人歩き……のつもりだったけど、すぐに二人、追いかけてきた。

まあ、実際は全く忍んでないしな。

振《ふ》り向き、心細げなのと楽しげなのが小走り終了《しゅうりょう》を迎《むか》えるまで立ち止まる。

「伏見《ふしみ》と、おや……」ううん、ともう一人に目を凝《こ》らす真似《まね》。架空《かくう》の眼鏡まで持ち上げる。

「あらあら、出会う度《たび》に自己紹介《しょうかい》をしなければいけない人だったようね」

一瞬《いっしゅん》だけ唇《くちびる》の端《はし》を引きつらせた、浴衣《ゆかた》の女が裾《すそ》を摘《つま》んで恭《うやうや》しく一礼する。

「中《なか》めましてジェニファーですの」「確か、佐内利香《さないりか》さんでしたかな」

湯女が、不意を突《つ》かれて目を白黒させる。やはり、僕と脳味噌《のうみそ》の皺《しわ》の数が互角《ごかく》なら、外人で来ると思っていたぜ。しかも、咄嗟《とっさ》に用いる名前まで似通った傾向《けいこう》があるようだな。

「ほほほ、面白《おもしろ》い方」

足裏から笑いの養分を吸い取っているように、痛快と快楽を隠《かく》さず微笑《ほほえ》む自称《じしょう》ジェニファー。どちらかというとジェファーソンな気もする、主観の話で申し訳ないが。

「それで、何を、」湯女が言いかけて、隣《となり》の熱気を読み取る。口を噤《つぐ》み、発言を譲《ゆず》った。

伏見が両手で手帳を掴《つか》み、僕の目玉に向けて力強く押し出してくる。

『何処へ行こうというのかね』「はてな!」

紳士《しんし》口調の後に疑問符《ふ》で怒《おこ》られた。自分でもどんな状況《じょうきょう》の説明か理解出来ていないけど、展開されている事柄《ことがら》を忠実に表すとそうなってしまう。消しゴムを働かせることも忘れない。

「凄《すご》い声ねぇ」と湯女が嘲《あざけ》ることもなく、純粋《じゅんすい》に仰天《ぎょうてん》する。けれど伏見は、自身で決めつけた欠陥《けっかん》を露出《ろしゅつ》させたことも厭《いと》わず、僕を剣呑《けんのん》な目つきで睨《にら》み上げる。

『一人』『駄目《だめ》』消しん子とあだ名をつけられそうに、また手帳の紙面を修正する。

伏見を一人にすることに対する警告か、僕が独行《どっこう》することを戒《いまし》めているのか。

まさか経験値を独《ひと》り占《じ》めすると後で泣きを見るぞと忠告しているわけではないだろう。

「すまん。これからはずっと一緒《いっしょ》さ」取《と》り敢《あ》えず、後先考えずに口走ってみた。

伏見《ふしみ》の、半ば拗《す》ねたような頬《ほお》の膨《ふく》らみがこれで多少は改善する、というか破裂《はれつ》した。完熟《かんじゅく》した果物《くだもの》の皮が裂《さ》け、中身が飛び出すのを防ぐかのように伏見が鮮烈《せんれつ》な朱色《しゅいろ》の頬を、これまた真っ赤な血潮の通った手で覆《おお》う。

観賞に耐《た》えうる顔芸なので、湯女《ゆな》と二人で存分に眺《なが》め倒《たお》した。

やがて、汗《あせ》ばみながらも落ち着いて、伏見が会話を再開する。

『それで』『何処《どこ》』『行く気』「はてな」の後に、まだ少し荒《あら》い息を整える。

「ああ、貴弘《たかひろ》さんの部屋に行ってみようと思ってね」どうせ、救助など待つだけ無駄《むだ》だし。

「貴弘の？」と湯女が横から口を挟《はさ》む。

「まだあの部屋は調べてなかったことを思い出したんだ」

それと、僕がこの家へ来た目的も忘年会に参加させてしまうところだった。

僕が行うべきことは、殺人の恐《きょう》怖《ふ》と戦うことなんかじゃないわけなのだよキミィ。

生存中に、その人物が使用している部屋を探索《たんさく》するのは認可《にんか》がない限り駄目《だめ》であると景子《けいこ》さんは主張していたが、流石《さすが》に死人となった後に所有権を振《ふ》りかざす輩《やから》はいないだろう。不謹慎《ふきんしん》に、好き勝手な言い分だけど。

含《ふく》むものがあるように、僕の行動予定に赤錆《あかさび》が浮きそうなほくそ笑《え》みを向ける湯女。

伏見は、微風《びふう》を手帳で生み出しながら僕の背中に追随《ついずい》する意思を表明した。

『私』「も」『行く』「もちもちもちろん、ずずずびっと、一緒《いっしょ》」

「うん」やかましい、もちもちの木かお前は。

「ワタクシもお供しますわ」

「んう」

学習する行程は教科書にないが、「うん」の反意語が「んう」であることは周知の事実、だといいなあと生涯《しょうがい》で一度だけ切望する瞬間《しゅんかん》があることを事前に運命づけられていた僕は両手を組み、床《ゆか》に膝《ひざ》を突《つ》いて歌と祈《いの》りを……「頭の中で収拾つかないから早めに突っ込んでくれ」

「んう」湯女に真似《まね》された。何より、僕を貶《おとし》める単純な攻撃《こうげき》。

「んううんう」鼻詰《づ》まりのような調子で、無用の長物《ちょうぶつ》を手帳に溜《た》め込む伏見。

人工と天然に屈辱《くつじょく》を贈呈《ぞうてい》され、素《す》で居たたまれなくなる。よって、これ以上は足掻《あが》かずに移動という形で退避《たいひ》を選択《せんたく》した。

肩《かた》で風と、ついでに湯女の性根《しょうね》を斬《き》り飛ばしたい。

そう、切に願った。

二階にある貴弘さんの部屋は、空き部屋に毛と箪笥《たんす》が生えた程度の差があった。

部屋に見る物はほぼない。箪笥の引き出しを下から順に開放して、中身を漁《あさ》る。男物の、特《とく》徴《ちょう》と方向性のない服が畳《たた》んで収納されていた。女物の衣服が飛び出てきたら、今後貴弘さんの死体と鉢合《はちあ》わせても一線引いた態度で接しないといけなくなるので僥倖《ぎょうこう》な嘘《うそ》。

女物の浴衣《ゆかた》を着込んでいる今の僕が何を言うかと、遥《はる》か上空から突《つ》っ込まれそうだし。

「……おや？」

引き出しの端《はし》に、金属製品を発見した。決して鉄製の下着とかそういう色物ではない、鍵《かぎ》だ。

分類としては、小さな鍵でも大きな鍵でもないようだ。かといって、盗賊《とうぞく》とか魔法《まほう》な様子もない。この部屋の鍵かも知れないと、懐《ふところ》に収めた。窃盗《せっとう》の理由だけ嘘《うそ》なのだが。

一応、だいじなもの一つ目に登録しておく。

整ったシーツを引っ剝《ぺ》がして、寝床《ねどこ》も荒らす。目立つ物も目立たない物も皆無《かいむ》だ。

伏見《ふしみ》と湯女《ゆな》は、入り口付近で僕をつぶさに観劇している。ついてきた意味が見出《みいだ》せるのか問い詰《つ》めてみたいぐらい、傍観者《ぼうかん》に徹《てつ》している。

後は風呂《ふろ》場と、それとトイレを覗《のぞ》き込んでみた。

「むぅ……これは」思わせぶってみた。

トイレで妙《みょう》なものを拾った。

一応、だいじなものの項目《こうもく》に整理しておくことにした。

ぼくは『らべる』をてにいれた。

ぼくは『らべる』をつかった！

それをつかうなんてとんでもない！

「……そんな馬鹿《ばか》な」

呪《のろ》いのアイテムか、これ？　特価と赤ペンで記載《きさい》してあるし、やはり美味《おい》しい話には裏が、

「貴方《あなた》、便座相手に何を盛り上がってるの？」

客観的な自分にトイレの外から指摘《してき》された。そんな好奇心《こうきしん》溢《あふ》れる瞳《ひとみ》で僕を凝視《ぎょうし》するな。

「なんでもないよ」

「もし本当にそうなら重症《じゅうしょう》ね」

やかましい、正しいことばかり言うな。

恥《はじ》と外聞を満たされない腹に、そして大事なものは浴衣の帯に挟《はさ》んで退室。

二つも重要アイテム（か？）を拝借しておきながら、何食わぬ顔でいる僕。恐《おそ》れを知らない戦士というか、盗人猛々《ぬすっとたけだけ》しいわけである。嘘だけど。

「用も済んだし、食堂に……戻《もど》らなくていいか。部屋に直接行こう」

僕は予定を口外し、二人はどうするかを遠回りに追及《ついきゅう》する。まず、湯女が反応した。

「そうね、私も部屋に戻るとして……今晩もそちらが納得《なっとく》出来るなら、鍵の管理を依頼《いらい》して結構よ」

「いいのか？」

預かる以上は、それを他人に譲渡《じょうと》は出来ない。つまり、自分の身は保障出来ない。翻《ひるがえ》れば、夜中も自由行動が可能だということを意味するのだけれど。

「構わないわ」と余裕《よゆう》を見せつける湯女《ゆな》。

「要は、誰《だれ》にも侵入《しんにゅう》されず殺害されなければいいのよ」

「ははは、こやつめ」と朗《ほが》らかを装《よそお》って呆《あき》れる。僕なら、その台詞《せりふ》の後にお約束を思い浮かべるんだろうと、自嘲《じちょう》に自戒《じかい》もトッピングしながら。

「どちらにしても、僕は耕造《こうぞう》さんの命令で今夜からは、鍵《かぎ》を外したまま過ごすことになりそうだからね。丁重にお断りしておく」

「そうね、それなら第三の事件が起きたとして、貴方《あなた》を犯人扱《あつか》い出来るもの」

「完全に矛盾《むじゅん》してるけどな。けど、むしろ何でこいつらの安全なんか確保しないといけないいんだーって、今更《いまさら》ながら気付いたのかも知れない」

「あ、そういう見方もあるわね」

自分のことを棚《たな》に上げて、他者の愚考《ぐこう》を笑い話に仕立て上げる。

それから湯女が、自前の良心を積もらせた程度の身長さがある伏見《ふしみ》を見下ろしながら、印刷に失敗したような微笑《びしょう》を顔面に張りつける。

「そちらの……」「伏見」「そうそう、伏見さんはどうするの？」

回答をせっつかれ、縮《ちぢ》こまっていた伏見が僕に近寄る。

目を合わせず、足下《あしもと》に熱視線を向けながら、僕の服の袖《そで》を握《にぎ》りしめた。

「……今日も僕の部屋に来る、とか？」何故《なぜ》か恐《おそ》る恐るの口調となる。

伏見は俯《うつむ》いたまま、更《さら》に顔を伏《ふ》せる。そのまま前転に繋《つな》がりそうだった。

僕と湯女が顔を見合わせ、

「「そういうことらしい」」「……わね」

発する日本語こそ同一だが、その響《ひび》きには差異があった。

僕が隠《かく》し味《あじ》に薄《うす》め液《えき》を投入したシチューで、湯女が、傷《いた》んだ高級な刺身《さしみ》のようだった。


さて、浮気中ですこんばんは。

「……いや、したくてしてるわけじゃないんです」

部屋の入り口の扉《とびら》が親身になって話の聞き役に回ってくれるので、僕もつい責任転嫁《てんか》を起こしてしまう。けどこんなことまーちゃんに密告したら、伏見を死んじゃわせちゃうから舌が引っこ抜《ぬ》かれるまでは白状しない所存だ。さて、と。

湯女と別れてから数十分が経過した現在、僕は見張り番に就《つ》いていた。伏見嬢《じょう》が入浴中なので、覗《のぞ》き魔《ま》とついでに殺人鬼《き》が横行しないか、随時《ずいじ》豆電球の如《ごと》く目を光らせている。嘘《うそ》だよ。

昨日の伏見は何故か、頑《かたく》なに風呂《ふろ》は拒否《きょひ》していた。けど流石《さすが》に三日連続の入浴抜きは女子の感性から許せなかったらしく、決意と青ざめた唇《くちびる》を従えて浴場へ突入《とつにゅう》していった。

ひょっとすると、スプラッター映画の見過ぎで影響《えいきょう》されたのかも知れない。

先程《さきほど》まで何の音もなかったけど、今はシャワーノズルから放出された水が床《ゆか》を打つ音に、耳を奪《うば》われている。それと、こういった場面ではお約束の鼻歌は、一切《いっさい》無音となっている。

けど、同じ部屋に寝《ね》泊《と》まりが確定している、同い年ぐらいの女の子がシャワーを浴びてるって……何とも「ぬわっ！」あぐらを掻《か》いたまま飛び跳《は》ねた。

それは、突然《とつぜん》に肝《きも》を試《ため》す演出だった。

ドンドンドンドンと、洗面所の扉《とびら》が内側《がわ》から全力でぶっ叩《たた》かれ始めた。

誰《だれ》がって、まずそれにさえ目を白黒させるほどの力強さで、打撃《だげき》音が鳴きまくる。

正直言おう、肝っ玉は壊滅《かいめつ》した。

「ど、どうした？　排水溝《はいすいこう》からジェイソンでもにゅるっと……」いかん、想像したら僕まで鳥《とり》肌《はだ》立ってきた。十三日の金曜日に出没《しゅつぼつ》するのはアメーバの仲間だったなんて。嘘《うそ》だけど。

心臓が生き急ぎ、早計な鐘《かね》を刻む。そこで気付いた豆知識として、あまりに腹が空っぽだと、心拍《しんぱく》の衝撃《しょうげき》が腹の底にも響《ひび》き渡《わた》る。少し切なさ増量中だ。

ドンガラとかカッコンカッコンとか、洗面所が慌《あわ》ただしい。

そして返事はないが、伏見《ふしみ》が洗面所から、腰《こし》を抜《ぬ》かしたように前傾《ぜんけい》姿勢で飛び出してきた。

その奇抜《きばつ》なファッションに度肝と理性まで抜かれかける。嘘に決まってらぁ。

「お前、なに、その格好」

タオルなど卒業した、とか意味不明に頭の悪い自己主張を身体《からだ》全体で訴《うった》えているのか、半乾《はんかわ》きでも乾濡《かんじゅ》両道でもなく生濡《なまぬ》れだった。べったべたのパジャマからは水滴《すいてき》が滲《にじ》み、零《こぼ》れる。

そしてそのまま、僕に飛びかかってきた。沼《ぬま》から浮上し、強襲《きょうしゅう》をかける水陸両生の生物みたいだった。

「ど、どしたの」

「シャワーの音で、何にも聞こえなくなって……それで……」

「……怖《こわ》くなった？」

がくがくと、顎《あご》と濡れた髪《かみ》が僕に触《ふ》れる。

「お前がいるか、不安に、なって」

「……そりゃ、あーっと、悪かった」と、つい謝ってしまう。

この勢いだと、明日からは風呂《ふろ》の中まで護衛に引っ張りだこかも知れないな。

いやはは、何も合意の上で覗《のぞ》きたいというわけでは、ええ決して。

しかし、伏見。ずぶ濡れでなんて格好だ、と女の浴衣《ゆかた》に身を包む男は戯言《ざれごと》を取り下げた。

「とにかく、身体とか拭《ふ》こう。な？」

あやすように、不快に湿《しめ》った伏見の背中を撫《な》でて離《はな》れることを求める。

このまま抱《だ》き合ってたら、伏見に惚《ほ》れてしまいそうだったから。

無論、冗談《じょうだん》だけど。お互《たが》いの為《ため》に。

それから時計の長針が一周の三分の一ほど進んでから、伏見《ふしみ》はようやく僕から離《はな》れて、身体《からだ》もろくに拭《ふ》かないまま茜《あかね》から借りた服を着た。寝間着《ねまき》は身体に張りつき、身体の曲線その他肌《はだ》色その他諸々《もろもろ》が透《す》けている。というわけで僕は伏見の正反対を監視《かんし》するという逃《に》げ道《みち》しかなかったのである。浮気良くない。

そんな伏見とそんな僕は、ベッドにいた。それだけ記載《きさい》するとまるで今夜がお楽しみのようで誤解を招きそうなものだが、僕にはベッドから下りられない正当な理由があった。

伏見に手を握《にぎ》られているのだ。それも握力計《あくりょくけい》で奈月《なつき》さんの年齢《ねんれい》を超《こ》えた数字を記録しそうなほどの、青春の絞《しぼ》り汁《じる》が滲《にじ》む力を込めてくる。無下《むげ》にというか、仮に本気で振《ふ》り払《はら》おうとしても、こちらがいい汗《あせ》かいて風呂《ふろ》場を利用する羽目になるだろう。

二人で寄り合うように座り、壁《かべ》に背中をつけて毛布を膝《ひざ》までかけている。

伏見は肩《かた》が強張《こわば》り、風呂上がりの春に人の手を熱烈《ねつれつ》に握っている所為《せい》か汗もとめどなく流れ、それを拭き取りもしない。

伏見の心の延長となる手帳も、床《ゆか》に放《ほう》り出したままで拾いもせずに、ただ怯《おび》える。

……そうか、これって、今の状況《じょうきょう》って、恐怖《きょうふ》に値《あたい》するのか。

なるほどなー。

死体に、殺人に。更《さら》に、犯人候補と扱《あつか》われていることに。

そして殺人犯はこの屋敷《やしき》の中の誰《だれ》かを演じながら、今尚《なお》生存中と煽《あお》られて。

怯えも、するかもなぁ。

僕の基準が規格外なだけで、伏見の反応が普通《ふつう》なんだ。

この屋敷の住人も多少、冷淡《れいたん》な気がするけど、それともまたそりが合わず。

そう、普通。伏見柚々《ゆゆ》は、あり得ないぐらいに一般人だ。

僕と一緒《いっしょ》にこうしているのが不思議なくらいに。


「……………………………………」


何か話そうと、何となく思う。

小粋《こいき》な会話で彼女のハートを鷲摑《わしづか》みしている場合じゃないけど、正直言って暇《ひま》だった。

そういうことにしておく。嘘《うそ》は、まぁ今回は出番取り上げで。

ようし、ここは洒脱《しゃだつ》に淫靡《いんび》な、垢抜《あかぬ》けた都会の洗練されたもうどうでもいいや。

「春休みの宿題やった？」

投げやりになったら、小学生のレベルに落ち着いてしまった。長瀬透《ながせとおる》が相手だったら『見せてあげないッスよ』で枇杷島八事《びわしまやごと》だったら『キモいです』、にもうとは無言で蹴《け》りの連打に落ち着くだろう。

ちなみに伏見が相手だと、僕を涙目《なみだめ》で見上げ、それから遠く離《はな》れた手帳に一度、目線を走らせた。

なるほど、手帳がないから返事に困窮《こんきゅう》してるんだな。

「よし、ちょっと待て。拾ってく、ぐあ」手を引っ張られた。壁《かべ》で後頭部を殴打《おうだ》した。腰《こし》を上げようとして、阻止《そし》された。僕の腕《うで》に伏見《ふしみ》が全身でしがみつき、ふるふると首を横に振《ふ》る。横に振る。横に振る、っていつまでシェイクするんだ。

「離《はな》れ、ないで」

重々しく、その願いは吐《は》き出された。

卵《たまご》の殻《から》がふとした弾《はず》みで声音《こわね》を手に入れたような、肌《はだ》をざわつかせる音色で。

伏見柚々《ゆゆ》が僕に縋《すが》る。その両手がどんどんと、僕の肘《ひじ》、胸と侵食《しんしょく》し、最後は肩《かた》にかかる。

全力で抱《だ》きつかれ、互《たが》いの骨が軋《きし》みをあげても不思議じゃないほどだった。

「怖《こわ》いの、やなの、やめて一緒《いっしょ》、一緒がいい、離れるの、ぜったいやだ」

表情筋や涙腺《るいせん》が子供の日を迎《むか》えたのか、高校生という身分も放《ほう》り捨てて泣きじゃくる伏見。

涙《なみだ》は汗《あせ》同様、僕の首筋や胸元《むなもと》に吸い込まれる。量が多くて、全部の処理は無理だけれど。

「一緒にいて、お前が、いないとやだ、お前じゃないと、やだ……」

まるで告白か、結婚の申し込みのように僕を頼《たよ》る伏見。

僕が言うのも何だが、確かにここの住人は誰《だれ》も彼《かれ》も、信用ならない雰囲気《ふんいき》を持ち合わせてるからな。半ば消去法で、僕を選択《せんたく》するしかないのは分かる。池田《いけだ》浩太《こうた》君と杏子《あんず》ちゃんが生きる術《すべ》として僕に懐《なつ》いたのと、類似している。

……けど、本当にいいのか。胸の間に僕の肘が思いっきり埋没《まいぼつ》しているのですが。

これは由々しき事態なのではないでしょうか。別に伏見柚々とかけた冗《じょう》談《だん》ではないのです。

などと丁寧《ていねい》語で驚《おどろ》きをごまかしてどうする。嘘《うそ》だけど。

「……伏見。信用してくれるのは構わないけど、顔見知りだからっていうのは無条件に肯定《こうてい》する要素じゃない。例えば僕が、」

「ない！　そんなの絶対ない！」

うむ、更《さら》に泣かせてしまった。僕は春休みの宿題を尋《たず》ねようとしただけなのに、何故《なぜ》こんな事態にまで飛び火したんだ。それに、最近は女の子を泣かせてばかりな気がする。この屑《くず》め。

「お前は人殺しなんかしない！　そんなやつじゃない！　ぜったい、ぜったい！」

耳に砂塵《さじん》が舞《ま》い込んだように、激しい声質と否定だった。

理屈《りくつ》などなく、筋道さえ跳躍《ちょうやく》し展開さえ無視して、ただ純然と僕を肯定する。

下手すれば、マユより僕を信頼《しんらい》している程《ほど》に。

「……………………………」

僕みたいな人間でも、それ以上は言葉を紡《つむ》げない。

……例えば僕が保健体育の成績だけ優秀な男子だったらという前振りを話そうとしていたことなど、今更言えるはずがない。どの顔して訂正《ていせい》するんだよ。……いやあの、嘘よ。

「違《ちが》う、違う……」

咳《せ》き込みながら、それでも低く唸《うな》るような声で否定を続ける。もはやそう信じ込むしか、活路はないと言わんばかりだ。

その姿を見て不謹慎《ふきんしん》にも、本当に健全だなぁとか、そんな感想を持ってしまう。

逸脱者《いつだつ》しかいなかった僕の家と三百メートルしか離《はな》れてないご家庭の娘《むすめ》さんなのに。

「うん。……とにかく、落ち着いて。ありがとう」

伏見《ふしみ》の背中を軽く叩《たた》いてあやす。犯罪と縁《えん》のない背中は、ただ弱々しい。

……この背中を、
外ならいざ知らず、
この中では、僕が守る役割を任じられているようだ。

「……当たり前、なのかな」

自分の行いに他人を巻き込んだ責任は、取らないといけないから。


「足下《あしもと》と天井《てんじょう》、崩《くず》れ出して恐《おそ》ろしいのはどっち?」

「……足下」

「堅実派《けんじつ》だなぁ。じゃあ象《ぞう》さんとキリンさん、懐《ふところ》が大きいのはどっち?」

「キリンさん」

「むしろどっちも懐なさそうだけどねぇ……こんな会話で落ち着くか？」

伏見は僕にもたれかかり、腹部に頬《ほお》を擦《こす》りつけて半ば寝転《ねころ》んでいる状態で、小さく頷《うなず》く。まだ嗚咽《おえつ》を漏《も》らしたり鼻を啜《すす》ったりと多忙《たぼう》だが、時間を割《さ》いて僕と会話して下さっている。というか、何か話せとのご命令が下ったので、頑張《がんば》って場を盛り下げることに尽力《じんりょく》してしまった。

僕と伏見柚々《ゆゆ》。単なる部活仲間のはずなのに、今はまるでバカップルのように寄り添《そ》ってしまっている。それほど遺憾《いかん》でもないけど、この現場をマユに見られたら言い訳のしようがない。僕と伏見、どちらから殺害されるんだろう。伏見も僕相手に誤解されては災難《さいなん》だろうに。

僕はつい、旋毛《つむじ》を指でぐりぐりしながら伏見に同情してしまいました。

「うう……苛《いじ》めるなぁ」

ぐす、と泣《な》きっ面《つら》で抗議《こうぎ》してくる。うむ、罪悪感と嗜虐《しぎゃく》感を同時にそそる子だ。

「今、どれぐらい怖《こわ》い？」

「すごく」

「死にたいと思うぐらい、怖いか？」

伏見が固まる。首は、上下左右の概念《がいねん》を見極《きわ》める為《ため》に筋が浮かび上がる。

僕は嫌《いや》ってほどでもないけど経験あるぞ。でも、死ななかった。感極まってマユとお互《たが》いの首を絞《し》め合ったこともあるけど、それでも、ちゃんとバカップル万歳《ばんざい》にまで成長した。ま、今は少し別居中だけど、復縁《ふくえん》も時間の問題だな。うむうむ。

などと、余裕《よゆう》があるから伏見《ふしみ》を労《いたわ》れるわけだが……何であるのだろう。場数を踏《ふ》んでいるっていうのも理由の一つで、環境《かんきょう》的に、昔の状況《じょうきょう》に似ているということもある。

違《ちが》う点は、敵が明確に表立っていないこと、それにもう一つぐらいか。

伏見が、首を肯定否定《こうてい》、どちらにも振《ふ》らないまま、心境を吐露《とろ》する。

「お腹空《なかす》いたし、銃《じゅう》なんてテレビと漫画《まんが》のものなのにあるし人が死んでるし殺されてるし。出られないし、死んじゃうんじゃないかって、夜が怖《こわ》くて……お腹空いたし」

最初と締《し》めに空腹を持ち出すあたり、なんかまだ余裕がありそうだ。

「はぁ……確かに、不安ではあるか」

部活仲間を非常識に巻き込んだ僕が出来ることは、虚言《きょげん》を駆使《くし》すること……だけどなぁ。

事件に関与《かんよ》する原因となった張本人が、慰《なぐさ》めるというのも不細工な関係なんだけど。

「慰めの言葉とか、苦手だからな。あんまり、格好良いこと言えないけど」

ぎゅ、と伏見の脆《もろ》い肩《かた》を握《にぎ》って、顔を直視しないようにしながら意地悪を告げる。

「泣いてもいいし、怖がってもいい。諦《あきら》めてもいいぞ、僕が勝手に助ける」

伏見が、ぎゅわっと顔を上げたのが振動《しんどう》で伝わる。でも少しの間無視して、火照《ほて》った頬《ほお》を冷却《れいきゃく》したかった。格好つけすぎた所為《せい》で、身体《からだ》が痒《かゆ》い。調整が下手くそなんだよ。

「助ける……お前が、私を?」ぐいぐいぐいと、浴衣《ゆかた》の袖《そで》を引っ張ってくる伏見。

「そう」仏頂面《ぶっちょうづら》に似合いそうな、無骨な調子で肯定《こうてい》する。

「助けてくれる？」声が上擦《うわず》る、乙女《おとめ》な伏見さん。

「嫌《いや》でも助ける。望んでも一応は何とか」

この状況《じょうきょう》で相手が長瀬透《ながせとおる》であっても手を差し伸《の》べられるか、目の奥で迷いが掠《かす》めた。

対照的に伏見は目の潤《うるお》いが引き、底に光が灯《とも》っていた。水力発電とは、侮《あなど》れない奴《やっ》。

「僕が三回まで助ける。約束する」

「……何で、三回？」

「それが相場だから」

古今東西《ここんとうざい》、願い事のお約束というやつを踏襲《とうしゅう》しただけだ。

「だからまぁ、悲観しても安心しろと矛盾《むじゅん》を植えつけたいわけで……」

「ううん」と絶好調に首を振り、否定する伏見。久しくなかった、あどけない笑いが隈《くま》と痩《こ》け
を押し退《の》けて表情を占拠《せんきょ》する。

「大丈夫《だいじょうぶ》。私は、お前に助けてもらえるから、大丈夫」

「……復唱しないように」

鱗粉《りんぷん》中毒なのか、伏見がぽーっと幻覚《げんかく》温泉に浸《つか》ったように夢心地《ごこち》となっている。

「お前は……あう……」何か言いかけて、口ごもる。

「ん、手帳取ってこようか？」

伏見が扇風《せんぷう》機の六倍の速度で首を横に振る。毛布と僕の浴衣と、ついでに太股《ふともも》をがっしりと

掴《つか》んで離《はな》さない。まだまだ、恐怖《きょうふ》が心を占《し》める度合いは減退の見込みがないようだ。

しかし恐怖で青ざめるは聞き慣れた表現だけど、耳や頬《ほお》を真っ赤に燃えたぎらせる奴《やつ》は珍《めずら》しいだろうなぁ。腹が空《す》きすぎて石炭でも食べたのか？

「お前は、そういうわけで……」どういうわけだ。「私が、ど、ドレミファ！」先鋭《せんえい》的すぎて舞《ぶ》台《たい》の端《はし》から転げ落ちそうな自己紹《しょう》介《かい》だな。「じゃあ僕がソラシド担当なのか、うーむ」

「は、置いといて」伏《ふし》見《み》が両手を右から左へ、身《み》振《ぶ》り込みで話題を移行する。

「ど、どれっくらい、の」そこで喉(のど)が詰まり、噎(む)せる。「お弁当箱？」「も、置いといて、す、すすスナフキン、好き？　あ、すき、スキーヤー？」

「…………………………」

整理してみると、お前はそういうわけで私がドレミファなの、どれくらいスナフキンはスキーヤー？　こいつぁ難問だ。設問の意図を読解出来ないぜ。

出題者の伏見でさえ「うあうあうあ」と頭を抱《かか》えて参っている。ここは年長者たる僕が、何とか事を収めないと。

「よし、次の問題来い。今度は正解して、赤点を免《まぬが》れないとな」

意気込みを伝えて、姿勢を正す。何故《なぜ》か激しく趣旨《しゅし》をすり替《か》えてしまった気もするけど、今《いま》更《さら》後にも引けず、横にも逸れられず。

「こ、ここっこー」「……まだ朝をお知らせしなくていいよ」

伏見の鮮度《せんど》が良くなり、足がばたつく。元気を食物摂取《せっしゅ》以外で取り入れるのは大変結構である。けど、本当にどういうわけだ。ある意味、僕にとっては伏見柚々《ゆゆ》が最も理解し難《がた》い。


翌日。三日目に一つ日数が覆《おお》い重なり、四日目。

それに反比例するように、人数は、七人となる。


僕らが朝方、何食わぬ顔で食堂に顔を出して耕造《こうぞう》さんに鬱陶《うっとう》しがられながら、腹の虫で断食仲間との会話を開始しようとした時に悲報か貴報、どちらかが舞《ま》い込んできた。

「あれぇ、やっぱり桃花《とうか》がいない」

茜《あかね》は食堂へ飛び込んできて顔ぶれを見渡《わた》すなり、そう素《す》っ頓狂《とんきょう》かつ物騒《ぶっそう》な一言を口走った。

視神経がくたびれそうなほど驚愕《きょうがく》することに酷使《こくし》された、各自の眼球が、まだまだこれからだと発言者に向く。

「本当にいなかったの？」と入り口に近い席の湯女《ゆな》が茜に、慎重《しんちょう》に問いかける。

「うん。部屋にもトイレにもいなかったし。いつもは、ぼくの方が寝坊《ねぼう》するから、起こしてもらってご飯食べに来るのに、今日は来ないからおかしいなーって、覗《のぞ》きに行ったの」

そしたら、いなかった。茜《あかね》は事の重大さを蚊帳《かや》の外に置いてあるように、平坦《へいたん》に言う。

その情報に、潔《きよし》さん、菜種《なたね》さん、耕造《こうぞう》さんの大人勢はざわめくし、戸惑《とまど》うけれど、誰《だれ》かが先導することを待観《たいかん》する受け身の姿勢で椅子《いす》からは離《はな》れない。三日連続の人員削減《さくげん》に、迷える群衆の指導者を目指す耕造さんも、発言の機会に食いつくことが出来ない消耗《しょうもう》があるようだ。

伏見《ふしみ》は最近、すっかり暇《ひま》な胃腸に力を込めて「大丈夫《だいじょうぶ》、大丈夫、大丈夫」と昨夜の誓《ちか》いを反芻《はんすう》している。

湯女《ゆな》は平気に平均、安定感のある孤高《ここう》な虫の態度を保っているけど、行動に移る気が皆無《かいむ》なように組んだ足の先を揺《ゆ》らしている。

待つだけ時間の無駄《むだ》なので、僕が発言して場を動かした。

「みんなで確認《かくにん》に行きましょう」

僕の意見に、流石《さすが》に反対する人は名乗り出なかった。

「ぼくの言葉を信じてないの？」とぶー垂《た》れる子は若干《じゃっかん》一名いたけど。

僕達は七人で粘《ねば》り気なく集《つど》ったまま、二階の桃花《とうか》の部屋を捜索《そうさく》した。茜の報告通り、桃花はあまりに高度な隠《かく》れんぼを求めて痕跡《こんせき》さえ隠遁《いんとん》した。嘘《うそ》はこの場に似つかわしくないけど、影《かげ》も形もないとはこのことだった。ベッドのシーツには使用された形跡《けいせき》が少し残っているが、それは昨日のものか二日前の名残《なごり》か、判別はつかない。

菜種さんと茜が、本格的に隠れんぼ説を採用したのか引き出しを漁《あさ》り出す。そこに桃花が殺人対策として隠れていて、今も安眠《あんみん》していたら貴重な笑いの種が屋敷《やしき》に潤《うるお》いを与《あた》えるけど、残念ながら肩《かた》の重荷を追加されるだけとなった。茜は、遊び相手の消失に不服なのか、箪笥《たんす》を足の裏で蹴《け》り飛ばす。

トイレにも洗面所にも浴槽《よくそう》にも、桃花は転がっていなかった。

部屋より最後に出た僕が後ろ手で、空き部屋に退化しつつある空間を外界から遮断《しゃだん》する。

桃花の部屋で気になるものはあったけど、こちらは後で単独の収穫《しゅうかく》時に明らかとする予定だ。

「…………………………」

それからも付かず少し離れ、残っている七人で揃《そろ》いながら屋敷内を桃花発見の為《ため》に駆《か》け回った。

結局その後、三十分以上の捜索《そうさく》をこなしたけれど、桃花は勿論《もちろん》、血痕《けっこん》や凶器《きょうき》の収穫さえなく、食堂へ戻《もど》ることになった。

「姿がないというのは、どういうことなんだ」

耕造さんが席に着くなり、不可解な事実の首を絞《し》め上げようと藻掻《もが》く。

「ええ、あの、もしかして家から出られた、なんて」

潔《きよし》さんの淡《あわ》い生還《せいかん》への縋《すが》りを、耕造《こうぞう》さんが一睨《ひとにら》みで両断する。

「それなら、俺達にその経路を説明しなかった理由は何だ。あいつが犯人だったのか？」

大人げなく、歯軋《はぎし》りで桃花《とうか》への不信感を露《あら》わにする。

確かに桃花が犯人でなかったとしても、茜《あかね》ぐらいは救助対象に含《ふく》めただろうな。

「んー……ぼく、もう一回探してくる」

茜が宣言し、疲労《ひろう》でもつれ気味の足をばたつかせて食堂を出ていく。誰《だれ》も止めなかったし、協力を申し出なかった。義務感での捜索《そうさく》は、既《すで》に義理を果たしているのだ。

そして耕造さんが、知恵袋《ちえぶくろ》から取り出されたとは推測《すいそく》し難《がた》い話を切り出した。

「桃花のことも含《ふく》めて、犯人についての一つ、推理《すいり》がある」

そこでどうしてか、僕を射殺そうと目つきの悪さを最大限まで絞《しぼ》りきる。

「昨日、潔と話し合ったんだがな」

「……………………」何をでしょうか、と尋《たず》ねてほしそうな雰囲気《ふんいき》を醸《かも》し出していたので、惚《ほう》け面《づら》で放心してみた。

「景子《けいこ》や貴弘《たかひろ》の殺人、それと玄関《げんかん》の破壊《はかい》が共通の犯人による犯行だったら、お前達がもっとも怪《あや》しいと昨晩、そんな結論が出た」

「……はぁ」と後頭部を掻《か》く。お前達、つまり僕と伏見《ふしみ》ね。

饒舌《じょうぜつ》な耕造さんが、鼻歌でも演奏するように持論を紡《つむ》ぐ。

「確かに玄関は破壊されている。だが、家の外部に協力者を置いて、指定日に外から扉《とびら》を開けるよう指示すれば、脱出《だっしゅつ》が出来るじゃないか」

耕造さんの知恵が濃縮《のうしゅく》された、本人にすれば乾坤一擲《けんこんいってき》の妙案《みょうあん》。それに対してなるほど、と頷《うなず》いたのは菜種《なたね》さんと潔さん。伏見はあまり動揺《どうよう》せずに「ん？　ん？」とど真ん中に穴の空いた容疑を不思議がり、湯女《ゆな》は明後日《あさって》の方を向いていた。どうも、僕しか反論出来ないみたいだ。

「それ、別に僕達でなくても成立するんじゃないでしょうか」

「ふん、残念だが俺達は滅多《めった》に外出しない。娘《むすめ》や息子《むすこ》は学校にも行ってないのでな、外に知り合いがいないのだよ」

一家総出で引き籠《こ》もっていることを、胸張って自慢《じまん》されたのは初めてだ。この際だから無職なことも誇《ほこ》ってはどうだろう、と勧《すす》めるはずがない。僕のにもうとだってそこまでは開き直ってないぞ。それに、拳銃《けんじゅう》を調達するには外部との繋《つな》がりが必須《ひっす》だろう、とか陳腐《ちんぷ》な突《つ》っ込みは入れない。

「菜種さんは、スーパーとかに買い物行くと思いますけど」

矛先《ほこさき》を向けられ、菜種さんがびくっと肩《かた》を持ち上げる。「あのぉ、私は……」

「いいだろう、では菜種も容疑者に加えたとしよう。それで、お前らの疑惑《ぎわく》はどう外れるというんだ？」

「……答えないと駄目《だめ》なんですか、それ」嫌《いや》がっているのを、誠実に表現してみる。

そうしたら「答えられるのか？」なんて、脂《あぶら》ぎった中年に勝ち誇《ほこ》られてしまった。

……マジかよ。見れば、伏見《ふしみ》も耕造《こうぞう》さんの推理《すいり》に無理に埋《う》め尽《つ》くされたのか、少し唖然《あぜん》としている。いっそのこと、ステレオで相手を罵倒《ばとう》し尽くしたくなった。

「金庫に拳銃《けんじゅう》があったことを僕らが知っていたと？」「そうだ」と耕造さんが、肯定《こうてい》するのかよ。「番号まで調べ尽くしていたと？」「そうだ」「どうやってです？　この屋敷《やしき》、客が来るのは六年ぶりらしいですけど」「だったら簡単だ、景子《けいこ》は他《ほか》の方法で殺害されたんだ」その完璧《かんぺき》だと、にやつくのを止《や》めなさい、はしたない。「じゃあ、あの銃声と実際になくなっていた拳銃の弾《たま》はどう説明するんです？」「音は空砲《くうほう》でも事前に録音していたものでも構わないし、弾だってその前に抜《ぬ》き取っておけば問題ない！」「では鉄格子《てつごうし》の目立つ削《けず》り跡《あと》。屋敷の内壁《ないへき》に弾痕《だんこん》がない以上は内部犯行を示している証拠《しょうこ》ですが、あの存在に拭《ふ》き掃除《そうじ》をしている人間が気付かなかった、つまり職務怠慢《たいまん》であると？」さっきから菜種《なたね》さんばかりがとばっちりで貶《おとし》められてるじゃないか。「気付いた、とは言い切れないだろう」「あのですね……」いかん、腹ぺこで目が回ってきた。声量ではとても敵《かな》わない。この屋敷も人数が減ってきて、声のでかい奴《やつ》が発言権を得る世界に移行しかねない。「貴弘《たかひろ》さんの死体はどう説明するんです？」「その口振《くちぶ》りと話題逸《そ》らしは、景子の殺害を認めるということか？」「認めるって、その方法自体をまずご教示願いたいほどなんですけど」「結局、認めないと言えないようだな」ははん、とご機嫌《きげん》に見下されてしまう。「……僕は貴方《あなた》」みたいな凝《こ》り固まった自信家「を納得《なっとく》させることが不可能みたいなんで、保留でいいです、譲歩《じょうほ》します。それで、貴弘さんはどう説明つけるんです？　僕と伏見《ふしみ》は部屋に入り、鍵《かぎ》をかけられていたんですよ。そしてそれを貴弘さん自身が見届けているわけですが」「ふん、お前はこの前からそれを主張している。アリバイの生命線なわけだ」「はあ」「湯女《ゆな》……が共犯だとすれば、お前のアリバイは全《すべ》て崩《くず》れる」

「…………………………」僕と湯女、両方の沈黙《ちんもく》。

叩《たた》かれるビスケットの如《ごと》く増える容疑者と共犯者だな、おい。壁の方を向いて表情が露《あら》わでない湯女だけど、肩《かた》がひくついている。裸《はだか》の王様が馬鹿《ばか》には見えない濡《ぬ》れ衣《ぎぬ》を他人にかけようとしている現状に居合わせて無反応を貫《つらぬ》き通すのは、幾《いく》ら何でも無理のようだ。

「その格好、男女で浴衣《ゆかた》を共有しているところも十二分に根拠《こんきょ》の一つだ」

「いやいや」つい真顔で否定したくなる、悪臭《あくしゅうただよ》漂《そ》う粗悪《あく》な根拠だった。

「それに家の人間が共犯だったのなら、先程《さきほど》の金庫についても説明がつく。この家に何年もいれば、調べられるだろうからな」

「……ふむ」それは、確かにそうだな。実際、拳銃は使用されたし奪取《だっしゅ》もされた。家中では金庫の番号が公に近い形となっていたのは事実みたいだ。

だけど耕造さん、まだ見知らぬ第三者が隠れている可能性よりも家の人間の方が完全に犯人候補なわけだなあ。真っ黒い絆《きずな》は腹から糸を伸《の》ばしていそうだ。

「そもそも、お前達がこの家へ訪《おとず》れた理由からして不明瞭《ふめいりょう》だったんだ。探し物なんて、訳《わけ》の分からないことを宣《のたま》って、信用できるか」苦々しく、妻の客を非難する。

「ああ……もう見つかりましたよ、ご心配おかけしました」

これで、何とか胸とは言わずとも、鼻先ぐらいは張って帰れそうだ。

「くだらない戯言《ざれごと》で煙《けむ》に巻こうとするな。結局、今の可能性は否定できないんだろう？」

耕造《こうぞう》さんが勝利の幻覚《げんかく》に気分を高揚《こうよう》させられ、余裕《よゆう》の態度でせっついてくる。動機には一切《いっさい》言及《げんきゅう》しないんだなと、話を膨《ふく》らませる気概《きがい》も湧《わ》いてこない。

こっちは雑草でもいいから、その場凌《しの》ぎに飢《う》えを抑《おさ》える道具を使用して、長文に備えたいほどなのに。殺人犯より飢餓《きが》感の方が、内に巣《す》くっている分、恐怖《きょうふ》が身近だ。

「……じゃあ、反論はしますけど。さっき耕造さん自身が、家の人間に外の知り合いはいないと豪語《ごうご》して、自分達の容疑を否定したわけですが……湯女《ゆな》……さんは、僕と共犯なら知り合いのはずでは？」

相手の前提を利用して、思いつきの集合体に刃《やいば》を入れてみた。

耕造さんの余裕が表皮から霧散《むさん》し、鼻の脂《あぶら》が益々《ますます》充塡《じゅうてん》される。

「ならば、そうだお前達が家に来てから、湯女が持ちかけたんだ！」

耕造さんが怒鳴《どな》りちらし、持論の保護に喉《のど》を嗄《か》らす。

やったな、湯女。とうとう、黒幕にまで登《つ》り詰めたよ。出世頭なのか、地の底へ落ちたのか。

「そうなると、外に用意してあるらしい脱出の手招きを行う人物がいなくなりますけど」

「自殺目的だ！　全滅《ぜんめつ》だ！」

「…………………………」ディベート終了《しゅうりょう》。僕の負けで結構です。

凄《すご》いなぁ、と痛く感動した。嘘《うそ》を真実と思い込める力は、僕には存在しないからな。

それが備われば、僕の世界はどれだけ幸福を得るか、暗算するまでもないのにさ。

「行こう」と伏見《ふしみ》を顎《あご》で促《うなが》し、席を立つ。伏見も暴論で犯人扱《あつか》いされて噴飯《ふんぱん》と憤慨《ふんがい》の臨界点《りんかい》を迎《むか》えたらしく、大人への反抗《はんこう》にも迷いがない。生徒手帳に載《の》っている模範《もはん》生徒みたいにノリの利《き》きまくった挙動で、直線に身体《からだ》を駆《く》動《どう》させる。

それでも胸部の稼働《かどう》が曲線的であることは、一種のげいずつである。芸術とはいわない。

「待て！　お前が犯人であるなら、然《しか》るべき処置を、」

「本気で殺人犯と思い込んでいるなら、もう干渉《かんしょう》しないで下さい。それがお互《たが》いの為《ため》です」

この食堂は、何て胃に優《やさ》しくないのだろうか。今まで飲んでいた水に硝子《ガラス》でも混じっていたんじゃないだろうな。

「ただし、部屋の鍵《かぎ》などかけられては堪《たま》らないので抵抗《ていこう》はさせて貰《もら》います」

それだけ前もって言い切り、威圧《いあつ》を与《あた》えておく。そうでもしないと、僕らは武装もしていないうえに武道の心得もない、『ばびべぼ』な高校生なのだ。耕造さんと一対一でも、正直、半々の勝率を維持《いじ》出来るか不穏《ふおん》である。伏見なら全敗、だと思う。ぱふぱふではねぇ、ちょっと。真剣《しんけん》勝負の場では、リアクションなく撲殺《ぼくさつ》されかねないよ。

横を通る際、湯女《ゆな》が小声で「お疲《つか》れ」と労《いたわ》ってくれた。

「私の弁護も、ついでにご苦労様」

「いやいや。そっちこそ、黒幕任命されてお仕事大変だね」

失笑は、お互《たが》いに不自然じゃない形を保てるのであった。


そして、四日目の日没《にちぼつ》を迎《むか》えて、僕は活動を開始する。

同部屋の住人と化した伏見《ふしみ》が、過敏《かびん》に背中を追ってきた。

「何処《どこ》行く？」

「桃花《とうか》の部屋を調べに行こうと思ってる」

「ん……朝、みんなで見たけど」

「正確に言うと、めぼしい物の回収かな」

無許可で女子の部屋を漁《あさ》るのは気が引けるけど。

まあ、構わないよな。

僕の見立てでは、桃花は既《すで》に死んでいるし。

納得《なっとく》しかねるように首を捻《ひね》りながらも、伏見は僕に約束を守らせる為《ため》に付き添《そ》う。

二人で、照明の機能しすぎている通路をのしのしと闊歩《かっぽ》する。

その途中《とちゅう》、二階で坂《ばん》夫妻と遭遇《そうぐう》した。

「あら、どうもぉ……」消極的な挨拶《あいさつ》だった。首輪が塡《はま》っているように窮屈《きゅうくつ》そうだ。

旦那《だんな》の方に至っては、薄気味《うすきみ》悪そうに首をすぼめて唇《くちびる》をきつく閉じている。亀《かめ》みたいだ。

「あ……ええと、失礼しますね」

不甲斐《ふがい》ない潔《きよし》さんの代理として、挨拶《あいさつ》を取り仕切る菜種《なたね》さん。そのままそそくさと、二人は目を合わせないように離《はな》れていってしまう。そこで気付いたけど、菜種さんは随分《ずいぶん》と憔悴《しょうすい》しているようだった。目の下の隈《くま》が、伏見級に酷《ひど》くなっていた。

「やれやれ……」

孤立《こりつ》した館で無援《むえん》の、遭難《そうなん》に漂流《ひょうりゅう》まで加わった状態だな。

伏見が、虎《とら》の穴で生誕《せいたん》した子犬のように不安げな瞳《ひとみ》で僕を見上げながら、「大丈夫《だいじょうぶ》」と励《はげ》ましてきた。巾着《きんちゃく》の紐《ひも》を握《にぎ》るように、拳《こぶし》は一つの塊《かたまり》となる。

「僕も、別に大丈夫だよ」

生返事《なまへんじ》に、意味のない口答をする。

味方がいないなら、裏切られなくて済むと楽観視すればいい。

敵はただ正直に愚直《ぐちょく》に、僕らを討《う》つだけだ。

桃花の部屋。名前に反して、暗色で塗《ぬ》り固められている。

当たり前だけど、桃花《とうか》は何処《どこ》にもいない。
茜《あかね》がいるかもと考えていたけど、形跡《けいせき》さえ見当たらなかった。
室内には大したものはなかったけれど、小なるものはあったので拝借しておく。
これで、三つ目かな。
『ぬすっと』「はてな」と、一連の行動に伏見《ふしみ》が罪状を突《つ》きつけてくる。
「いーや、リサイクル活動です」意気揚々《ようよう》と大嘘《うそ》を言い放つ。
これで、僕の目的は達成された。
「さーて、」
もう、事件を野放しにする必要はないわけで。
マユ成分の補充《ほじゅう》の為《ため》には、屋敷《やしき》から生還《せいかん》することが前提であるから。
説明に骨が折れそうだけど、そろそろ、犯人でも決めつけておくかな。

三章、暗中『殺意の拡散する夜』

ぼくはこの家が嫌いだよ。
家の中は狭いし、食事は不味いし。
桃花の部屋は遠いし、ベッドは硬いし。
お父さんや菜種は厳しいし、湯女お兄ちゃんやお母さんは悪い子だってぼくを貶す。
家族はみんな嫌い。
特に桃花。ぼくの弟。滅茶苦茶大嫌い。
こう考えると、ぼくはほとんどのものが嫌いだ。
逆だけどー。

桃花《とうか》の部屋から、伏見《ふしみ》と一緒《いっしょ》に巣立《すだ》つ。嘘《うそ》だけど。

「別にやることなかったし、面白《おもしろ》くなかっただろ？」

伏見は頭を振《ふ》り、ほんのりと血行が良くなった頰《ほお》をほころばせる。

「お前見てると、自分がほわほわして楽しい」

「……オクスリ扱《あつか》いですか、僕」

頭痛薬を八錠《じょう》ぐらい一遍《いっぺん》に飲み込むと、世界が軽くなるって中学の担任が言ってたな。

『質問』

伏見が手帳を舞《ま》い踊《おど》りさせる。「なに」と内容に触《ふ》れると、喉《のど》が鳴った。

ぐ、ぐ、ぐと首にヘリウムガスを溜《た》め込むように間を置き、問いかけを絞《しぼ》り出す。

「しゅがっく、りょっこーうのお土産《みやげ》」『美味《おい》しかった』「はてな」

また懐《なつ》かしい話を。それは前巻の話だろ、人生の区切り的に。

「甘かったよ、ごちそうさ」『美味しかった』「はてな！」

「おおう」首をがっくがくと揺《ゆ》さぶられた。甘いって美味しいの類義語じゃなかったのか。

そして、味の感想を強要されている。僕は言論の自由というか、自由に言論しすぎて人の反感を掃除機《そうじ》で吸い取っているほど言葉に生きる者なので、「おいしかたです」そのような強制には当然ながら大人しく従う社会の歯車であった。嘘《うそ》ばっかりだ。

『一件落着』と僕を解放してご満悦《まんえつ》な伏見。

『これから』『どうする』「はてな」

「そうだな……誰《だれ》も予期しない探偵役《たんてい》でもやってみるかな」

そうこうしている内に二階の、階段周辺に到着《とうちゃく》して、さて探偵役でも演じてみようかと意気込んだ瞬間《しゅんかん》、「ん？」

突然《とつぜん》、影《かげ》が世界の全《すべ》てを包囲した。僕の視覚は暗闇《くらやみ》だけを見据《す》える、無駄《むだ》な行為《こうい》に走る。

「停電？」

全身が通り雨に濡《ぬ》れたように、緊張《きんちょう》で滑《ぬめ》りを帯びる。

そして、何かが、本当に微《かす》かな音量で絨毯《じゅうたん》を踏《ふ》み、駆《か》けてくる音感。

最初はお化け屋敷《やしき》の要領で、伏見に飛びつかれたかと思った。

けれど、衝撃《しょうげき》は頭上から振《ふ》り下ろされた。

「っつ！」闇《やみ》に火花ではなく、赤が散った。後頭部を本気で、何かに殴《なぐ》りつけられた。呻《うめ》く暇《ひま》もなく、首筋に追い打ちが叩《たた》き込まれる。足腰《あしこし》を奪《うば》われ、絨毯に顔面まで沈《しず》んだ。心の状況《じょうきょう》は出しゃばる痛覚に邪魔《じゃま》されながらも運営可能だけど、身体《からだ》がヘタレ仕様なので傷薬でも回復出来なくなっていた。

くそ、絨毯《じゅうたん》で足音を消音にするとは、性悪《しょうわる》な作りの家だよ。

異変を感じ取った伏見《ふしみ》が叫《さけ》ぶけど、手探りの位置に既《すで》に僕はいない。連続する殴打《おうだ》音。頭部は初回以外は狙《ねら》わず、背中や肩胛骨《けんこうこつ》、そして蹴《け》り飛ばしてひっくり返した後に腹部を攻《せ》めてくる。殺す気があるのかないのか、はっきりしてほしい。ていうか伏見は逃げろ、僕は囮《おとり》に使用するのが正しい用法なんだよ、ほら逃げろ。今、人生で一番、人様の役に立ってる時なんだ。花を持たせろ。足を竦《すく》ませて喚《わめ》いてないで、暗幕の下りている内に速《すみ》やかな退場を心がけろ。

襲撃《しゅうげき》者の攻撃《こうげき》が、締《し》めに入る。そうそう、長々と時間をかけていたら、お前が危ない。

誰《だれ》かが屈《かが》み、荒《あら》い息づかいが側《そば》に寄る。そして僕の左腕《うで》を掴《つか》み、「&〃%&T%‘()I(~)&%%%&#$〃!」足掻《あが》きをものともせず、肘《ひじ》を支点にして折ってきた。骨の壊滅《かいめつ》する音が、自前の苦悶《くもん》の中でも一際《ひときわ》、鼓膜《こまく》を揺《ゆ》らした。

爪先《つまさき》から額、耳の裏にまで根を張る痛覚に、中身のない胃液をぶちまけた。

そしてそれでご満悦《まんえつ》なのか引き際を心得て、賊《ぞく》が全速で離脱《りだつ》するのが絨毯《じゅうたん》を踏《ふ》む振動から伝わってきた。狙《ねら》い定めた人間以外に危害を加えないとは、紳士《しんし》だな。

心はまだ許容範囲《はんい》の縁《ふち》に引っかかっていたけど、身体《からだ》がそこで音を上げる。

気絶、復帰は、出来そうもない。

伏見の前で格好、悪く、クラスで言い触《ふ》らされたら、生徒会…………

……………意識が壊《こわ》れる寸前、

三年に進級してもマユと同じクラスなのかなぁと、そんなことをまず心配した。

あとがき

初めてファンレターなるものが届いて『俺の時代が来た!』と上《のぼ》り調子《ぢょうし》になって『ゆくゆくは皆《みな》が僕を尊び敬い、総理《そうり》大臣《だいじん》とかになってブロマイドが女子高生を中心にバカ売れすることうけあい』と、そこらへんでこれが通じ辛《づら》い世代の中高生を中心に売れているんだなぁと自身の年齢《ねんれい》に軽く落ち込んだりしました。

どうも、在学中の就職活動を完全に素通《すどお》りした社会人です。読者となって頂いた皆様のお陰《かげ》で、俺達の戦いはまだ始まっていない様子。本当に有《あ》り難《がた》いことです。

さて、今回は初《はつ》の続きものとなります。大長編です。でも心の友とかは出てきません。むしろ大腸が変になっていそうな人達ばかりです。大変ですね、主に腸が。

実はあとがきのネタが尽《つ》きつつあるので、書いてる本人も腹部が痛んでます。昔、憧《あこが》れていた『あとがきを書く』ことに今悩《なや》んでいるとは、我ながら贅沢《ぜいたく》になったものです。

今回も編集のお二方《ふたかた》には全方位でお世話になりました。何巻まで続くか未だ不明瞭ですが、というよりその後もお世話になる気がしますが、今後ともよろしくお願いします。

それと、イラスト担当というかむしろ俺が本編のイラストに小話を添《そ》える担当じゃないかという感じの左様《ひだり》。あまりお会い出来る機会がありませんので、この場を借りてお礼を述べさせて頂きます。いつもありがとうございます。

作家になって何が良かったって、まずはラフ画を見せて頂けることですね。

その他《ほか》にも何だかお世話になりすぎている気がする校閲《こうえつ》の方。『俺の指導のお陰《かげ》で作家になれたんやな』と最近になってよく分からんことを言い出した父や、母にも深い御礼《おれい》を申し上げます。

それと、いつも最後になってしまいますが、読者の方にも謝辞は尽《つ》きることがありません。ご購読《こうどく》（だと嬉《うれ》しい）ありがとうございました。

入間《いるま》人間《ひとま》

●入間人間著作リスト

「嘘つきみーくんと壊れたまーちゃん　幸せの背景は不幸」（電撃文庫）
「嘘つきみーくんと壊れたまーちゃん2　善意の指針は悪意」（同）
「嘘つきみーくんと壊れたまーちゃん3　死の礎は生」（同）

本書に対するご意見、ご感想をお寄せください。

■

あて先

〒160-8326 東京都新宿区西新宿4-34-7
アスキー・メディアワークス電撃文庫編集部
「入間人間先生」係
「左先生」係

■

電撃文庫

嘘《うそ》つきみーくんと壊《こわ》れたまーちゃん4

絆《きずな》の支柱《しちゅう》は欲望《よくぼう》

入間《いるま》人間《ひとま》

発　行　二〇〇八年四月　十　日　初版発行
　　　　二〇一〇年一月二十日　十版発行

発行者　髙野　潔

発行所　株式会社アスキー・メディアワークス
〒一六〇-八三二六 東京都新宿区西新宿四-三十四-七
電話〇三-六八六六-七三一一（編集）

発売元　株式会社角川グループパブリッシング
〒一〇二-八一七七 東京都千代田区富士見二-十三-三
電話〇三-三二三八-八六〇五（営業）

装丁者　荻窪裕司（META＋MANIERA）

印刷・製本　株式会社暁印刷

ISBN978-4-04-867012-8 C0193

電撃文庫創刊に際して

文庫は、我が国にとどまらず、世界の書籍の流れのなかで〝小さな巨人〟としての地位を築いてきた。古今東西の名著を、廉価で手に入りやすい形で提供してきたからこそ、人は文庫を自分の師として、また青春の想い出として、語りついできたのである。

その源を、文化的にはドイツのレクラム文庫に求めるにせよ、規模の上でイギリスのペンギンブックスに求めるにせよ、いま文庫は知識人の層の多様化に従って、ますますその意義を大きくしていると言ってよい。

文庫出版の意味するものは、激動の現代のみならず将来にわたって、大きくなることはあっても、小さくなることはないだろう。

「電撃文庫」は、そのように多様化した対象に応え、歴史に耐えうる作品を収録するのはもちろん、新しい世紀を迎えるにあたって、既成の枠をこえる新鮮で強烈なアイ・オープナーたりたい。

その特異さ故に、この存在は、かつて文庫がはじめて出版世界に登場したときと、同じ戸惑いを読書人に与えるかもしれない。

しかし、〈Changing Time, Changing Publishing〉時代は変わって、出版も変わる。時を重ねるなかで、精神の糧として、心の一隅を占めるものとして、次なる文化の担い手の若者たちに確かな評価を得られると信じて、ここに「電撃文庫」を出版する。

1993年6月10日
角川歴彦

電撃文庫

嘘つきみーくんと壊れたまーちゃん 幸せの背景は不幸
入間人間
イラスト／左
ISBN978－4－8402－3879－3

僕は隣に座る御園マユを見た。彼女はクラスメイトで聡明で美人で——誘拐犯だった。今度訊いてみよう。まーちゃん、何であの子達を誘拐したんですか。って。

い-9-1　1439

嘘つきみーくんと壊れたまーちゃん2 善意の指針は悪意
入間人間
イラスト／左
ISBN978－4－8402－3972－1

入院した。僕は殺人未遂という被害で。マユは自分の頭を花瓶で殴るという自傷で。入院先では、患者が一人、行方不明になっていた。また、はじまるのかな。ねえ、まーちゃん。

い-9-2　1480

嘘つきみーくんと壊れたまーちゃん3 死の礎は生
入間人間
イラスト／左
ISBN978－4－8402－4125－0

街では、複数の動物殺害事件が発生していた。マユがダイエットと称して体を刃物で削ぐ行為を阻止したその日。僕は夜道で少女と出会う。うーむ。生きていたとはねえ。にもうと。

い-9-3　1530

嘘つきみーくんと壊れたまーちゃん4 絆の支柱は欲望
入間人間
イラスト／左
ISBN978－4－04－867012－8

閉じこめられた。狂気蔓延る屋敷の中に。早くまーちゃんのところへ戻りたいけど、クローズド・サークルは全滅が華だからなぁ……伏見、なんでついてきたんだよ。

い-9-4　1575

Kaguya ～月のウサギの銀の箱舟～
鴨志田一
イラスト／葵久美子
ISBN978－4－04－867014－2

〝自分の見ているものを他人に見せることができる〟という使い道のない超能力を持つ真田宗太。そんな彼が盲目の少女、立花ひなたと出会って……。

か-14-4　1583

電撃文庫

とらドラ！

竹宮ゆゆこ
イラスト／ヤス

ISBN4－8402－3353－5

目つきは悪いが普通の子、高須竜児。〝手乗りタイガー〟と恐れられる女の子、逢坂大河。二人は出会い竜虎相食《あいは》む恋と戦いが幕を開ける！　超弩級ラブコメ登場！

た-20-3　1239

とらドラ2！

竹宮ゆゆこ
イラスト／ヤス

ISBN4－8402－3438－8

川嶋亜美。転校生。ファッションモデル。顔よしスタイルよし外面、よし。だけどその本性は――？　またひとり手ごわい女の子の参戦です。超弩級ラブコメ第2弾！

た-20-4　1268

とらドラ3！

竹宮ゆゆこ
イラスト／ヤス

ISBN4－8402－3551－1

竜児と亜美がまさに抱き合わんとしている（ように見える）場面を目撃した大河。一触即発の事態からなぜか舞台はプール勝負へ!?　超弩級ラブコメ第3弾！

た-20-5　1315

とらドラ4！

竹宮ゆゆこ
イラスト／ヤス

ISBN978－4－8402－3681－2

夏休み、亜美の別荘へと遊びにいくことになった大河たち。いつもとは違う開放的な気分の中、竜児と急接近を果たすのは――？　超弩級ラブコメ第4弾！

た-20-6　1370

とらドラ5！

竹宮ゆゆこ
イラスト／ヤス

ISBN978－4－8402－3932－5

文化祭の季節。クラスの演しものとかミスコンとかゆりちゃんの暗躍などなど楽しみなイベント満載の中、大河の父親が現れて……!?　超弩級ラブコメ第5弾！

た-20-8　1467

電撃文庫

とらドラ6!
竹宮ゆゆこ
イラスト/ヤス
ISBN978-4-8402-4117-5

文化祭後の校内に大河と北村が付き合っているという噂が流れる。しかし、迫る生徒会長選挙でも本命と目されている北村は突然……グレた。超弩級ラブコメ第6弾!

た-20-9 1522

とらドラ7!
竹宮ゆゆこ
イラスト/ヤス
ISBN978-4-04-867019-7

クリスマス、生徒会主催のパーティが行われることに。妙によい子な大河、憂鬱げな実乃梨、謎めいた亜美。三人の女子から目が離せない超弩級ラブコメ第7弾!

た-20-10 1571

とらドラ・スピンオフ! 幸福の桜色トルネード
竹宮ゆゆこ
イラスト/ヤス
ISBN978-4-8402-3838-0

不幸体質の富家幸太と、かわいくて明るくて、自分の色香に無自覚で無防備な狩野さくら。二人の恋の行方を描く超弩級ラブコメ番外編!

た-20-7 1422

トラジマ! ルイと栄太の事情
阿智太郎
イラスト/立羽
ISBN978-4-8402-3942-4

「うち、自分の気持ちには正直でいたいから」。彼女いない歴16年、高校二年生の丸見栄太についにきた、女の子からの告白。それは「パンツ見せてくれへん!」

あ-7-40 1475

トラジマ!② ルイと栄太の災難
阿智太郎
イラスト/立羽
ISBN978-4-04-867010-4

彼女いない歴16年、高校二年の丸見栄太についにできた、女の子のお友達。二人だけの秘密を共有する、そんな彼女との関係は……!? 人気シリーズ第2弾!!

あ-7-41 1579

電撃文庫

れでぃ×ばと！

上月司
イラスト／むにゅう

ISBN4－8402－3559－7

見た目は極悪不良な高校生、日野秋晴。そんな彼が編入したのは、執事さんやメイドさんを本気で育てる専科だったりして……!? 上月司が贈るラブコメ登場っ☆

こ-8-7 1323

れでぃ×ばと！②

上月司
イラスト／むにゅう

ISBN978－4－8402－3687－4

見た目小学生な先輩が胸に秘める悩みとは……？ 執事を目指す、見た目極悪（でも実はビビリ）な日野秋晴のお嬢様&メイドさんまみれな日々をお楽しみあれ♡

こ-8-8 1376

れでぃ×ばと！③

上月司
イラスト／むにゅう

ISBN978－4－8402－3841－0

夏休み。しかし休みとて従育科は試験があるわけで、秋晴は試験でセルニア宅にお泊まりする事になったわけで!? 執事候補生×お嬢様ラブコメ第三弾ですっ♪

こ-8-9 1425

れでぃ×ばと！④

上月司
イラスト／むにゅう

ISBN978－4－8402－3941－7

「ねぇ秋晴、デートしましょう？」――腹黒幼馴染み・朋美の爆弾発言が、さらなる波乱を呼び起こす!? 恋の逆鞘当て合戦がそりゃもう大加熱の第四巻登場っ!!

こ-8-10 1474

れでぃ×ばと！⑤

上月司
イラスト／むにゅう

ISBN978－4－4121－2

秋も深まる二学期到来。秋といえば体育祭！ というわけで、朋美とセルニアは「秋晴と一緒に遊園地へ行く権」をめぐって体育祭で直接対決!? 第五弾ですっ。

こ-8-11 1526

電撃文庫

書名	著者/イラスト	ISBN	内容	管理番号	番号
れでぃ×ばと！⑥	上月司　イラスト／むにゅう	ISBN978-4-04-867017-3	とうとう朋美vsセルニアの直接対決に決着が……！ 遊園地に遊びに行く権利を得るのは一体誰なのかッ！？ 風雲急を告げまくる第6巻の登場ですっ。	こ-8-12	1577
鳥籠荘の今日も眠たい住人たち①	壁井ユカコ　イラスト／テクノサマタ	ISBN4-8402-3605-4	今、見ているものが本当に現実だと言い切れるかい？ 一度〈鳥籠荘〉の変わった住人たちに会ってみるといいよ。──壁井ユカコが描く新シリーズ第1弾。	か-10-11	1343
鳥籠荘の今日も眠たい住人たち②	壁井ユカコ　イラスト／テクノサマタ	ISBN978-4-8402-3727-7	〈鳥籠荘〉の住人に、もう会ったかい？ 有生（引篭り画家）、キズナ（絵のモデル）、由起（女装趣味）他、変人多数のフシギなホテルで、あなたをお待ちしています。	か-10-12	1394
鳥籠荘の今日も眠たい住人たち③	壁井ユカコ　イラスト／テクノサマタ	ISBN978-4-8402-3935-6	奇妙な嵐の一夜。管理人さんの正体は？ 着ぐるみパパの中身は？ さらに殺人事件が発生！ 変人の住処〈鳥籠荘〉に、大騒動発─!? キズナの恋は……？	か-10-13	1470
鳥籠荘の今日も眠たい住人たち④	壁井ユカコ　イラスト／テクノサマタ	ISBN978-4-04-867013-5	風変わりな人間ばかりが住んでいる〈鳥籠荘〉──今回は、浅井がキズナにモデルの解雇を通告、さらに鳥籠荘から住人立ち退きの噂が──など急展開の全5編を収録。	か-10-14	1576